U0083983

# 古典詩歌研究彙刊

第六輯

龔鵬程 主編

第6冊

## 南朝詩歌與佛教關係之研究

羅 文 玲 著

## 陸機詩研究

陳 玉 惠 著

國家圖書館出版品預行編目資料

南朝詩歌與佛教關係之研究　羅文玲著／陸機詩研究　陳玉惠著－初版－台北縣永和市：花木蘭文化出版社，2009〔民98〕
序2+目2+126面／序2+目2+106面；17×24公分
（古典詩歌研究彙刊　第六輯；第6冊）
ISBN　978-986-6449-57-4（精裝）
1.（晉）陸機　2. 學術思想　3. 中國詩　4. 詩評
5. 佛教文學　6. 南朝文學
820.91035　　98013855

ISBN - 978-986-6449-57-4

古典詩歌研究彙刊
第六輯　第六冊　　ISBN：978-986-6449-57-4

南朝詩歌與佛教關係之研究
陸機詩研究

作　者　羅文玲／陳玉惠
主　編　龔鵬程
總編輯　杜潔祥
出　版　花木蘭文化出版社
發行所　花木蘭文化出版社
發行人　高小娟
聯絡地址　台北縣永和市中正路五九五號七樓之三
電話：02-2923-1455／傳眞：02-2923-1452
網　址　http://www.huamulan.tw　信箱　sut81518@ms59.hinet.net
印　刷　普羅文化出版廣告事業
初　版　2009年9月
定　價　第六輯25冊（精裝）新台幣35,000元　

# 南朝詩歌與佛教關係之研究

羅文玲　著

## 作者簡介

羅文玲，東海大學中國文學文學博士，目前執教於明道大學中國文學系，主要研究領域為佛教與文學之關係，著有《六朝僧侶詩研究》，晚近則專注唐代文學與宗教關係之研究，曾發表〈宗教與詩歌——李商隱詩歌中的佛教色彩〉、〈王維詩歌中的佛教色彩〉等論文多篇。

## 提　要

本論文的研究，分上下兩編。

上編著重於南朝佛經翻譯的概況，以及文人涉入佛理的因緣。這部分的論述依據兩項原則：一是掌握譯經事業的重心問題，並且以重要譯經師為綱；二是時代先後為次序，綜合前人的研究成果，以佛教史的角度，來探討文人和佛教以及僧侶的情況。

第二章，「南朝文人以及君王與佛教的結緣」。此章主要是敘述南朝的佛教興盛，主要歸於南朝君王不遺餘力地倡佛教，由於這重因素，社會自然也會形成崇佛的風氣，這是南朝佛教隆盛的契機。由於佛教的興盛，文人亦普遍地接受佛法的熏陶。這一時期，文人在研習佛教教義的同時，亦禮佛、講經，並參與佛教的實踐躬行，如是，表現宗教生活及宣說佛理的詩作自然也會增加。

第三章，「兩晉至南朝佛經翻譯概況」。這一部份是以時代先後為骨幹，交織以重要經師，提綱挈領點明重要譯經師的特色及成就，並勾勒出各時代的譯經風貌，藉以呈現兩晉南朝佛典翻譯的概況。

第四章，「佛經弘傳與聲律說」。聲律說的提出，對於中國的韻文，有相當大的影響，尤其對近體格律詩影響更深。更細究之，聲律說的產生，與佛教「梵唄」和「轉讀」，有著密切的關係，此章側重於探討佛教傳入對聲律說的影響。下編的部份共分三章來敘述。

第五章，「南朝詩歌中所見佛典用語」。主要是由丁福保編纂《全漢三國晉南北朝詩》，逯欽立輯校《先秦漢魏晉南北朝詩》，以及唐朝道宣編《廣弘明集》中，選錄出與佛理相關的作品，分成二大類。一、僧侶作品：（一）純粹闡述佛理。（二）詠物、詠山水，兼述佛理者。二、文人作品：（一）主題純粹闡述佛理。（二）主題與佛寺、僧人有關，兼論佛理者。把這二大項原則訂出之後，再把相關的作品歸入，並且整理成四個附錄，如是就可以清楚地掌握南朝詩歌和佛教的關係。這是第五章探討的重心。

第六章，「漢魏偈頌與南朝的關係」。此章是以明治三十八年藏經院校訂訓點本的《大藏經》為主，就其中南朝所翻譯佛經的偈頌內容，作概略的歸納，分成說理、告誡、敘事、讚嘆，四部份來說明。並且就佛經偈頌與南朝詩之中的修辭技巧與詩歌用語等，作簡單的比較，藉此可以進一步認識佛教詩歌的關係。

第七章，「結論」。藉由上、下編的論述，我們可以知道，南朝時期，君王不遺餘力提倡佛教，而且佛經翻譯事業也漸漸趨於完備，再加上文人和僧侶往來也相當密切，種種的因素配合之中，表現於詩歌創作的領域，自然會運用佛典與佛經的道理，這無疑是為中國文學注入一股新的生命力，不但豐富了詩歌的用語，也拓展詩歌的表現手法，思想內容上也增添許多題材。研究佛教與中國文學的關係，可以加深我們對中國文化以及歷史發展的瞭解，也可以對歷來中國文學史闕而不論的部分，有所補充，這也是本論文對學術上的些許貢獻。

目次

# 序　言

莫聽穿林打葉聲，何妨吟嘯且徐行，竹杖芒鞋輕勝馬。
誰怕？一蓑煙雨任平生。
料峭春風吹酒醒，微冷。山頭斜照卻相迎。回首向來蕭瑟處，歸去，也無風雨也無晴。——蘇軾〈定風波〉

回想這三年碩士班的學習，以及近一年的論文筆耕生活，覺得愈深入中國文學領域中，愈是感於自己亟需努力的地方實在很多，也愈覺得文學的浩瀚，一如佛經三藏十二部的廣博，是難以窮究的。當初著手做論文時，心中萬分惶恐，思及自己涉獵有限且思辨能力亦不佳，如何寫十萬字的論文呢？幸賴李立信老師的鼓勵，在每次的討論中皆不厭其煩指導，並給予我許多寶貴的經驗，讓論文得以順利完成。《中庸》云：「君子之道，譬如行遠必自邇，譬如登高必自卑」，所言甚是，雖然已完成碩士論文，卻深深覺得人生的學習才剛開始而已。

衷心感謝李立信老師的耐心指導，父母的栽培之恩，以及台中蓮社社教科師長的慈悲引導，還有默默地支持我爲我加油的社教科同學以及守護者博文兄，這些都是我所深深感念的。點點滴滴的恩澤，是我將永銘於方寸中，終生難忘的。

文玲

丙子年仲夏六月　于苗栗三義

# 第一章　緒　論

## 第一節　研究動機及方法

### 一、研究動機

佛教自東漢時代傳入中國〔註1〕，初傳之際，係依附於道術流傳於民間〔註2〕，故罕見名士儒者推崇佛法，更遑論儒釋之間的往來。至魏晉時代玄學興起，般若之學以「格義」〔註3〕解釋佛理，般若之

---

〔註1〕佛法傳入中國，正史記載較詳者，爲《魏書・釋老志》:「漢武……開西域，遣張騫使大夏。還，傳其旁有身毒國，一名天竺，始聞有浮屠之教。哀帝元壽元年，博士弟子秦景憲受大月氏王使伊存口授浮屠經，中土聞之，未之信了也。後孝明帝夜夢金人，頂有白光，飛行殿庭，乃訪群臣，傅毅始以佛對。帝遣郎中蔡愔，博士弟子秦景等使於天竺，寫浮屠遺範。愔仍與沙門攝摩騰、竺法蘭東還洛陽，中國有沙門及跪拜之法，自此始也。」

〔註2〕《後漢書・楚王英傳》:「楚王尚黃老之微言，尚浮屠之仁祠。」浮屠與黃老是並祠的。康僧會《安般守意經序》:「有菩薩者安清字世高，……博學多識，貫綜神模，七正盈縮，風氣吉凶，山崩地動鍼脈諸術，睹色知病，鳥器鳴膏啼，無音不照。」安世高是漢朝譯經最多的大師，但《高僧傳》，謂其七曜五行，醫方異術，以至鳥獸之聲，無不綜達。這是佛教初傳之際，爲令眾生接受佛法的方法，即附庸於道術流傳民間。

〔註3〕《高僧傳・竺法雅傳》:「雅乃與康法朗等，以經中事數，擬配外書，

學依附於玄學，佛法與僧侶漸被文士接納，於是印度之佛法漸弘傳於中土。

湯用彤先生《漢魏兩晉南北朝佛教史》云：

> 自佛教傳入中國後，自漢至前魏，名士罕有推重佛教者。尊重僧人，更未之聞。西晉阮庾與孝龍爲友，而東晉名士崇奉林公，可謂空前。

又云：

> ……般若大行於世，而僧人立身行事又在在與清談者契合。夫般若理趣，同符老莊，而名僧風格，酷肖清流，宜佛教玄風，大振於華夏也。西晉支孝龍與阮庾等世稱八道，而東晉孫綽以七道人與七賢人相比擬，作道賢論。名人釋子共入一流，世風之變可知矣。〔註4〕

魏晉時代，佛學藉由玄學漸弘傳，文士與僧侶往還密切，經由僧侶的媒介，文人浸染佛理日深，至東晉時，已可見文士的佛教著述，〔註5〕和一些與佛教有關的詩歌〔註6〕。南北朝以後，儒釋交往，蔚爲風尚，到了唐代，佛學成爲唐代文化、思想的主流，廣泛地影響著唐代的文學和藝術。

佛教發展至唐代，以輝煌的姿態呈現，唐代正爲日正當中，南北朝時代則如旭日始升。全盛時代之前，必然潛藏許多契機，而這些也是引發我研究這題目的動機。

詩歌是言志之作，大多是詩人內心世界的呈現，而佛法對於詩歌領域的影響，主要在於作者的生命態度、人生觀、思想感情以及這些

爲生解之例，謂之格義。」即是用傳統思想文化的辭彙、概念來譯佛教的概念和用語。或援引傳統儒、道思想解釋佛經的道理。如「眞如」譯成「本無」、「涅槃」譯成「無爲」、「五戒」說成「五常」、「禪定」說成「守一」這即是格義。「外典、佛經、遞互講說」這是格義的方法。

〔註 4〕湯用彤《漢魏兩晉南北朝佛教史》上冊，第七章〈兩晉之名僧與名士〉。

〔註 5〕《廣弘明集》卷五，晉孫盛〈聖賢同軌老聃非大賢論〉。

〔註 6〕如王齊之〈念佛三昧詩〉四首，張翼〈答庾僧淵詩〉等。

深層的思想情感呈現，而佛法對於詩歌領域的影響，主要在於作者的生命態度、人生觀、思想感情以及這些深層的思想情感呈現在作品的境界、情趣。大致言之，詩歌和佛教關係是密切的，由詩歌來看文人層面的佛教是很妥切的途徑。

希望藉由這篇論文的寫作，可以對南朝佛教弘傳的概況、譯經情形、文人與僧侶往來情形，作一宏觀的了解，並連繫佛教和文學之間的關係。

## 二、研究方法

本論文題爲《南朝詩歌與佛教關係之研究》，主旨藉由南朝詩歌中的佛典用語、和詩歌中引用佛理的部份，考察佛教弘傳與佛經翻譯對詩歌的影響。

全文共分七章，除緒論與結論外，共分五大部份，其重點有三：

（一）南朝的佛經翻譯概況，以及文人和佛教的關係，這是屬於外緣的問題。由正史、僧傳中，考察南朝佛教興盛的原因，及文人與佛教的關係。

（二）南齊沈約所倡「聲律說」，創永明體詩歌，爲近體格律詩的先驅，此與佛經轉讀和印度聲明密切相關，對南朝詩壇可謂是一大事，此爲本論文重點之一。

（三）以南朝詩歌爲對象，簡擇其中含有佛典用語或引用佛理的篇章來加以探討。並將佛經偈頌與南朝詩歌作比較，歸納二者的異同。此係由作品契入，以深明作品的思想、藝術特色與佛教之間的關連。

研究的素材，主要以逯欽立先生輯校《先秦漢魏晉南北朝詩》，〔註 7〕丁福保編纂《全漢三國晉南北朝詩》〔註 8〕爲主，再參考《弘

〔註 7〕《先秦漢魏晉南北朝詩》，逯欽立輯校，台北木鐸出版社，71 年 6 月。

〔註 8〕《全漢三國晉南北朝詩》，丁福保編纂，藝文印書館印行，72 年 6 月 4 版。

明集》〔註9〕與《廣弘明集》〔註10〕所收集的作品，互相補充。至於僧侶和文人的敘述，則以《高僧傳》〔註11〕和《續高僧傳》〔註12〕爲依據，文人的介紹除僧傳外，亦參考正史的記載。

本論文研究，分成上下兩篇。上篇著重於佛經翻譯的概況，以及文人涉入佛理的因緣；這部份依據兩項原則：一是掌握譯經事業的重心問題，二是時代先後爲次序，綜合前人的研究成果，以佛教史角度，來探討文人和佛教、僧侶的關係。

下編的研究，主要係由——逯欽立輯校的詩集和丁福保編纂的詩集中，選錄出與佛理相關的作品，分成二大類。

一、僧侶作品，細分爲二

（一）主題係闡述佛理。

（二）主題與佛寺、僧人有關。

二、文人作品。細分爲二

（一）主題係闡述佛理。

（二）主題與佛寺、僧侶有關。

把這二項大原則訂出以後，再把相關的作品歸入；如此可以觀察出佛教與詩歌的關係。

藉由上、下編的論述，可以兼顧外緣因素和詩歌本身，亦可以對南朝詩歌與佛教之間的連繫，有明確的概念。

至於第六章，以明治三十八年日本藏經院校訂訓點本的《大藏經》爲主，就其中南朝翻譯佛經的偈頌內容，作一概略介紹，並整理出附錄，以便於掌握南朝所譯出的經典數量與經名。再者就偈頌與南朝詩歌之間作一簡略的探討，希望在這之間可以對佛教與南朝詩歌，找到之間的關連，與進一步的認識。

---

〔註9〕《弘明集》，梁僧佑編，新文豐出版公司印行，75年3月再版。
〔註10〕《廣弘明集》，唐道宣編，台灣中華書局印行，59年4月台2版。
〔註11〕《高僧傳》，梁慧皎撰，《佛教大藏經》七十四冊，佛教出版社。
〔註12〕《續高僧傳》，唐道宣撰，《佛教大藏經》七十四冊，佛教出版社。

# 第二節　南朝文壇的佛教色彩

## 一、「南朝」的定義

唐・李延壽作《南史》與《北史》後，「南北朝」名稱始定。自此一般文學史所謂的「南朝」，多採李氏界說，即指宋、南齊、梁、陳四代而言，凡一百六十九年。

然中原淪陷，胡漢對立的局面，實肇於晉「永嘉之禍」，所以就政治形勢觀之，南朝宜自東晉元帝大光元年（318），迄於陳後主禎明二年（589），共計二百七十二年。〔註13〕

本論文，採文學史的界定，即「南朝」一詞，特指宋、南齊、梁、陳四代而言。

## 二、南朝文壇的佛教色彩

魏晉以來，社會持續漢末的動蕩不安，人民備受迫害，統治者也朝不保夕，對政治和戰爭的恐懼，對人生失望的情緒，瀰漫整個社會，人們需要心靈的寄託，中國傳統的儒學與道教，都無法滿足這一社會需求，但佛教卻可勝任，於是受大眾普遍信受，由於所弘傳的思想，講對現實世界的苦難，應逆來順受，有助於安撫人民的反抗情緒，因此統治者競相提倡佛教，〔註14〕弘傳佛法的僧人如道安、僧肇、竺道生等，又注意將佛教的世界觀和修行，儘量契合中國傳統文化和心

〔註13〕自永嘉之禍以後，西晉政權與士族即移至江南，司馬睿建都於建業，稱元帝，自此以後，宋、齊、梁、陳四代也建都於建業（今之南京市）。從東晉元帝建武元年（317）至隋文帝開皇九年（589）滅陳，前後二百七十二年，從東晉，經宋、齊、梁、陳，皆建都於建業，故就政治情勢來看，南朝宜起自東晉。（以上敘述參考王仲犖《魏晉南北朝史》）

〔註14〕東晉時代，偏安江左，統治者倡佛者，如：習鑿齒〈致道安書〉：唯肅祖明皇帝實天降德，始欽斯道。手畫如來之容，口味三昧之旨。《高逸沙門傳》曰：晉元明二帝遊心虛玄，託情道味，以賓友禮待法師。王公庾公傾心側席，好同臭味也。據《晉書》記載，東晉明帝、哀帝、簡文、孝武皆崇信佛法。至南朝則更盛矣。

理，使佛教走上中國化道路，成爲當時社會的中心思潮，且在文人和百姓之間廣泛弘傳。

魏晉以來，中國文學在佛教思想和佛教文學的影響下，呈現了嶄新的風貌。無論是文體、意境、主題、體裁，還是在創作理論上，都呈現出與先秦、兩漢文學不同的風貌，劉熙載曾云：「文章蹊徑好尚，自《莊》、《列》出而一變，佛書入中國又一變。」〔註 15〕佛經的輸入，推動了中國文學的變化和發展，主要是形式和內容兩方面的重大變化。

## （一）直接影響

傳統的中國文學皆是講現實人生，重倫理道德，很少有想像的空間，就如同《論語》所載：「子不語怪力亂神。」雖有《山海經》的誇誕神妙，或曰《山海經》「蓋古文巫書也」，〔註 16〕但是這些故事，都是在初民的理想和願望的過程中，在現實生活的基礎上通過豐富的幻想創造出來，至《楚辭》亦然。

但佛教文學則富恢宏的想像力，提到三十三天〔註 17〕、十八層地獄、三千大千世界〔註 18〕的寬廣世界，佛法超越時空，時間是以阿僧祇劫〔註 19〕爲單位，空間則言三千大千世界，不只講現世，亦講前世、來世，這爲缺乏想像力的中國文學帶來新的意境，注入新的生命力。

由六朝志怪小說開始，出現了對地獄冥界的描寫，如《幽明錄》、《冥祥記》，把地獄的陰森恐怖、地府閻羅王、刑具，皆具體生動描述

〔註 15〕劉熙載《藝概》卷一，〈文概〉。

〔註 16〕劉大杰《中國文學發展史》，第一章〈殷商文學與神話故事〉。

〔註 17〕三十三天，梵語是忉利天，是欲界的第二天，在須彌山頂上，中央爲帝釋天，四方各有八天，故合成三十三天也。

〔註 18〕大千世界，謂以一千個中千世界，則成大千世界。此大千世界中，共有百億日月，百億須彌山，百億四天下，百億四天王天，百億三十三天，百億夜摩天，百億兜率天，等等，所覆蓋的世界，總爲第禪天所覆。是名大千世界。

〔註 19〕阿僧祇劫，指無數劫也。劫者，年時名，一阿僧祇，凡一千萬萬萬萬萬萬萬萬兆。阿僧祇爲數之極。（以上註 17、18、19 係參照丁福保編《佛學大辭典》）

出來。在佛教傳入以前，中國雖也有類似的概念，但這些概念是比較模糊而支離的。根據文獻資料，由先秦至漢，先民以爲人死後所歸的地方有「黃泉」〔註20〕、「幽都」〔註21〕、「幽冥」、「蒿里」、「泰山」等，其各別的詳細內容不同，但所指的對象及功能，基本上是一致的；即指人死後，歸往收容安息之地，與先世人生的善惡行爲似乎沒有關係。

但自佛教輪迴轉生、善惡報應的觀念傳入，即給予六朝以後的小說注入新的思想，從六朝小說開始，因果報應、輪迴轉生也成爲小說表現的主題。〔註22〕

## （二）間接影響

從詩文的意境到文體的演變，在魏晉南北朝的時代，就已有了新的氣象。就詩歌方面而言，馬鳴的《佛所行讚》帶來了長篇敘事詩的典範，梁啓超先生曾提出，〈孔雀東南飛〉可能受《佛所行讚》等翻譯佛經的影響。〔註23〕

中國舊詩，大致可以分古詩和近體詩。古詩在格律上較自由，但近體詩則嚴格地講究平仄和聲調。近體詩講究格律可追溯至南齊沈約、謝朓等人倡導的永明體。

---

〔註20〕《左傳》隱公二年傳：「而誓之曰：『不及黃泉無相見也。』」

〔註21〕《楚辭・招魂》：「魂兮歸來，君無下此幽都些。土伯九約，其角觺觺些。」

〔註22〕（一）因果報應類，如

《宣驗記》——「劉遺民」、「安荀」、「史儁」、「孫祚」、「鄭鮮」等。

《冥祥記》——「滕普」、「劉琛之」、「慧遠」、「曇遠」、「釋慧進」等。

《幽明錄》——「王凝之」、「黃祖」、「謝盛」、「桂陽郡老翁」等。

（二）輪迴轉生類。

《幽明錄》——如「舒禮」、「索盧貞」、「瑯琊人姓王忌名」。

《冥祥記》——「趙泰」、「支法衡」、「李清」、「慧達」、「唐遵」、「釋曇典」、「程道惠」、「僧規」等。

〔註23〕《飲冰室文集》，四十一〈印度與中國文化之親屬的關係〉。

《南史・陸厥傳》:

> 永明時盛爲文章，吳興沈約、陳郡謝脁、瑯琊王融以氣類相推轂。汝南周顒善識聲類，約等之皆宮商，將平上去入四聲，以此制韻，有平韻、上尾、蜂腰、鶴膝，五字之中音韻悉異，兩句之內角徵不同，不可增減，世呼爲「永明體」。

「永明體」，即是利用聲韻研究的成果，制出人爲的音律，而此四聲說和佛經的梵唄和轉讀有密切的關係，此將於第四章詳細討論。

漢譯佛經的偈頌，其形式雖類似詩歌是齊言的，或四言、或五言、或七言，但是偈頌既不押韻，而且也不是以抒情言志爲主，這和傳統詩歌是迥然不同的。偈頌的內容多以議論、說理，或是讚嘆爲主，在篇幅上亦率多長篇。

隨著佛經的翻譯與弘傳，南朝的詩歌在內容上增加說理的成份，同時也出現了讚佛的詩歌，如宋初大詩人謝靈運作〈和范光祿祇洹像讚〉三首、〈維摩詰經中十譬讚〉八首、〈和從弟惠連無量壽頌〉；齊王融〈法樂辭〉十二章等。再者，南朝詩歌中也引用佛經中的語詞和典故，這些情形，都與佛經的流傳廣遠以及偈頌有關，這些問題在第五章、第六章中，都將深入探討之，而佛經偈頌與南朝詩歌之間，亦有些關連性，將一併於第六章討論之。

# 第二章　南朝君王及文人與佛教的結緣

佛教初傳之際，係通過兩種途徑，一是靠民間弘傳，一是靠佛典的傳譯。初傳之際，佛經翻譯是由外來僧侶擔任，且經典翻譯甚少，又與道德牽合附冊，難以顯其眞貌，中國人將其視爲神仙道術，常以「黃老」與「浮屠」並稱，亦常以佛老並祀。〔註 1〕漢世以降，佛法之傳佈，或附庸於道術，或依附於玄學，至東晉之時，道安省察到佛學與玄學是迥然不同的學問，故反對「格義」。〔註 2〕且當時由於佛典不斷譯出，經義日明，世人逐漸明白佛教和一般俗理之差異多矣，於是佛教逐漸脫離道術、玄學而趨於獨立。

自晉至南北朝，佛教弘傳日漸廣遠，這時在文壇上佛教教義和信仰被文人們所接受和宣揚。

晉朝的文人和佛教已有密切關係，西晉竺法護譯經，譯文水準較高，原因之一就是得到中國文人聶承遠、聶道眞父子、陳士倫、孫伯虎、虞世雅等人的幫助〔註 3〕，這是開文人和僧侶往來的風氣。

---

〔註 1〕《後漢書》，卷四十二〈楚王英傳〉：「楚王誦黃老之微言，尚浮屠之仁祠，宜齋戒三月與神爲誓。」《後漢書》卷七〈桓帝紀〉：「前史稱桓帝好音樂，善琴笙，飾芳林，考濯龍之宮，設華蓋以祀浮屠、老子，斯正所謂聽神。」

〔註 2〕慧皎《高僧傳》，卷五〈僧光傳〉：「安曰：先舊格義，於理多違」。

〔註 3〕慧皎《高僧傳》，卷一〈竺曇摩羅刹傳〉（又名竺法護）。

到了東晉，文人和佛教僧侶往來更盛，如何尚之〈答宋文帝贊揚佛教事〉文中提到：〔註4〕

> 渡江以來，則王導、周顗，宰輔之冠蓋；王濛、謝尚，人倫之羽儀；郗超、王坦、王恭、王謐，或號絕倫，或稱獨步，韶氣貞情，又爲物表。郭文、謝敷、戴逵等，皆置心天人之際，抗身煙霞之間。亡高祖兄弟，以清識軌世；王元琳昆季，以才華冠朝。其中范汪、孫綽、張玄、殷顗略數十人，靡非時俊。

這裡舉出士大夫與佛教的關係，已日趨普遍。

南北朝時代，由於長期的政治分裂，導致南北二地的佛教各異其趣。義學與實踐兼重是佛教的特質，然此時南北二地各有偏執，北朝側重禪定、戒律之修持；南朝則重義理與文字，〔註5〕故佛教與文學的關係也以南朝爲主，且和文人的關係亦密切。宋元嘉年間，以謝靈運爲代表；南齊竟陵王當政時，有沈約、王筠等人；梁武帝時，則有徐陵、江總等人，將分別於本章中敘述。

## 第一節　南朝君王與佛教

南朝時期，古都建康成爲全國政治、經濟和文化的中心。史載：「自江左以來，年逾二百以來，文物之盛，獨美於茲」〔註6〕，文人事業的蓬勃發展，先有宋文帝元嘉十五年，於建康雞籠山立四學：儒學，主持人雷次宗；玄學，主持人何尚之；史學，主持人何承天；文學謝元主持。至齊梁時期，興儒學，設博士，文物繁盛，濟濟洋洋。〔註7〕

南朝時期的建康，佛教有三個興盛時期：一是劉宋元嘉之世，一是南齊竟陵王時期，另一是梁武帝蕭衍在位時，這也是南朝佛教的全盛期。今就依朝代更迭，敘述君王與佛教的關係。

〔註4〕《弘明集》，卷十一〈答宋文帝贊揚佛教事〉。
〔註5〕《中國佛教通史》，鎌田茂雄著，關世謙譯，佛光出版社出版。
〔註6〕《南史》卷七。
〔註7〕《南史》卷七。

## 一、劉宋的君王與佛教

劉宋以元嘉年間佛法最盛。宋文帝雅重文教，思弘儒術，立四學，當中雷次宗係慧遠大師的弟子，何尚之則是贊揚佛教者，〔註 8〕當時的宰輔，王弘、彭城王義康、范泰、何尚之，皆是當時的名士，均信佛之士，當時謝靈運和顏延之，也列於朝廷。

宋文帝對佛教的社會作用有深刻認識，他曾與何尚之討論佛教事，宋文帝云：〔註 9〕

> 吾少不讀經，比復無暇，三世因果，未辨致懷，而復不敢立異者，正以達及卿輩埘秀率皆敬信故也。范泰、謝靈運每云：「六經典文，本在濟俗爲治耳，必求性靈眞奥，豈得不以佛經爲指南耶。」顏延年之折達性，宗少文之難黑白論，明佛法汪汪，尤爲名理，並足開奬人意，若使率土之濵皆純此化，則吾坐致太平，夫復何事。

由這裡可以看到宋文帝肯定佛教有助於帝王的統治，也有益於社會的安定，文帝的認識是頗正確且深刻的，而何尚之的闡述則更加深刻，何尚之云：〔註 10〕

> 百家之鄉，十人持五戒，則十人湻謹矣。千室之邑，百人修十善，則百人和厚矣。傳此風訓，以遍宇內，編戶千萬，則仁人百萬矣。此舉戒善之全具者耳。若持一戒一善，悉計爲數者，抑將十有二三矣。夫能行一善，則去一惡，一惡既去，則息一刑，一刑息於家，則萬刑息於國，四百之獄，何足難錯，雅頌之興，理宜倍速，即陛下所謂坐致太平者也。

經過何尚之的闡述，把佛教的教化作用，有助於國家社會安定的力量，更明確的陳述。佛教講三世因果，今生的苦難，是前生作惡的果報，而欲得善果，在今生應遍植善因。佛法亦教人要持戒修善，持戒則可獲得清涼和解脫，幸免於災禍，這對於百姓而言，如同甘露滋潤，

〔註 8〕何尚之曾作〈答宋文帝贊揚佛教事〉，他相當推重佛法。
〔註 9〕《弘明集》卷十一，何尚之〈答宋文帝贊揚佛教事〉。
〔註 10〕同上。

予生活一份希望，也自然使社會安定了。

文帝重視佛教，元嘉年間僧侶皆受到尊重，其中以慧琳最典型。慧琳兼善佛學和儒學，早年爲廬陵王義眞所知，曾著〈均善論〉〔註11〕，當時僧人謂其貶抑佛教，欲加以擯斥，幸得文帝賞識〔註12〕，史載：「舊僧謂其貶黜釋氏，欲加擯斥，文帝見論賞之，元嘉中，參遂政要，朝廷大事皆與議焉。賓客輻湊，門車常有數十輛，四方贈賂相系，勢傾一時。」。〔註13〕孔覬曾往見慧琳，見其賓客塡咽，皆喧涼而已，曾感嘆曰：「遂有黑衣宰相，可謂冠履失所矣。」，〔註14〕古時僧侶身著黑衣，故稱「黑衣宰相」，可以見慧琳受文帝的重視。

佛法既受當時君王提倡，以致寺廟之建造，和僧眾也隨之增加。元嘉年間，建康城中造寺見於記載的十五所〔註15〕，其不見於記載的更多。

劉宋時代，孝武帝、明帝皆信奉佛教，由於未有特別顯著事蹟，故略之，僅舉出文帝以明劉宋時弘傳之狀況。至於劉宋諸王，如臨川王義慶、彭城王義康、南譙王義宣、臨川王道規、建安王休仁皆崇奉佛教。慧皎《高僧傳》：「宋武帝曾於內殿齋，照初夜略敘，『百年迅速遷滅，俄傾苦樂參差，必由因召，如來慈應六道，陛下撫矜一切』帝言善，久之，齋竟別覲三萬，臨川王道規從受五戒，奉爲門師。」〔註16〕

由於宮中帝王信佛，皇子幼時即受耳濡目染，亦信奉佛法，臨川

〔註11〕〈均善論〉，又作〈白黑論〉，慧琳設白學先生與黑學道士之問答，論孔釋之異同，於佛義則譏其剖析渺茫，去事實甚遠，謂釋教與孔教雖同歸而實殊途。

〔註12〕《弘明集》卷三，何承天〈與宗居士書〉：「冶城慧琳道人作白黑論，乃爲眾僧所排擯，賴蒙值明主善救，得免波羅夷耳。」

〔註13〕《宋書》卷九十七〈蠻夷天竺傳〉。

〔註14〕同上。

〔註15〕《建康實錄》載，竹林、清園、嚴林、永豐、南林、竹園、上定林及延壽八寺。《景定建康志》有能仁一寺。《至正金陵新志》有崇福、善居二寺。《高僧傳》有宋熙、天竺二寺。以上寺廟皆是劉宋元嘉年間建立的。

〔註16〕《高僧傳》卷十三〈釋道照傳〉。

王道規是一個例子，及年稍長，更染士大夫信佛之風，如宋臨川王義慶愛好文義，晚年奉養沙門〔註 17〕，即是信佛的表現。

## 二、南齊的君王與佛教

南齊時代崇佛風氣亦十分盛行，《高僧傳》載：「齊太祖創業之始，及世祖製圖之日，皆建立招提，傍求義士，以柔耆素有聞，故徵書歲及，文宣諸王再三招請，乃更出京師，止於定林寺。」。〔註 18〕南齊高帝蕭道成、武帝蕭賾皆崇重佛教，在他們即皇帝位時，皆建立佛寺，以傍求文士。〔註 19〕「齊世合寺二千一十五所，……僧尼三萬二千五百人。」，〔註 20〕由佛寺修建的數量多達二千多所，顯見當時佛教興盛之狀況，亦可以想見當時社會對佛法的皈依。〔註 21〕

南齊諸王中，竟陵王蕭子良篤信佛教，重視義理，影響也最大。

永明五年，竟陵王在建康雞籠山建西邸，「招致名僧，講語梵唄，造經唄新聲，道俗之盛，江左未之有也。」，〔註 22〕當時西邸成了名僧文士會集之所，當時有的「竟陵八友」，蕭衍、沈約、蕭琛、范雲、任昉、陸倕皆以文學齊聚西邸。竟陵王也常與文惠太子，共招致名僧講說佛法，受禮敬的僧侶頗多，梁慧皎《高僧傳》有記載者：

〈僧柔傳〉：

> 柔耆素有聞，故徵書歲及，及文宣諸王再三招請，乃更出京師，止於定林寺，躬爲元匠，四遠欽服人神贊美，文惠文宣，並伏膺入室。〔註 23〕

---

〔註 17〕《南史》卷十三〈臨川烈武王道規傳〉。

〔註 18〕《高僧傳》卷八〈釋僧柔傳〉。

〔註 19〕據《南齊書》所載，高帝建立正覺寺和建元寺，武帝則建立禪靈寺。

〔註 20〕《廣弘明集》辯正論。

〔註 21〕佛寺屬於「住持三寶」之一，信奉佛法者，欲興福造，多半會出資建寺，以表示對佛法的崇敬，故寺廟數量增加，亦可以知道崇佛風氣之盛。

〔註 22〕《南齊書》卷四十〈竟陵王子良傳〉。

〔註 23〕定林寺係宋文帝時所建，爲建康的第一大廟，當時聚集許多名僧，《高僧傳》記載的名僧有僧遠、僧慧、僧柔、法通等。

〈慧基傳〉：

司徒文宣王欽風慕德，致書慇懃，訪以法華宗旨，基乃著法華義疏，凡有三卷。

〈慧次傳〉：

文惠文宣悉敬以師禮四事供給。

〈法安傳〉：

講涅槃維摩十地成實論，相繼不絕，司徒文宣王及張融、何胤、劉繪、劉獻等，並稟服文義期爲法友。

還有法度、寶誌、法獻、僧祐、智稱、道禪、法護、僧旻、智藏等，〔註24〕齊梁二代的名僧，泰半皆與竟陵文宣王有關，可謂「道俗之盛，江左未之有也」〔註25〕

《南齊書》載：

又與文惠太子同好釋氏，甚相友悌，子良敬信尤篤，數於邸園營齋戒，大集朝臣眾僧，至於賦食行水，或躬親其事，世頗以爲失宰相體。勸人爲善，未曾厭倦，以此終致虛名。〔註26〕

子良信奉佛教頗重視修行，運用佛法的道理於生活中，也渡化他人，不疲不厭。他的思想可由〈淨住子淨行法門〉〔註27〕這篇著述中得見，這篇文章是勸人行善之作，由釋道宣〈統略淨住子淨行法門序〉〔註28〕，可明蕭子良的深信佛法與行誼：

言淨住者，即布薩之翻名，布薩天言淨住，人語或云增進，亦稱長養通道。及俗俱稟修行，所謂淨身口意，如戒而住，

〔註24〕這些僧侶皆與竟陵文宣王的往來，今僅列舉四位。

〔註25〕此言引自《南齊書・竟陵王子良傳》。

〔註26〕據陳寅恪〈四聲三問〉一文，永明七年，竟陵王集善聲沙門於京邸，造梵唄新聲，爲當時考文審音之大事。四聲說成立於永明之世，與此有關。

〔註27〕《南齊書》卷四十〈竟陵王子良傳〉。蕭子良自稱淨住子，作〈淨住子淨行法門〉共三十一條，收錄於《廣弘明集》卷三十二，台灣中華書局印行。

〔註28〕見《廣弘明集》卷三十二。

故曰淨住也。子者，紹繼爲義，以三皈七眾，制御情塵，善根增長，紹續佛種，故曰淨住子。

琅琊王融也爲這篇文章作頌，當時並「開筵廣第，盛集英髦，躬處元座，談敘宗致」〔註29〕，其旨意無非是令眾人「制御情塵，善根增長」，〔註30〕可見子良重視修行。史載其文：「所著內外文筆數十卷，雖無文采，多是勸戒」。〔註31〕

子良一生弘法護教，對佛經義理也極力提倡，據《出三藏記集》載，其所留下弘法文章有十六帙，一百一十六卷，〔註32〕他曾注《優婆塞戒》三卷、注《遺教經》一卷，著《維摩義略》、《雜義記》。亦曾抄寫《維摩經》、《妙法蓮華經》、《般舟三昧經》、《無量義經》、《十地經》、《華嚴經》、《大泥洹經》、《觀世音經》、《金剛般若經》等共十七部經典。

南齊時代，崇奉佛教除竟陵王子良之外，文惠太子、豫章王嶷及其子子範、子顯、臨川王映、長沙王晃、晉安王子懋、始安王遙光等皆信奉佛教。〔註33〕南齊一代，崇佛風氣是相當興盛的。

## 三、梁代的君王與佛法

在歷代的帝王中，梁武帝爲最崇奉佛法者，他在位四十八年，幾乎以佛治國，故南朝提倡佛教，以梁武帝時爲全盛時代。〔註34〕

梁武帝在南齊時，曾在竟陵王子良雞籠山西邸，與沈約、謝朓、王融、蕭琛、范雲、任昉、陸倕等文士相往還，曾有「竟陵八友」之稱，也同時與寶誌、寶亮、慧約、法雲、僧佑等僧侶往來〔註35〕，故

〔註29〕《南齊書》卷四十〈竟陵王子良傳〉。
〔註30〕同上。
〔註31〕同上。
〔註32〕梁僧佑《出三藏記集》卷十二，〈齊太宰竟陵文宣王法輯錄序〉。
〔註33〕《南齊書》卷四十。
〔註34〕梁代自西元502至549年，共四十八年，梁武帝蕭衍既是開國君主，同時梁代也亡於武帝之手。
〔註35〕見《南史》卷六〈梁本記上〉。

結下與佛教的因緣。

武帝原係道教世家，由於居雞籠山西邸這段因緣，而捨道歸佛，在天監三年四月八日率道俗二萬人於重雲殿作〈捨道發願文〉曰：

> 弟子經遲迷荒，耽事老子，歷葉相承，染此邪法，習因善發，棄迷知返，今捨舊醫，歸憑正覺，願使未來世中，童男出家，廣弘經教，化度含識，同共成佛，寧在正法之中，長淪惡道，不樂依老子教暫得生天。〔註36〕

他發表這篇文章，除了自身奉行外，也是要求公卿百官乃至平民百姓皆信奉佛教。實際上就是運用政治力量，大弘佛法，梁武帝提倡佛教，在位期間幾乎以佛化治國，大致有如下的行誼：

### （一）創建佛寺，塑佛雕像

據《南史》記載，梁代佛寺達五百座之多。〔註37〕梁武帝親自賜建大愛敬寺、智度寺、新林寺、仙窟、光宅、解脫、開善、同泰等寺院，且多雄偉巍峨。《南史》載：

> 衍崇信佛道，於建業起同泰寺，又於故宅立光宅寺，於鍾山立大愛敬寺，兼營長干二寺，皆窮工極巧，殫竭財力，百姓苦之。〔註38〕

梁武帝除建造佛寺之外，還造寺廟中的金、銀佛像與石佛像，如光宅寺鑄造丈八彌陀銅像，同泰寺的十方金銀像，且還在在剡溪造彌勒石像。僧傳載，武帝遣僧佑監造此佛像，從天監十二年開鑿，至天監十五年完成，「坐軀高五丈，立形十丈，龕前架三層台，又造門閣殿堂，並立眾基業，以充供養。」〔註39〕

### （二）重視戒律，斷除酒肉

《慧約傳》載：

〔註36〕《廣弘明集》卷四〈梁武帝捨事道法詔〉。

〔註37〕《南史》卷七十〈郭祖深傳〉：「都下佛寺五百餘所，窮極宏麗，僧尼十餘萬，資產豐沃。」

〔註38〕《魏書・蕭衍傳》。

〔註39〕《高僧傳》卷十三〈釋僧護傳〉。

> 天監十八己亥，四月八日，天子發弘誓心受菩薩戒，乃幸等覺殿，降凋王輦，屈萬乘之尊，申在三之敬，暫屏袞服恭受田衣，宣度淨儀曲躬誠肅，于時日月貞華天地融朗，……皇儲以下爰至王姬，道俗士庶，咸希度脫，弟子著籍者凡四萬八千人。〔註40〕

梁武帝親受菩薩戒，亦十分重視戒律，他曾命令超爲僧正，〔註41〕撰《出要律儀》共十四卷，《法超傳》載：

> 武帝又以律部繁廣臨事難究，聽覽餘遍遍戒檢，附世結交，撰爲一十四卷，號曰出要律儀。〔註42〕

武帝並分發境內，通令照行。

武帝又依據《涅槃經．四相品》等大乘經文，親撰〈斷酒肉文〉四篇〔註43〕，反覆闡明斷除酒肉的必要性和重要性。在〈與周捨論斷肉敕〉中，他強調「眾生所以不可殺生，凡一眾生，與八萬尸蟲，經亦說有八十萬億尸蟲，若斷一眾生命，即是斷八萬尸蟲命。」以大悲心勸令僧侶遵守斷酒肉，從而改變漢代以來漢僧食三淨肉的習慣，使素食與戒酒成爲漢僧的優良傳統。

### （三）講注經典，延僧注疏

據史載，梁武帝在第一次捨身後，經常舉行數萬人的法會，自己高升法座，爲僧俗宣講《大般涅槃經》、《摩訶般若波羅蜜經》、《金字三慧經》等，提倡佛學，盛極一時。《南史》載：「大通三年冬十月乙酉上幸同泰寺，升法座爲四部眾說涅槃經。」，同年「十一月乙未，上幸同泰寺升法座，爲四部眾說般若經。」，〔註44〕次年「二月癸未，

---

〔註40〕《續高僧傳》卷六〈釋慧約傳〉。

〔註41〕僧正即僧官，是由國家在僧侶中遴選任命，以管制監督佛教僧團爲目的，統領僧尼而執行法務。南北朝時代的僧官，分爲北朝系統的沙門統，和南朝系統的僧正，僧正的起源是姚秦之世，以僧䂮爲僧主。(《大宋僧史略》卷十)

〔註42〕《續高僧傳》卷二十一〈釋法超傳〉。

〔註43〕收錄於《廣弘明集》卷三十。

〔註44〕均引自《南史》卷七〈梁本記〉中。文中「四部眾」，包含出家的比

幸同泰寺設四部大會，升法會，發金字般若經題。」。〔註 45〕梁武帝於大通五年講《般若經》時，「皇太子、王侯以下，侍中司空袁昂等六百九十八人，其僧正僧令等義學僧鎮座一千人，……其餘僧尼及優婆塞、優婆夷，男冠道士、女冠道士、白衣居士、波斯國使、于闐國使、北館歸化人，講肆所班，供帳所設，三十一萬九千六百四十二人。」〔註 46〕。武帝升法座講經的盛況，和當時社會崇信佛法的狀況，可由這幾段記載中顯而易見，武帝對佛法的歸信和深入，也可從他升法座講經說法的行爲顯見之，梁武帝的舉止，在古今君王中是相當罕見的。

梁武帝博覽經書，對佛法的見地也獨到，他曾寫了很多重要的佛教論文，史載：「制《涅槃》、《大品》、《淨名》、《三慧》諸經義記數百卷。」。〔註 47〕具體言之，即《制旨大涅槃講疏》一百零一卷，《制旨大集經講疏》十六卷，《大品經注》五十卷，《發般若經題論義並問答》十二卷。另僧佑《出三藏記集》還收錄十六種著述，〔註 48〕但這些著述和注經都已散佚，今存者唯《弘明集》和《廣弘明集》中收錄的〈立神明成佛義記〉、〈敕答臣下神滅論〉〔註 49〕、〈爲亮法師製涅槃經疏序〉、〈斷酒肉文〉、〈摩訶般若懺文〉、〈金剛般若懺文〉、〈淨業賦〉、〈孝思賦〉、〈述三教詩〉、〈和太子懺悔詩〉。〔註 50〕

丘與比丘尼，和在家的優婆塞與優婆夷，即是佛之四眾弟子。

〔註 45〕同上。

〔註 46〕《廣弘明集》卷二十二，蕭子顯〈御講摩訶般若經序〉。

〔註 47〕此文於《南史·武帝本紀》，《梁書·武帝紀》中均有記載。

〔註 48〕《出三藏記集》卷十二，關於武帝著述目錄有：〈皇帝後堂建講記〉、〈皇帝後堂八關齋造十種燈記〉、〈皇帝六調制護記〉、〈皇帝敕撰經義記〉、〈皇帝敕淨名上出入記〉、〈皇帝天監五年四月八日樂遊大會記〉、〈皇帝後堂誌上起建講記〉、〈皇帝興誌上往復並序誌〉、〈皇帝後堂講法華誌上論難〉、〈皇帝造光宅寺豎剎大會記并臨川王啓事并敕答〉、〈皇帝敕諸僧抄經撰一翻胡音造戳立藏等記〉、〈皇帝造十無盡藏記〉、〈皇帝遣詣僧詣外國尋禪經記〉共十六種，惜今已亡佚。

〔註 49〕以上二文收錄於《弘明集》。

〔註 50〕以上八種著述見《廣弘明集》。

梁武帝還請名僧撰注疏，如命寶亮撰《涅槃疏》，命建元、法朗撰《涅槃經注》，又延請僧旻編《眾經要鈔》八十八卷，請智藏集眾經義理爲《義林》，命寶唱撰集佛教傳入以來道俗人士有關佛理的著述，成《續法門論》七十卷。武　帝還三次敕編有關佛經目錄，最後一次由僧佑編《出三藏記集》，是我國年代較古且較完善的經錄。

武帝不遺餘力的提倡佛教，爲佛教奠定了穩固的基礎，是隋唐佛教輝煌燦爛的一大契機。

## 四、陳代的君王與佛教

湯用彤云：

> 陳氏一代，首以中國多難故，南京僧寺誅焚略盡，帝王人民雖略事修復，然仍不如梁時之盛，帝王獎掖名僧常有所聞，其行事仍祖梁武之遺規。〔註 51〕

陳朝的國祚雖短促，僅三十三年，但當政皇帝多崇信佛教。陳武帝即位時，即「詔出佛牙於杜姥宅，集四部設無遮大會，高祖親出闕前禮拜。」〔註 52〕，次年，陳武帝還捨身大莊嚴寺，史載；「辛酉輿駕幸大莊嚴寺捨身，壬戍群臣表請還宮。」〔註 53〕，同年亦在大莊嚴寺對「發金光明經題」，且登台講經說法，陳武帝的行誼大致仍追隨梁武帝，其它帝王亦然。〔註 54〕

《廣弘明集》中，收錄陳代帝王的懺文，如宣帝〈勝天王般若懺文〉，文帝作〈妙法蓮華經懺文〉、〈金光明懺文〉、〈大通方廣懺文〉、〈虛空藏菩薩懺文〉、〈方等陀羅尼齋文〉、〈藥師齋懺文〉、〈娑羅齋懺文〉、〈無礙會捨身懺文〉。〔註 55〕但陳代帝王的著述和梁武帝相較，

---

〔註 51〕湯用彤《漢魏兩晉南北朝佛教史》，第十三章〈佛教之南統〉。

〔註 52〕《陳書》卷二〈高祖本紀〉下。

〔註 53〕同上。

〔註 54〕陳朝帝王中，武帝、文帝和後主皆曾捨身佛寺。

〔註 55〕《廣弘明集》卷三十六。

相去實遠，至若對佛教的貢獻亦不如前代。

總而言之，南朝的帝王多半是信佛者，且提倡佛教不遺餘力，由於這重因素，社會上自然也會有崇佛的風氣，「上有所好，下必效焉」，這是促使南朝佛教隆盛的契機，亦是最重要的因素。

## 第二節　南朝文人和佛教的結緣

《弘明集》載：

> 渡江以來，則王導、周顗，宰輔之冠蓋；王濛、謝尚，人倫之羽儀；郗超、王坦、王恭、王謐，或號絕倫，或稱獨步，韶氣貞情，又爲物表。郭文、謝敷、戴逵等，皆置心天人之際，抗身煙霞之間，亡高祖兄弟，以清識軌世；王元琳昆季，以才華冠朝。其餘范汪、孫綽、張玄、殷顗略數十人，靡非時俊。〔註56〕

這裡舉出東晉時代士大夫崇佛的情況，已是非常的普遍。

自晉至南北朝，是佛教流傳中國且逐漸中國化的時期，此時在文壇上佛教教義和信仰被文人接受與宣揚，文人和僧侶往來的情況非常普遍，文人們的佛教信仰是佛教深入傳播的表現，文人的信仰對佛教傳播起了推動作用，同時也對文學領域影響頗大。

何以文人信仰佛教對文學領域影響頗大？佛教初傳入中國時，從東漢初至魏晉時期，主要對社會生活各個領域，在日常生活和政治領域中發揮著日益重要的作用，但對文學領域影響甚微，由當時文學作品甚少關於佛理和佛教色彩可見。〔註57〕到了南朝，君王對佛教的提倡和譯經水準的提高，以及南朝文風鼎盛等因素，佛教和文學漸有比較密切的關係。

大陸學者張碧波、呂世瑋在〈中國古代文學家近佛原因初探〉一

---

〔註56〕《弘明集》卷十一，何尚之〈答宋文帝贊揚佛教事〉。

〔註57〕有關於佛理的著作以詩爲例，魏晉時甚少，根據逯欽立《先秦漢魏晉南北朝詩》中所收錄，三國時代未見佛理之作，至兩晉，約有十位文人以佛理入詩。

文中認爲：〔註58〕

謝靈運的出現是中國文學史上劃時代的大事，他不僅是山水詩的鼻祖，也是把佛教和文學成功的結合在一起的開拓者，……在謝靈運之前，佛教和文學仍是「兩股道上跑的車」，偶有「秋波」，亦因無恰當的契合點而難以眞正通融。是謝靈運對大自然的觀照中，發現了佛教體驗和審美體驗的共性，並成功地將統一於他內心的這兩種體驗表現在詩的文學形式之中。

南朝文人在詩歌中融入佛理，除謝靈運外，南齊沈約，陳徐陵、江總也是頗有特色的文人，將分述於後。至若受慧遠遺風影響，南朝宋初文人，如何尙之、謝靈運、雷次宗皆與慧遠有關，是故在進入文人與僧侶交遊這主題之前，宜先對慧師大師序以簡要的介紹，如此方能對南朝文人與僧侶的交遊有較爲完整的了解。

謝靈運〈廬山慧遠法師誄〉：〔註59〕

道存一致，故異化同暉；德合理妙，故殊方齊致。昔釋安公振玄風於關右，法師嗣末流於江左，聞風而悅，四海同歸，爾乃懷仁山林，隱居求志，於是衆僧雲集勤修淨行，同餐法風，栖遲道門，可謂五百之季，仰紹舍衛之風，〔註60〕廬山之嵎，俯傳靈鷲之旨，〔註61〕洋洋乎未曾聞也。

慧遠大師在東晉末年，以佛教領袖身份活動於士大夫之間。慧遠自卜居廬山後，即與弟子居東林寺弘揚佛法，當時許多僧侶和文士，皆受慧遠德風所感召，紛紛至東林寺追隨慧遠，據〈慧遠傳〉載：〔註62〕

率衆行道昏曉不絕，釋迦餘化於斯復興，既而謹律息心之

---

〔註58〕張碧波、呂世瑋著：〈中國古代文學家近佛原因初探〉，東北師大學報，1988年第3期。

〔註59〕唐道宣卷二十六。

〔註60〕舍衛是梵語，華言聞物亦云豐德，以其具四德故也，一具財寶德，二妙五欲德，三饒多聞德，四豐解脫德。

〔註61〕靈鷲是華言，梵語耆闍崛，《大智度論》云：「竹木精舍在耆闍崛山中，其地平坦嚴淨，勝於餘處，佛曾於中說法，故有精舍。」

〔註62〕《高僧傳》卷六〈釋慧遠傳〉。

士，絕塵清信之賓，並不期而至，望風遙集。

廬山成了東南佛教傳播的中心，亦成爲名人逸士嚮往的聖地。據僧傳，當時有彭城劉遺民、豫章雷次宗、雁門周續之、新蔡畢穎之、南陽宗炳以及張萊民、季碩等，遺棄世俗的榮華，跟隨慧遠大師。〔註63〕

元興元年，慧遠與宗炳、張野、周續之、雷次宗、劉遺民等在廬山般若台精舍無量壽佛像前，「建齋立誓，共期西方」。〔註64〕慧遠命劉遺民著文申其意，其文云：「法師釋慧遠，眞感幽奧，宿懷特發，延命同息貞信之士百有二十三人，集於廬山之陰般若台精舍阿彌陀佛像前，率以香華敬薦而誓焉。」，〔註65〕慧遠這一行動，令許多文士由佛法的欽慕，轉而信奉佛教，不僅思想上接受，在行爲上也躬自力行。

慧遠隱居廬山三十多年，影不出山，跡不入俗，每送客皆以虎溪爲界。但是他的聲譽卓著，影響廣泛，誠如謝靈運所云：「法師嗣末流於江左，聞風而悅，四海同歸。」，〔註66〕東晉末年至南朝初年，受慧遠教化者實多，劉宋初年文士與佛教關係密切，與慧遠之遺風息息相關也。

劉宋承東晉遺風，士大夫普遍崇信佛教，孫昌武《佛教與中國文學》一書中，提到有兩個客觀原因促使統治階級對佛教的提倡：〔註67〕

一、東晉末孫恩、盧循領導的農民起義利用了天師道，自然在佛道的較量，佛教受統治階級歡迎。

二、宋武帝劉裕稱帝前鎮壓的桓玄是反佛的，而劉裕得到了佛教的支持。

統治者對佛教的提倡，對佛教弘傳助益很大，如鳥之雙翼。南朝佛教興盛，君主的贊助有著非常大的影響。〔註68〕

---

〔註63〕同上。

〔註64〕同上。

〔註65〕同上。

〔註66〕《廣弘明集》卷十〈廬山慧遠法師誄〉。

〔註67〕《佛教與中國文學》，孫昌武著，東華書局。

〔註68〕詳見第一節。

宋文帝元嘉年間，朝政以文治爲主，文帝重儒術，立四學，雷次宗主儒學，何尚之主玄學，何承天主史學，謝元主文學。其中雷次宗是慧遠弟子，何尚之崇佛，謝元亦出身奉佛的家庭。佛學雖不入官學，但承道安、慧遠遺風，佛學也有相當的地位，許多文人在創作中表現出濃厚的佛教色彩。

南朝文人和佛教關係較爲密切者，以謝靈運、顏延之、沈約等較具代表性〔註69〕。南朝士族中，信奉佛教的也不少，廬江何氏、汝南周氏、瑯琊王氏、吳郡張氏、陸氏、陳郡謝氏皆信奉佛教。

《南史》謂：

> 何氏自晉司空充，宋司空尚之奉佛法，並建立塔寺，至敬容又舍宅東爲伽藍，趨權者因助財造構，敬容並不拒，故寺堂宇頗爲宏麗，時輕薄者因呼爲「眾造寺」。〔註70〕

廬江何氏，自東晉司空何充到劉宋司空何尚之，世代皆信佛。何尚之在答宋文帝之問中，對佛教的社會作用已有深刻的認識，〔註71〕何尚之孫何點也深信佛法。史載：

> 點門世信佛，從弟遁以東籬門園居之，……招攜勝侶，及名德桑門，清言賦詠，優游自得。〔註72〕

何點弟何胤也信奉佛教，曾注《百論》、《十二門論》各一卷。〔註73〕

吳郡陸氏，亦爲望族。宋明帝時陸澄，曾撰《法論》，收集漢末以來關於佛教的著作，共一百零三卷，分十六帙〔註74〕。據《續高僧傳》：

> 太常卿吳郡陸惠曉，左氏尚書陸澄，深相待接。〔註75〕

---

〔註69〕這些文人於生活或作品之中，都有著濃厚的佛教色彩，在南朝的文人之中也是爲人所熟悉的。

〔註70〕《南史》卷三十〈何尚之附敬容傳〉。

〔註71〕《弘明集》卷十一，何尚之〈答宋文帝贊揚佛教事〉。

〔註72〕《南史》卷三十〈何尚之附何點傳〉。

〔註73〕《南史》卷三十〈何尚之附何胤傳〉。

〔註74〕梁僧佑《出三藏記集》卷十二〈宋明帝敕中書侍郎陸澄撰法論目錄序〉。

〔註75〕《續高僧傳》卷五〈釋僧若傳〉。

陸澄與陸惠曉均器重僧若。惠曉子陸倕，因文才出眾，深受梁武帝器重，曾作〈和昭明太子鍾山解講〉，〔註 76〕且曾爲慧初禪師製墓碑，〔註 77〕對名僧旻也十分崇敬，〈僧旻傳〉：

> 吳郡陸倕，博學自居，名位通顯，早崇禮敬，是亦密相器重。時爲太子中庶，儐從到房，是稱疾不見，倕欣然曰：「此誠弟子所望也。」，人皆推倕之愛名德也。〔註 78〕

由此可知，陸倕與佛教徒之間的往來，不只限於文字上的因緣，亦有交遊往來。梁武帝時御史中丞吳郡陸杲，史載：「素信佛法，持戒甚精，著沙門傳三十卷。」〔註 79。〕釋法通隱息鍾阜，陸杲與陳郡謝舉、尋陽張孝秀並策步山門，稟其戒法〔註 80〕，且陸杲曾奉答〈梁武帝神滅敕〉〔註 81〕，可知陸杲與佛教之間關係其密切。

汝南周氏信奉佛教者，以周顒爲典型。據史載：「帝所爲慘毒之事，顒不敢顯諫，輒誦經中因緣罪福事，帝亦爲之小止。」〔註 82〕。宋明帝時，周顒常在殿內，爲明帝爲慘毒之事，即誦佛經中因緣罪福報應之事，以提醒明帝，由於宋明帝也信佛，故可以起一些作用，據僧傳載周顒此舉與僧瑾的勸告有關〔註 83〕。周顒與僧侶往來甚爲密切，如〈慧基傳〉載：「周顒蒞剡請基講說，顒既有學功特深佛理，及見基訪覈日有新異。」又〈曇斐傳〉：「吳國張融，汝南周顒，顒子捨等，並結知交之狎焉。」；〔註 84〕又〈釋法護傳〉：「齊竟陵王，總校玄釋，定其虛實，仍於法雲寺建豎義齋，以護爲標領……，中書侍郎周顒，並

---

〔註 76〕《廣弘明集》卷三十九。
〔註 77〕《續高僧傳》卷五〈慧勝傳〉。
〔註 78〕《續高僧傳》卷五〈釋僧旻傳〉。
〔註 79〕《南史》卷四十八〈陸杲傳〉。
〔註 80〕《高僧傳》卷八〈釋法通傳〉。
〔註 81〕《弘明集》卷十。
〔註 82〕《南齊書》卷四十一〈周顒傳〉。
〔註 83〕《高僧傳》卷七〈釋僧瑾傳〉：「瑾嘗謂顒曰：『陛下比日所行殊非人君舉動，俗事諷諫無所獲益，妙理深談彌爲奢緩，唯三世若報最近切情，檀越儻因機候，正當陳此而已。』」
〔註 84〕〈慧基傳〉〈曇斐傳〉均見於《高僧傳》卷八。

虛心禮待未嘗廢也。」；又〈釋法雲傳〉：「齊中書周顒、琅琊王融、彭城劉繪、東莞徐孝嗣等，一代名貴，並投莫逆之交。」〔註85〕

由上述《高僧傳》與《續高僧傳》的記載可知，周顒與僧侶的交往是非常密切的。周顒本人對佛理亦精通，《南史》載：「顒音辭辯麗，長於佛理，著三宗論，言空假義。西涼州智林道人，讀顒書，深相讚美。」〔註86〕。除此之外，周顒生活簡素，「清貧寡欲，終日長蔬，雖有妻子，獨處山舍。」〔註87〕，這般的生活可謂是典型的佛教居士，也可見周顒對佛教的歸信。

陳郡謝氏，東晉時與佛教的關係即頗爲深遠。至宋初的謝靈運更深信佛教，年十五即從慧遠法師遊，〈廬山慧遠法師誄〉：「予志學之年希門之末。」〔註88〕，其自幼受學於佛學大師，及長與慧琳友善，同爲劉義眞的入幕之賓；任永嘉郡守時，又與法勗、僧維徜徉山水之間；待罷官移籍會稽，則與曇隆、法流等涵泳於自然，共研佛理〔註89〕，靈運和僧侶的往來是非常密切的。慧遠大法去逝後，「謝靈運爲造碑文，銘其遺德〔註90〕。

謝靈運與范泰常言：「六經典文本在濟俗爲治，必求靈性眞奧，豈得不以佛經爲指南耶。」〔註91〕。靈運曾著〈辯宗論〉，闡明道生的頓悟之義，嘗注《金剛般若》〔註92〕，與慧嚴、慧觀等修改《大般涅槃經》，這些皆可說明他對佛學的義理有相當的修養。

謝靈運詩中也常引用佛理，如：〔註93〕

情用賞爲美，事昧竟誰辯，觀此遺物慮，一悟得所遣。(〈從

〔註85〕〈釋法護傳〉〈釋法雲傳〉見於《續高僧傳》卷五。
〔註86〕《南史》卷三十四〈周顒傳〉。
〔註87〕同上。
〔註88〕釋道宣《廣弘明集》。
〔註89〕關於謝靈運的傳記，《南史》與《宋書》均有記載。
〔註90〕《高僧傳》卷六〈釋慧遠傳〉。
〔註91〕《高僧傳》卷七〈釋慧嚴傳〉。
〔註92〕《廣弘明集》卷二十五〈金剛般若經集註序〉。
〔註93〕謝靈運的詩見逯欽立《先秦漢魏晉南北朝詩》。

斤竹澗越嶺溪行〉)

恬如既已交，繕性自此出。(〈登永嘉綠嶂山〉)

至若〈石壁立招提精舍〉、〈過瞿溪山飯僧〉等篇，則是通篇言佛理，如：

敬擬靈鷲山，尚想祇洹軌，絕溜飛庭前，高林映窗裡。禪室栖空觀，講宇析妙理。(〈石壁立招提精舍〉)

望嶺眷靈鷲，延心念淨土，若乘四等觀，永拔三界苦。(〈登石室飯僧〉)

這些詩皆顯而易見是闡述佛理。

據〈僧睿傳〉載：「陳郡謝靈運好佛理，殊俗之音，多所達解，乃諮睿以經中諸字並象音異旨，於是著〈十四音訓敘〉，條例梵漢，昭然可了，使文字有據焉。」〔註94〕謝靈運不僅和僧侶往來密切，對佛教也有很大的貢獻。

南朝士族文人與佛教有關者，當然不只上述數家，文人大多長於儒學和玄學，他們與佛教僧侶的密切交往及對佛教義理的研究，對促進佛學與中國文化的融合有著積極的作用。

和謝靈運共稱的顏延之，也是劉宋初的代表人物，他也傾心於佛教，與名僧慧靜、慧彥等結交。他的佛學造詣主要表現於論佛文章中，何尚之〈答宋文帝贊揚佛教事〉引文帝言：「顏延之之析〈達性〉，宋少文難〈白黑〉，論明佛法汪汪，尤爲名理並足，開獎人意。」，〔註95〕可見其議論文字水準頗高。今存顏延之之論佛文字主要有〈釋何衡陽達性論〉、〈重釋〉、〈又釋〉三篇，他維護佛教觀點，宣揚「施報之道」，對慧琳〈白黑論〉，何承天〈達性論〉加以辯駁。

〈慧嚴傳〉云：「顏延之著〈離識觀〉及〈論檢〉。帝命嚴辯其異同，往復終日，帝笑曰：『公等今日，無愧支、許。』」〔註96〕支遁與

〔註94〕《高僧傳》、〈慧睿傳〉。

〔註95〕《弘明集》卷十一，何尚之〈答宋文帝贊揚佛教事〉。

〔註96〕《高僧傳》卷七〈慧嚴傳〉。

許詢，二人講經辯難是極佳的，而顏延之的論辯亦佳。史載：「席上使問續之三義，續之雅仗詞辯，延之每析以簡要，既連挫續之，上又使還自敷釋，言約理暢，莫不稱善。」，〔註 97〕由此段記載，可見顏延之的佛學素養，是相當深厚的。

沈約也篤信佛教，精通內典，他著有《四聲》一卷，與周顒等人參照佛經轉讀與印度明，總結出四聲八病，創永明體詩，關於這一部份將於第四章中討論。

在這個時期，由於佛教的發展，以及君王的信奉佛法，文人們已廣泛地接受並信奉佛教。這一時期，文人在研習佛教教義的同時，許多人還禮佛、講經，並參與佛教信仰的實踐躬行。如是，表現宗教生活的作品也多，大致而言，佛教已漸漸與文人生活相結合。

〔註 97〕《宋書》卷七十三〈顏延之傳〉。

# 第三章　兩晉至南朝佛典翻譯概況

佛教在中國的弘傳，有二方面，一方面是靠僧團弘傳外；另一方面則必須靠佛典的翻譯與流通。中國文人接受佛教的薰染，佛經的翻譯與弘傳更有直接關係。魏晉之後，佛教廣泛而深入地流傳到文人之中，文人研習佛典漸成風氣。對於具有悠久傳統的中國而言，佛經的義理，恢宏的想像力以及佛經文學的表現，較僧侶的宗教宣傳更具吸引力，是故佛典對於中國文人的影響亦相對深刻。

梁啓超先生云：

> 凡一民族之文化，其容納性愈富者，其增展力愈強，此定理也。我民族對於外來文化之容納性，惟佛學輸入時代最能發揮，故不惟思想界發生莫大變化，即文學界亦然，其顯跡可得而言也。〔註1〕

自漢明帝永平年間，派使者前往西域求法，〔註2〕佛教開始傳入中國，從此經過一千多年來的吸收與消融，使佛教對於整個中國文化有巨大的交融，這過程中佛典的翻譯佔有極重要的地位。

---

〔註 1〕見梁啓超《佛學研究十八篇》。

〔註 2〕佛法初入中國，相傳起於東漢明帝，《魏書・釋老志》：「帝遣郎中蔡愔，博士弟子秦景等使天竺，寫浮屠遺範，愔仍與沙門攝摩騰、竺法蘭東還洛陽，中國有沙門及跪拜之法，自此始也。」

佛經翻譯是中國翻譯事業的開始。

中國佛經的翻譯，以東漢桓帝初年安世高在洛陽翻釋《安般守意經》等三十九部爲始〔註3〕。至東晉南北朝隋唐爲極盛時代，宋元以後，雖也有過譯經，但都只是補闕的工作，實在是微不足道〔註4〕。

從東漢至唐的六百多年間，譯經的大師輩出，譯經事業更加蓬勃，歷代的高僧傳皆以譯經篇居首，《宋高僧傳》卷三，以譯經師的語文能力爲標準，將歷代譯經分爲三期：

> 一、初則梵客華僧，聽言揣意，方圓共鑿，金石難和，宛配世界，擺名三昧，咫尺千里覿面難通。
>
> 二、次則彼曉漢談，我知梵說，十得八九，時有差違，至若怒目看世尊，彼岸度無極矣。
>
> 三、後則猛顯親往，奘空兩通，器請師子之膏，鵝得水中之乳，內豎對文王之問，揚雄得紀代之文，印印皆同，聲聲不別，斯爲之大備矣。

梁啓超依上述觀點，亦分爲三期，他在〈翻譯文學與佛典〉一文中提到：〔註5〕

> 第一、外國人主譯期，以安世高、支婁迦讖爲代表。
>
> 第二、中外人共譯期，以鳩摩羅什、覺賢、眞諦爲代表。
>
> 第三、本國人主譯期，以玄奘、義淨爲代表。

按梁啓超所舉的代表人物，安世高、支婁迦讖屬東漢桓靈年間；鳩摩羅什、覺賢、眞諦屬南北朝，玄奘與義淨則屬唐代。

---

〔註 3〕《佛祖統記》三十五：「(明帝永平) 十一年，勑洛陽城西雍門外立白馬寺，攝摩騰始譯四十二章經。」佛家一般採信此一記載，認爲《四十二章經》是我國最早的佛經翻譯作品。梁啓超《佛學研究十八篇》以爲《四十二章經》的譯者「其中不能於漢代譯家中求之，只能向三國兩晉著作家求之。」，推翻《佛祖統記》的說法，本文採梁氏說法。

〔註 4〕佛經至唐代大部份已經譯出，宋元以後幾無佛學，依梁啓超〈中國佛法興衰沿革說略〉所言，內部原因是禪宗盛行，諸派皆絕，棒喝之人，吾輩無標準，測其深淺；外部之原因，則儒者方剽竊佛理自立門户，是故佛學幾亡也。

〔註 5〕見梁啓超《佛經研究十八篇》，台灣中華書局印行。

以下將分節敘述兩晉及南朝的佛經翻譯，〔註6〕因時代斷限與譯經特色非完全一致，故本論文是以時代先後爲骨幹，交織以重要譯師，提綱契領點明重要譯經師的特色、成就，以及各時代的譯經風貌，藉以呈現兩晉南朝佛典與翻譯的概況。

## 第一節　兩晉的佛典翻譯概況

關於佛典翻譯的分期，若依宋贊寧《宋高僧傳》，大約可以分成：〔註7〕

一、探索時期，由東晉至西晉。

二、興盛時期，由東晉至隋。

三、成熟時期，唐代。

梁啓超〈佛典之翻譯〉一文云：佛典翻譯，可略分爲三期：

自東漢至西晉，則第一期也。東晉南北朝爲譯經事業之第二期。

自唐貞觀至貞元，爲翻譯事業之第三期〔註8〕。

五老舊侶〈佛經翻譯制度考〉一文中記載：

中國佛教的翻譯事業，自後漢至元代歷一千二百多年，從譯經事業發展的過程說，可分爲四個時代。〔註9〕一、自原始時代，自佛教傳來以後，經過後漢，三國而至西晉。

二、自西晉經東晉至羅什以前。

三、自羅什以後，經眞諦，到玄奘時代。

四、衰頹時代。

此一節主要係敘述兩晉的翻譯事業，上述幾種對佛經翻譯的分

〔註6〕兩晉，包含西晉與東晉，但東晉時代，政權移至南方，至於北方，先後有符秦、姚秦、前涼、北涼，這些譯經師皆以東晉統稱之。

〔註7〕此分期，除依宋贊寧《宋高僧傳》外，還參照魏承恩《中國佛教文化論稿》第二章〈漢文大藏經與佛經翻譯〉一文。

〔註8〕梁啓超對於譯經史的分期，有兩種不同的分期，分別見〈翻譯文學與佛典〉、〈佛典之翻譯〉二文，均收入《佛經研究十八篇》一書中。

〔註9〕見《佛典翻譯史論》，現代佛教學術叢刊，大乘文化出版社。

期，今此節採贊寧的分法，則西晉屬於第一期探索時期，東晉係歸之第二期興盛時期。此文寫作係以時代先後爲主軸，再交織以重要譯經師，以突顯各個時代的翻譯概況。東晉時代介紹至鳩摩羅什，至若慧遠已把譯場移至南方，故一併於南朝的佛典翻譯這一節討論。

## 一、西晉的佛典翻譯

西晉的譯經，據《開元釋教錄》卷二云：「西晉凡經四帝五十二年，緇素一十二人，所出經或集失譯諸經，總三百三十三部，合五百九十卷」其中竺法護一人單獨譯出一百七十五部三百五十四卷，超過總數一半以上。〔註 10〕可見其於譯經史的重要性，也是最具代表性的，自他以後，東晉開始譯經事業又進入另一個新境界。

竺法護，梵名是達摩羅刹，係月支人後裔，世居敦煌，「時人咸謂敦煌菩薩也」。他博覽六經涉獵諸子百家，曾遍遊西域，通曉西域各國三十六種語言，回國後「唯以弘通爲業，終身寫譯，勞不告倦。」。〔註 11〕

他是西行求法有去有回的第一人，《高僧傳》卷一譯經篇上〈竺法護傳〉記載其求法與譯經的貢獻：

> 是時晉武之世，寺廟圖像雖崇京邑，而方等深經蘊於蔥外，護乃慨然發憤，志弘大道，遂隨師至西域，遊歷諸國，外國異言三十六種，書亦如之，護皆遍學，貫綜詁訓，音義字體，無不備識。遂大譯梵經，還歸中夏，自敦煌至長安，沿路傳譯寫爲晉文，所獲覽即正法華光讚等，一自六十五部。孜孜所務，唯以弘通爲業，終身寫譯勞不告勸，經法所以廣流中華者，護之力也。

〔註 10〕據《開元釋教錄》卷二載，西晉一代共譯出經典三百三十三部，五百九十卷，而就竺法護一人即譯一百七十五部三百五十四卷。其次聶道眞二十四部三十六卷；白法祖一十六部十八卷；其它竺法蘭、釋法炬等皆只是一、二部而已，竺法護一人所譯經典實超過一半以上。

〔註 11〕見《高僧傳》卷一譯經篇〈竺法護傳〉。

竺法護在譯經史上的最大貢獻，是他譯經種類繁多，涉及《寶積》、《華嚴》、《般若》、《法華》、《涅槃》等經類均有譯本，西晉一代所通行的大乘經典，幾乎皆出於竺法護之手，爲大乘佛教在中國廣泛弘揚開拓了新的局面。道安〈漸備經敘〉云：「護公，菩薩人也，尋其餘音遺迹，使人仰之彌遠，夫諸方等無生諸三昧經，類多此公所出，眞眾生之冥梯。」。道安法師也非常推崇竺法護的譯本，曾云：「護公所出，若審得此公手目，綱領必正，凡所譯經雖不辯妙婉顯，而宏達欣暢，特善無生，依慧不文，朴則近本。」〔註12〕可以見得竺法護在佛教界地位之崇高。

在竺法護譯經時，有許多助手爲他執筆及詳校。時有聶承遠、于道眞父子、竺法首、陳士倫、孫伯虎、虞世雅等。《高僧傳》卷一：「時有清信士聶承遠，明解有才篤志務法，護公出經多參正文句，超日明經初譯，頗多繁重，承遠刪定，得今行二卷。」聶承遠父子，除承旨筆錄外，還常常參正文句，並在助譯過程中累積經驗，竺法護過世之後，繼續譯經，可說是竺法護精神的延長。〔註13〕

西晉時期，仍屬於佛經初傳的探索期，這時期譯經未有周詳的譯經計劃，而且所譯經典大多數篇幅僅有一、二卷，係零品斷簡，不成系統，由於譯師以西域人居多，不甚精通漢語，助譯的漢人又不通胡語，通易造成錯誤，故贊寧《宋高僧傳》云：「梵客華僧，聽言揣意，方圓共鑿，金石難拓，盌配世間，擺明三昧，咫尺千里，覿面難通。」譯本質量仍是辭不達意。

## 二、東晉的佛典翻譯〔註14〕

東晉的佛教興盛，有二大重要因素——佛典翻譯的進展和高僧的出現。

據智昇《開元釋教錄》列三國兩晉譯經人數爲三十八人，譯出佛

〔註12〕同上。

〔註13〕關於竺法護的介紹，主要係根據《高僧傳》卷一譯經篇〈竺法護傳〉。

〔註14〕此「東晉」，實包含符秦、姚秦、北涼等。

經七百零二部，共一千四百九十三卷，而東晉時代佛典的翻譯，有許多超越前代的成就。

**（一）早期佛教基本經典《阿含經》和藏中的論藏《阿毗曇》的創譯**

曇摩難在西元364～368，譯成《中阿含經》，《增一阿含經》，這是大部《阿含》的創譯，經道安考證，寫成〈增一阿含經序〉。僧伽提婆和僧伽羅叉重譯《中阿含經》，校改《增一阿含經》這就是現在的經本。〔註15〕

**（二）譯經大師鳩摩羅什的出現，和重要大乘經論的譯出。**

羅什大師於譯經的十二年中，譯出經籍七十四部，其中有《大品般若》、《小品般若》、《金剛經》、《首楞嚴三昧經》、《大智度論》、《百論》、《十二門論》、《成實論》，對佛教義學發生巨大影響。〔註16〕

**（三）三藏中律藏典籍的譯出。**

東晉時代先後譯出《十誦律》五十八卷，《四分律》六十卷，以及大眾所傳《摩訶僧祇律》四十卷，其中《四分律》成爲唐代律宗基本經典。〔註17〕

以上就是東晉時代大致譯經狀況概述之，承接西晉的譯經，今以時代先後爲次序，將重要譯經師的成就和貢獻略加敘述，以掌握東晉的譯經事業。

## （一）道　安

至東晉時代譯經的規模日趨擴大，由一、二人對譯的形式開始轉向多人合作、集體翻譯，這方面的首創之功當推東晉高僧道安。

道安，永嘉六年生於常山扶柳縣，十二歲出家，後受業於佛圖澄，

〔註15〕此段文字敘述係參考孫述圻《六朝思想史》，第四章〈六朝前期的格義佛教〉。

〔註16〕同上。

〔註17〕同上。

他學識淵博，一生皆弘揚佛教，研究佛學，而且成就卓著，此列舉道安對翻譯佛經的貢獻，可分爲幾方面來說：〔註18〕

**1. 整理佛經，撰集佛經目錄**

自漢末以來，經三國、西晉，佛經的大量翻譯，流傳的佛經日益繁多，有一經異名異譯，也有未標明譯者和年代，這些現象皆造成閱經者和研究者極大障礙。道安法師，在襄陽時即大量收集整理佛經，編撰《綜理眾經目錄》，這是中國最最有系統的佛經目錄。《高僧傳》卷五〈道安傳〉:「自漢魏迄晉譯經稍多，而傳經之人名字弗說，後人追尋莫測年代，安乃總集名目表其時人，詮品新舊撰爲經錄，眾經有據，實由其功。」

《綜理眾經目錄》早已散失，但其大部份還保存在梁僧佑編的《出三藏記集》裡，從中仍可見其原貌。《出三藏記集》分書分成:「一撰緣記，二詮名錄，三總經序，四述列傳。」等四大單元，其中第二單元完全根據安錄增補擴充而成。〔註19〕後世的經錄，都在道安經錄的基礎上發展而成，僧佑的《出三藏記集》即是如此。

**2. 組織譯經道場**

道安於東晉孝武帝太元四年入長安，直到圓寂，共達六年之久，這期間他主持譯場，且積極參與譯經工作，這項工作獲得符堅的鼎力支持，符堅的武威太守兼秘書郎趙政爲檀越，全力支持道安的譯經，同時也親自參與譯經工作。〔註20〕

道安譯場的譯經，主要是小乘經典，參加之僧人，主要有竺佛念、竺佛護、慧高、道安的同學法和及弟子僧磐、僧睿、僧導等，其中以

〔註18〕此分類主要依《高僧傳》卷五義解篇〈釋道安傳〉爲主，再參考楊耀坤《中國魏晉南北朝宗教史》，建立綱目。

〔註19〕據《出三藏記集》中卷，目錄有七部份，其中四部份是〈新集安公古譯經錄第一〉、〈新集安公失譯總錄第二〉、〈新集安公涼土異經錄第三〉、〈新集安公關中譯經錄第四〉。下卷第五也有〈新集安公疑經錄第二〉、〈新集安公注經及雜經志錄第四〉。

〔註20〕此文根據《高僧傳》卷五〈竺佛念傳〉。

竺佛念最突出。《高僧傳》云：〔註 21〕「諷習眾經粗涉外典，其蒼雅詁訓尤所明達，少好遊方備觀風俗，家世西河，洞曉方語，華戎音義，莫不兼解……，自世高支謙以後，莫踰於念，在符姚二氏，爲譯人之宗，故關中僧眾咸共嘉焉。」，在道安的譯場中，許多重要經典，幾乎皆由他擔任傳譯的工作。

《高僧傳》云：「初安篤志經典，務在宣法，所請外國沙門僧伽跋澄，曇摩難提，及僧伽提婆等，譯出眾經百萬餘言。」由於道安法師不懂梵文，所以必得聘請外國沙門擔任主譯工作。至於道安本人則擔任校定的工作，〈釋道安傳〉云：「常與沙門法和，詮定音字，詳覈文旨，新出眾經，於是獲正。」他校定一部新經之後，皆會寫一篇序文記其緣起，今皆存於《出三藏記集》中。

道安是兩晉時期傑出的高僧，他對當時流行的大小經典皆有精研，且其徒眾很多，並主張「教化之體，宜令廣佈」，〔註 22〕兩次分散徒眾，使之遍布大江南北，這對佛教的傳播普及，起了很大影響。且其聲譽亦遠播，鳩摩羅什聞知道安，譽之「東方聖人，恒遙而禮之」。東晉孫綽稱道安「博物多才，通經明理」，〔註 23〕道安圓寂後，復贊之曰：「物有廣瞻，人固多宰，淵淵釋安，專能兼倍，飛聲汧隴，馳名淮海，形雖草化，猶若常在。」〔註 24〕可見道安譯經和主持譯場，在當時是備受敬重的。

### （二）鳩摩羅什

符秦以道安法師主持之譯場爲中心，姚秦則以鳩摩羅什所主持之譯場爲中心，他繼承道安法師的遺澤，爲佛教的譯經事業開創了空前的盛況，他是佛教四大譯師之一。〔註 25〕鳩摩羅什，天竺人，其後移

〔註 21〕《高僧傳》卷一譯經篇〈竺佛念傳〉。
〔註 22〕《高僧傳》卷五義解篇〈釋道安傳〉。
〔註 23〕孫綽《名德沙門論》（係於《高僧傳》卷五〈釋道安傳〉中）。
〔註 24〕《高僧傳》卷五〈釋道安傳〉。
〔註 25〕四大譯經是鳩摩羅什、眞諦、玄奘、不空。

居龜茲，七歲時隨母出家，後遊歷西域沙勒、莎車諸國遍參名師，學通大小乘，且兼通五明之學。〔註26〕每年羅什於西域升座說法之時，西域「諸王皆長跪座側，令什踐而登焉。」羅什「道震西域，聲被東國」。〔註27〕在長安的道安早已聞知，以是勸符堅西迎羅什，但是東來過程備極艱辛，直至姚秦弘始三年（西元 401），姚興對羅什十分尊重，「待以國師之禮，甚見優寵」，〔註28〕請其住於長安逍遙園西明閣，羅什便在長安開展譯經事業，直到弘始十五年圓寂。

如果沒有姚興的鼎力支持佛教，如何能促使關中彌漫濃厚的佛教氣習，名僧雲集。同時長安經過符秦道安法師和趙政的建設，已成譯經重鎮，而且道安法師留下訓練有素的譯經人才，如法和、慧常、竺佛念、僧磬、僧導、僧叡等，這些人才後來皆至羅什門下，成爲優秀譯經集團，故「羅什時法會之盛，實得力於安公。」。〔註29〕由於政治的環境和道安建立的基礎，使羅什的譯經成就非凡。今分述如下：

### 1. 譯經態度的審慎

羅什在翻譯文體上改變過去「直譯」，重質的方式，而運用達意的「意譯」，〔註30〕使中土誦習者易於接受。他的翻譯除了求不失原意之外，還注意保存原本的語趣。在文字方面，他採取「胡音失者，正之以天竺，秦名謬者，定之以字義。」，〔註31〕因而訂正不少舊譯本的錯誤。至於佛經的義理上，羅什採取「以論釋經」的方法，過去譯經由於受語言上隔閡影響，〔註32〕未必能把教理明白顯現出來，甚至有誤譯的情形，中國人則運用「格義」或「合本」的方式，〔註33〕

---

〔註26〕五明之學，指的是聲明、因明、醫方明、工巧明、內明五種學問。

〔註27〕《高僧傳》卷二〈鳩摩羅什傳〉。

〔註28〕同上。

〔註29〕湯用彤《漢魏兩晉南北朝佛教史》第十章。

〔註30〕關於意譯、直譯二者之別，將於第三節中說明。

〔註31〕《出三藏記集》卷八〈大品經序〉。

〔註32〕過去譯師以西域僧人或天竺人爲主，皆不諳漢語，必須經過口述，再請人筆受，易造成錯誤。

〔註33〕「合本會譯」，首創於支謙，即原文脫落，以注文和本文混雜。「格

但透過「格義」，是老莊思想的佛法，運用「合本」，亦犯積非成是的毛病。羅什爲除此二種失譯狀況，於是把印度的「論部」譯出，以論來印證經文，如是就可以更正確譯出經義，如以《大智度論》解釋《大品般若經》的部份，僧叡《大智度論序》云：「經本既定，乃出此釋論。」又〈大智度論記〉云：「法師略之，取其要，足以開釋文意而已」，其用意即是要澄清世人對經文的誤解，以折服大眾。

2. 譯場設立和譯經成就

羅什的譯經事業基本是承繼道安所創的舊規，由朝廷全力支持，加以擴充，成爲國立譯場的開端。《高僧傳》：「興使沙門僧䂮、僧遷、法欽、道流、道恆、道標、道叡、僧肇等八百餘人，諮受什旨。」，〔註 34〕當時長安眾僧雲集，他們既精教理，兼善文辭，執筆承旨，各展所長，故能相得益彰。他從弘始四年到十五年，前後十一年，譯出《大品般若經》、《妙法蓮華經》、《維摩詰經》、《阿彌陀經》、《金剛經》等大乘經典，《百論》、《中論》、《十二門論》、《大智度論》、《成實論》等論〔註 35〕，系統地介紹大乘佛法與龍樹中觀學說〔註 36〕，《開元釋教錄》記載有七十四部三百八十四卷。

由於他通梵、漢語文，態度謹慎，譯經「手執胡本，口宣秦言，兩釋異音，交辯大旨」，「胡音失者，正之以天竺；秦名謬者，定之以字義；不可變者，即而書之」，〔註 37〕其譯經文質統一，正確也具文采，使誦習者易於接受，擴大了佛教的影響，至於內容及譯經技巧上，

---

義」是指佛教徒援引老莊玄學思想解釋佛經的做法，這種方法創始於晉初竺法雅。〈竺法雅傳〉：「雅乃與康法朗等，以經中事數，擬配外書，爲生解之例，謂之格義。」

〔註 34〕《高僧傳》卷二〈鳩摩羅什傳〉。

〔註 35〕《中論》、《百論》、《十二門論》發展至隋唐成爲三論宗；《成實論》則形成成實學派。

〔註 36〕此龍樹中觀學說，係指《大智度論》的翻譯，此論係中觀學派創始人龍樹所著，透徹地闡發般若性空的思想，並對《大品般若》作了系統的解說與論證。

〔註 37〕《出三藏記集》僧睿〈大品般若經序〉。

羅什可謂開拓了佛經翻譯史的新紀元。〔註 38〕

## 第二節　南朝的佛典翻譯

西晉以後，由於淝水之戰失敗，政治分立，司馬氏政權南渡，北方歷經符秦、姚秦、北涼、北魏，在譯經事業皆曾有輝煌成就。釋道安、鳩摩羅什、皆居重要地位，大概情形已見上節敘述。

至於南方，隨著政權南移，許多僧侶隨之南下，使江南的譯經事業興盛。之後，由於南朝君主的提倡，經過宋、齊、梁、陳四朝，均有譯本譯出。今擬自東晉政權南渡以後，至宋、齊、梁、陳，系統地介紹南方的翻譯事業，故慧遠、僧伽提婆、覺賢皆於此節一併討論。〔註 39〕

### 一、東晉時代南方的譯經

東晉時代南方的譯經事業，慧遠是重要人物，他是道安的弟子，道安於襄陽把徒眾分散後，慧遠即南渡，後卜居廬山，一住三十年。他始住龍象精舍，東林寺建成之後，慧遠偕弟子居東林寺弘揚佛法，「率眾行道，昏曉不覺，釋迦餘化於斯復興，既而謹律息心之士，覺塵親信之賓，並不期而至，望風遙集。」〔註 40〕廬山成了東南佛教傳揚的中心，名人逸士嚮往的聖地。「彭城劉遺民，豫章雷次宗，雁門周續之，新蔡畢穎之，南陽宗炳張榮民季碩等，並棄世遺榮依遠遊止。」〔註 41〕

元興元年，慧遠及宗炳、張野、周續之、雷次宗、劉遺民等在廬山之陰般若雲台精舍，無量壽佛像前，「建像立寺共朝西方」。〈慧遠

〔註 38〕漢譯本佛典有所謂舊經、新經的區別，第一次新經出現在姚秦時代，以鳩摩羅什所出者爲新譯，而稱其前的譯本爲舊譯。

〔註 39〕淝水之戰後，南北政權分立，北方以符秦、姚秦、北涼、北魏爲主，至於南方以司馬政權爲主，後再經宋、齊、梁、陳四代。慧遠南渡至廬山，是南方佛教的開端，也影響日後南朝的佛教。

〔註 40〕《高僧傳》義解篇〈慧遠傳〉。

〔註 41〕同上。

傳〉：「法師釋慧遠，貞感幽奧，宿懷特發，乃延命同志息心，貞信之士百有二十三人，集於廬山之陰般若台精舍，阿彌陀佛像前，率以香華敬薦而誓焉。」〔註42〕慧遠這一行動，人們稱之爲結白蓮社，將它視爲中國淨土宗的起源。〔註43〕

慧遠至廬山後，感到佛經多有未備，禪法無聞，律法殘缺，便派法淨、法領等到西域尋經，帶回一些梵本，得以傳譯。一些外國僧侶也雲集廬山，如僧伽提婆，前秦時到達長安，曾參加道安譯場，於晉孝武帝太元十六年至廬山，慧遠便請他譯出《阿毗曇心論》與《三法定論》〔註44〕，這是毗曇學在南方宏揚的開端〔註45〕。

鳩摩羅什到長安，慧遠致書問候，兩位大師往返酬答，互相切磋佛學。慧遠亦遣人至長安，迎覺賢禪師到廬山，以使覺賢所傳之學能在江南傳播，後來覺賢到建康，譯出《大方廣佛華嚴經》，對後世佛教義學的發展影響甚大〔註46〕。

慧遠對佛教，有許多建設性的貢獻，其功績不在道安之下，廬山東林寺，幾乎成爲南北佛教重地，他雖足不出山，言行卻風行朝野。就譯經而言，他雖不懂梵文，但在譯經史上卻佔重要地位。湯用彤云：「提婆之毗曇，覺賢之禪法，羅什之三論，三者東晉佛學之大業，爲之宣提且得廣於南方者，具由遠公之毅力。」〔註47〕

謝靈運〈廬山慧遠法師誄〉云：〔註48〕

> 昔安公振玄風於關右，法師嗣末流於江左，聞風而悅，四海同歸爾。乃懷仁山林，隱居求志，於是眾僧雲集，勤修

〔註42〕此文雖出自《高僧傳》卷六〈慧遠傳〉，但這段文字是慧遠大師命劉遺民所作。

〔註43〕由於慧遠此一行動，淨土宗視其爲第一代祖師。

〔註44〕僧伽提婆譯《阿毗曇心論》、《三法度序》，此二文見《出三藏記集》卷十。

〔註45〕毗曇即指論藏，阿毗達磨藏，梵語阿毗達磨，亦名阿毗曇，華言論。

〔註46〕《高僧傳》卷二〈佛馱跋陀羅傳〉。

〔註47〕湯用彤《漢魏兩晉南北朝佛教史》十一章〈釋慧遠〉。

〔註48〕《廣弘明集》卷二十六。

淨行，同餐法風，栖遲道門，可謂五季仰紹舍衛之風，廬山之俯傳靈鷲之旨，洋洋乎未曾聞也。

江南譯經雖可遠溯至三國的康僧會、支謙，但譯經的昌盛，則在東晉末年，這和慧遠的提倡有關，僧伽提婆傳授毗曇，和佛陀跋陀羅譯經授禪，都和慧遠有關。〔註49〕

僧伽提婆，「罽賓人，入道修學遠求明師，學通三藏，大善阿毗曇心，洞其纖旨，常誦三法度論晝夜踐味，以爲入道之府也。」〔註 50〕他精通毗曇文字，符秦時代在關中譯出阿昆曇十六卷〔註51〕，後於東晉孝武帝太元年至江南，譯出經典五部一百一十八卷，其中《阿毗曇心論》、《三法度論》係在廬山受慧遠之請翻譯，慧遠並爲之作序。〔註52〕

提婆之後又東遊京都，「晉朝王公及風流名士莫不造席致敬」〔註 53〕，東亭侯瑯琊王珣對其禮敬，請其重譯《中阿含》、《增阿含》等，而由道慈、道祖爲之筆受〔註 54〕，道慈有〈中阿含經序〉，記其出經始末〔註 55〕。而僧伽提婆的譯經大致皆和慧遠大師有關。

佛陀跋陀羅，譯名覺賢〔註 56〕，他在長安遭擯斥時，慧遠曾致書姚秦君王，欲迎其入廬山譯經。之後他曾譯出《出生無量門持經》、《達摩多羅禪經》（又名《修行方便禪經》），慧遠曾作序紀其事〔註57〕。之後他又到京師，在道場寺譯出許多經典。

---

〔註49〕〈慧遠傳〉云：「初經流江東，多有未備，禪法無聞，律藏殘闕，遠慨其道缺，乃令弟子法淨法領等遠尋眾經，踰越沙雪，曠歲方返，皆獲梵本，得以傳譯。」，江南律藏和禪法得以弘傳，乃慧遠派弟子西行尋經方得，且如佛馱跋陀羅所譯《華嚴經》六十卷，也是慧遠弟子攜回梵本，故湯用彤云：「提婆之毗曇，覺賢之禪法，羅什之三論，三者東晉佛學大業，爲之宣揚且待廣於南方者，俱由遠公之毅力。」

〔註50〕《高僧傳》卷一譯經篇〈僧伽提婆傳〉。

〔註51〕見《開元釋教錄》。

〔註52〕見註44。

〔註53〕見《高僧傳》卷一〈僧伽提婆傳〉。

〔註54〕道慈、道祖二人係慧遠大師弟子。

〔註55〕《出三藏記集》卷九。

〔註56〕文中凡對佛馱跋陀羅的敍述，皆以覺賢稱之。

〔註57〕收於《出三藏記集》卷九。

《高僧傳》卷二〈覺賢傳〉云：「先是沙門支法領，於于闐得華嚴前分三萬六千，未有宣譯，至義熙十四年，吳郡內史孟顗、右衛將軍諸叔度即請賢爲譯將。乃手執梵文，共沙門法業，慧嚴等百餘人，於道場譯出，詮定文旨，會通華戎，妙得經意，故道場寺猶有華嚴堂焉。」《華嚴經》的梵本，係由法領攜回，而法領之西行求法，則是奉慧遠之命〔註 58〕。自法領帶回《華嚴經》梵本，覺賢則在道場寺譯出《大方廣佛華嚴經》六十卷。他曾與法顯共譯僧祇律四十卷，六卷《泥洹經》等重要經典。當時僧侶慧觀、智嚴、寶雲，也皆同在建業，蔚爲東晉時南方譯經弘法的中心。

## 二、南朝的譯經事業

南朝的譯經，在中國佛教史佔有重要地位，道宣律師云：「宋、齊、梁等朝，地分圻裂，華夷參政，翻譯並出，至於廣部傳俗，絕後超前，即見敷揚，聯耀惟遠。」〔註 59〕，南朝的譯經以宋、陳兩朝最重要。〔註 60〕

劉宋的譯經，以求那跋陀羅所譯最多。〔註 61〕

求那跋陀羅，係中天竺人，長於大乘學，世號爲「摩訶衍」，宋太祖元嘉十二年到達廣州，刺史車朗表聞，宋太祖便派人前去迎接至京師，並派名僧慧嚴、慧觀迎於新亭，受到帝王和許多名士欽仰，「初住祇洹寺，俄而太祖延請深加崇敬，瑯琊顏延之通才碩學，束帶造門，於是京師遠近冠蓋相望，大將軍彭城王義康，丞相南譙王義宣，並師事焉。」〔註 62〕

〔註 58〕《高僧傳》卷六〈慧遠傳〉：「初經流江東，多有未備，禪法無聞，律藏殘闕，乃令弟子法淨法領等遠尋眾經，踰越沙雪，曠歲方返，皆獲梵本，得以傳譯。」

〔註 59〕道宣《大唐內典錄》卷一〈歷代眾經傳譯所從錄〉。

〔註 60〕由於君王提倡之故，南朝之宋、陳二代譯經最多。

〔註 61〕據《大唐內典錄》卷四〈宋朝傳譯佛經錄〉，求那跋陀羅共譯七十七部一百一十六卷。

〔註 62〕《高僧傳》卷三〈佛馱跋陀羅傳〉。

後從僧眾之請，在祇洹寺譯《雜阿含經》，於東安寺譯《法鼓經》，在丹陽郡譯《勝鬘經》、《楞伽經》。自宋太祖元嘉中開始譯經，經宋孝武帝，至宋明帝泰始元年去逝，皆陸續從事譯經工作，其譯經範圍甚廣，包含大小乘經典、戒律和禪學。

求那跋陀羅所譯經典中，有些經典影響甚大，如《楞伽經》是法相宗的重要經典之一，亦是禪學傳受的依據，也是後來禪宗的宗經。至於《雜阿含經》之一〔註 63〕，也是當中最重要的。求那跋陀羅「對法相典籍，特所著眼，蓋是時印度承無著世親之後，法相之學漸盛，遂流入我國也。」〔註 64〕

宋初譯經，還有漢地僧人智嚴、寶雲等，宋文帝元嘉年間，智嚴曾與寶雲共譯《普昭經》、《廣博嚴淨經》、《四天王經》等。後寶雲於六合山寺譯《佛本行贊經》，《高僧傳》載：「晚出諸經多雲所治定，華戎兼通音訓允正，雲之所定眾咸信服。」〔註 65〕。據記載寶雲共譯《付法藏經》、《新無量壽經》、《佛所行贊經》、《淨度三昧經》等四部十五卷；智嚴共譯《普昭經》、《無盡意菩薩經》、《阿那含經》等共十四部。〔註 66〕

梁陳之際來華的眞諦，是南朝重要的譯師，他亦是中國四大譯師之一。〔註 67〕

眞諦，原名拘那羅陀〔註 68〕，他於梁武帝年間使臣張氾從扶南國請來華，於太清二年抵建業，但適逢侯景之亂，被迫東行，住富春縣令宅中，和寶悰等二十人組織譯場。大寶三年（552）回到建業，

〔註 63〕其他三部《阿含經》是——東晉僧伽提婆釋《中阿含經》、符秦曇摩難提譯《增一阿含經》、後秦佛陀耶舍釋《長阿含經》。

〔註 64〕湯用彤《漢魏兩晉南北朝佛教史》，第十二章〈傳譯求法與南北朝之佛教〉。

〔註 65〕《高僧傳》卷三譯經篇〈釋寶雲傳〉。

〔註 66〕見《大唐內典錄》。

〔註 67〕四大譯師是鳩摩羅什、眞諦、玄奘、不空。

〔註 68〕眞諦的傳記見《續高僧傳》卷一〈拘那羅陀傳〉。

其後又輾轉江西、福建、廣東等地。眞諦在華二十三年，雖因世亂，流離各方，但他隨方傳譯未曾中止，後譯出《十七地論》、《決定藏論》、《中邊分別論》等瑜伽學派典籍；和《俱舍論》、《俱舍釋論》、《大乘起信論》、《如實論》等如來藏系統的論著，共六十四部，合二百七十八卷。〔註 69〕

眞諦所傳瑜伽學派的思想和唐玄奘是同屬印度無著、世親的系統。眞諦的不少譯本，玄奘都重新譯過，但不盡相同，這是由於兩家所依據的支系不同。

眞諦所傳播的瑜伽學說，由於當時建康守舊派人士的反對，沒有起多大的影響。直至眞諦逝世之後，其弟子傳播《攝論》之學，於是《攝論》學傳遍南北，和北方《地論》學並駕，對中國佛教影響深遠。

## 第三節　佛典翻譯與其文學表現

佛法弘傳我邦，適逢動亂之世〔註 70〕，政治不安，人心惶惶，故佛法便於宣化。而佛法得以源遠流長，則「傳譯之功尙矣」〔註 71〕，是故《高僧傳》、《續高僧傳》、《宋高僧傳》，皆以〈譯經篇〉居首。

中國文人接受佛教，主要是通過閱讀漢譯佛典，明代高僧蓮池大師《竹窗隨筆》一書云：「佛經者，所謂至辭無文也，而與世人較文，是陽春與百卉爭顏也。」這是站在宗教方面立論，故略其文學的意趣。近人梁啓超〈翻譯文學與佛典〉一文〔註 72〕，論翻譯文學影響於一般文學有三：

一、國語實質之擴大；

---

〔註 69〕關於眞諦譯經的數量，《續高僧傳》記六十四部二百七十八卷；《大唐內典錄》記四十八部二百三十二卷；《開元釋教錄》定三十八部一百一十八卷。

〔註 70〕佛法傳入中國適逢哀帝時，當時政治混亂，有王莽篡漢，人民生活十分貧苦。

〔註 71〕慧皎《高僧傳》譯經篇論曰。

〔註 72〕梁啓超《佛學研究十八篇》。

二、語體及文法之擴大；

三、文學情趣之發展。

其中第三項云：

> 吾輩讀佛典，無論何人，初展卷必生一異感，覺其文體與他書迥然殊異，其最顯著者：
>
> （一）普通文章中所用「之乎者也矣焉哉」等字，佛典一概不用。
>
> （二）既不用駢文家之駢詞儷句，亦不採古文家之繩墨格調。
>
> （三）倒裝句法極多。
>
> （四）提挈句法極多。
>
> （五）一句中或一段落中含解釋語。
>
> （六）多覆牒前文語。
>
> （七）有聯綴十餘字乃至數十字而成之名詞；一名詞中含形容格的名詞無數。
>
> （八）同格的語句，鋪排敘列，動至數十。
>
> （九）一篇之中，散文詩歌交錯。
>
> （十）其詩歌之譯本為無韻的。

依贊寧的分期，在唐玄奘以前，即探索期和興盛期時，翻譯佛經的主譯者多半是西域或天竺的僧侶，這些外來僧侶的漢語不甚通暢，必須請漢人作筆受，而有時筆受者未必可以完全掌握佛經的意旨，而且經過口述之後，再記錄下來的文字，也不一定通達流暢。

有時外來僧侶會以其語法來表達，這樣和中國語法相去甚遠，而筆受的中國人對主譯者的文字語詞加以潤飾以後，是故使佛經呈現出迥然不同的風貌。

梁啓超於〈文學情趣之發展〉云：

> 試細檢藏中馬鳴著述：其佛本行贊，實一首三萬餘言之長歌，今譯本雖不用韻，然吾輩讀之，猶覺其與孔雀東南飛等古樂府相彷彿。其大乘莊嚴論，則直是「儒林外史式」之一部小說，其原料皆採自四阿含，而經彼點綴之後，能

> 令讀者肉飛神動。馬鳴以後成立之大乘經典，盡汲其流，皆以極壯闊之文瀾，演極微妙之教理。若華嚴、涅槃、般若等，其猶著也。此等富於文學性之經典，復經譯家宗匠以極優美之國語為之迻寫，社會上人人嗜譯，不信解教理者，亦靡不心醉於詞績。〔註73〕

梁啓超的意見，可謂鞭辟入裏，頗能掌握翻譯佛典和文學之間的要意。因爲佛典翻譯和中國文學二者之間涵蓋的範圍非常廣泛，今僅就佛典翻譯中音譯和意譯問題試加以探討。

## 「音譯」和「意譯」的意義

佛典的翻譯，其譯經的水準的和翻譯的方式是息息相關的，本章前二節提到佛經的翻譯，大致可分成三期，而每一期的情形皆不相同，譯經師的態度亦異。若以譯經師對語言詞句的要求的不一來看，可分音譯和意譯二法。

《法句經序》云：〔註74〕

> 諸佛典興皆在天竺，天竺語言與漢異音，云其書爲天書，語爲天語，名物不同，傳實不易。往昔藍調安侯世高、都尉弗調，譯胡爲漢，審得其體，斯以難繼。始者維祇難出自天竺，以黃武三年來通正昌，僕從受此五百本，請其同道竺將炎爲譯，將炎雖善天竺語，未備曉漢，其所傳言所得胡語，或以意出音，近於質直。僕初嫌其辭不雅，維祇難曰：「佛言依其文不用飾，取其法以不嚴其傳，經者當令易曉，勿失厥義，是則爲善。」座中咸曰：老氏稱「美言不信，信言不美」仲尼亦云：「書不盡言，言不盡意。」明聖人意深遂無極。今傳胡意，實宜經達。是以自竭受譯人口，因循本旨，不加文飾，譯所不解，則闕不傳，故有脫失，多不出者，然此辭朴而旨深，文約而義博。

這裡所提到需要翻譯的，係因語言文字「名物不同」，是故「傳實不

〔註73〕見梁啓超《佛學研究十八篇》中〈翻譯文學與佛典〉一文。
〔註74〕《出三藏記集》卷七〈法句經序〉。

易」。雖然如此，仍希望可以傳實，故主張「依其義不用飾」、「因循本旨，不加文飾」，這就是直譯。

在翻譯佛經的初期，即大致由東漢經三國至西晉，當時的譯經師都是西域人或天竺人，他們不嫻漢語，有些對佛經義理的了解也有限，於是請中國人擔任筆受。由他們口述大意，然後再由中國人寫成文字，如此必然會有問題產生。誠如《宋高僧傳》云：「初則梵客華僧，聽言揣意，方圓共鑿，金石難和，宛配世間，拽名三昧，咫尺千里，覿面難通。」〔註 75〕這種以言揣意的方法，表達上難以正確，翻譯上的困難是可想而知的。

東晉道安是主張直譯的，在他的譯場中，其所監譯的經本，必須「案本而傳，不令有損言遊字，時改倒句，餘盡實錄。」他曾言：

> 昔未出經者，多嫌梵言方質，改適今俗，此所不取。何者，傳梵爲秦，以不閑方言，求知辭趣耳，何嫌文質？文質是時，幸勿易之。經之巧質有來自矣；唯傳事不盡，乃譯人之咎耳。〔註 76〕

道安法師對於翻譯，非常重視合於原文原意，即「不失本」，他曾提出「三不易」的譯經原則：〔註 77〕

> 三達之心，覆面所演，聖必因俗，時俗有易，而刪雅古以適今俗，一不易也。愚智天隔，聖人叵階，乃欲以千歲之上微言，傳使合百王之下末俗，二不易也。阿難出經，去佛未久，尊大迦葉令五百六通，迭察迭書，今離千年而以近意量裁，彼阿羅漢乃兢兢若此，此生死人而平平若此，豈不知法者勇乎，斯三不易也。

由上述文字可以略知，道安法師是對於翻譯佛經的態度是相當謹慎的。

當然，「直譯」是力求合於原文原意，似乎是理想的譯法，但是不同的國度，其文字和文法是差異懸殊的，所以完全直譯是行不通

〔註 75〕贊寧《宋高僧傳》卷三。
〔註 76〕《出三藏記集》卷十〈鞞婆沙序〉。
〔註 77〕《出三藏記集》卷八〈摩訶鉢羅波羅蜜經抄序〉。

的，故鳩摩羅什大師主張「意譯」。《高僧傳》卷二云：〔註 78〕

> 什每爲僧叡論西方辭體，商略同異，云「天竺國俗，甚重文制，其宮商體韻，以入絃爲善。凡覲國王，必有贊德，見佛之儀，以歌嘆爲貴，經中偈頌，皆其式也。但改梵爲秦，失其藻蔚，雖得大意，殊隔文體，有似嚼飯與人，非徒失味，乃令嘔噦也？

鳩摩羅什主「意譯」，他本人深通梵語，兼嫻漢語，加上其態度十分謹慎，對原文亦非常忠實。

《大品經序》云：

> 手執梵本，口宣秦言，兩釋異音，交辯文旨……，與諸宿舊義業沙門釋慧恭，僧磬、僧遷、寶度、慧精、法欽、道流、僧叡、道恢、道恒、道樹、道悰等五百餘人，詳其義旨，審其文中，然後書之。……胡音失者，正之以天竺，秦名謬者，定以字義，不可變者，即而書之，是以異名蔚然，胡音殆半，斯實匠者之公謹，筆受之重愼也。

道安主張「直譯」，鳩摩羅什則注重「意譯」，至慧遠則提出「折中說」，他曾說：

> 自昔漢興，逮及有晉，道俗名賢，並參懷聖典，其中弘通佛教者，傳譯甚眾，或文過其意，或理勝其辭。以此考彼，殆兼先興，後來賢哲，若能參通晉胡，善譯方言，幸復詳其大歸，以裁厥中焉。〔註 79〕

這裡提到「文過其意」是意譯的流失，亦造成佛典的眞正意旨被隱沒；至於「理過其辭」，這是直譯的疏失，由於二者皆有疏失，故慧遠提出：

> 簡繁理穢，以詳其中，令質文有黜，義無所越。

如是可以解決「意譯」和「直譯」之失，但是這仍非完善之法，必須等到唐玄奘提出「五不翻」法則，〔註 80〕才可謂對「直譯」「意譯」

---

〔註 78〕《高僧傳》卷二〈鳩摩羅什傳〉。

〔註 79〕《出三藏記集》卷十〈三法度序〉。

〔註 80〕玄奘「五不翻」即秘密故不翻、含多義故不翻、此方無故不翻、順古故不翻、生善故不翻。

的問題提出完善的折衷方案。

# 第四章　佛教弘傳與聲律說的關係

## 第一節　聲律說的溯源

文學之表現端賴於語言文字，而追溯語言文字之本源不外乎聲音，聲音實為表現文學美感的要素。所謂美化的聲音必須具有音樂性的諧和，即必須藉節奏以表現，而聲律又為節奏之主魂。聲律的運用，有助於情感的表現、意象的聯想、文章節奏的優美，故聲律與文學二者是合一的。中國文字為一字一音，運用於文章中，最易表現出聲韻的曼妙。自古以來，各類文體相繼產生，各種聲律說也先後提出，雖呈現出不同的特點，然皆根據韻的異同、相重疊、相呼應，以表現其節奏，而求音聲之和諧。

《文心雕龍》知音篇：

> 將閱文情，先標六觀：一觀位體，二觀置辭，三觀通變，四觀奇正，五觀事義，六觀宮商。

〈練字篇〉亦云：

> 諷誦則績在宮商。

宮商為調聲協律，亦即文章之聲律節奏，是知文學作品之美感，除見於辭采，更有藉資於聲音；其形式美之構成，音律和諧實為第一要件。

## 一、由文學史角度探討

所謂美化的聲音必具音樂之和諧，這種和諧藉由節奏表現，節奏表現於文學中者，即謂之聲律。

大抵最初之聲律，皆指自然音律；在古代詩樂未分之時，詩之音律即存於樂中，詩樂分開之後，詩文聲律僅存於詞句中。《尚書・舜典》云：「詩言志，歌永言，聲依永，律和聲。」《禮記・樂記》亦云：「凡音之起，由人心生也。人心之動，物使之然也。感於物而動，故形於聲；聲相應，故生變；變成方，謂之音。」可見在上古時代，文學聲律的興起，是緣於人類情感的流靈，「歌詠所興，宜自生民始也。」，〔註1〕故《詩經・大序》曰：「詩者，志之所之也，在心爲志，發言爲詩。情動於中，而形於言；言之不足，故嗟嘆之；嗟嘆之不足，故永歌之；永歌之不足，不知手之舞之，足之蹈之也。情發於聲，聲成文韻之音。」以《詩經》爲例，押韻形式已甚嚴密，而其音調和諧，已合於聲律。但這是屬於自然的聲律。

中國文字的特性，爲孤立與單音，因其孤立，故宜於講對偶；因其爲單音，故宜於務音律。文學講求音律，受佛經轉讀的影響極大。慧皎《高僧傳》卷十三云：〔註2〕

> 始有魏陳思王曹植，深愛聲律，屬意經音，既通般遮之瑞響，又感魚山之神製；於是刪製瑞應本起，以爲學者之宗。傳聲則三千有餘，在契則四十有二。

又云：〔註3〕

> 昔諸天讚唄，皆以韻入弦管，五眾既與俗違，故宜以聲曲爲妙。原夫梵唄之起，亦肇自陳思，始著太子頌及睒頌等，因爲之製聲，吐納抑揚，並法神授。

曹植深愛音律，作文亦爲文製聲，在他的集子中，有些作品即暗合律詩平仄，且音韻和諧，如〈浮萍篇〉：「浮萍寄清水，隨風東西流，結

〔註1〕引自《宋書・謝靈運傳論》。
〔註2〕慧皎《高僧傳》卷十三〈經師論〉。
〔註3〕同上。

發辭嚴親，來爲君子仇。」〔註4〕在《法苑珠林》亦記載關於曹植與梵音之事跡。〔註5〕

> 植每讀佛經，則流連嗟玩，以爲至道之宗極也。遂則轉贊七聲升降曲折之響，世之諷誦，或憲章焉。嘗遊魚山，忽聞空中梵天之響，清雅哀婉，其聲動心，觸動良久，而侍御皆聞。植深感神，彌悟法應，乃摹其聲節，寫爲梵唄，撰文制音，傳爲後式，梵聲顯世，始於此焉。

由《高僧傳》卷十三的資料，和《法苑珠林》的記載，知曹植傳聲三千有餘，研究梵唄之音律，亦可謂聲律說之倡導者。

繼曹植而談聲律之說的是晉之陸機，其《文賦》云：

> 其爲物也多姿，其爲體也屢遷，其會意也尚巧，其遣言也貴妍。暨音學之迭代。若五色之相宣；雖逝止之無常，固崎錡而難便。苟達變而識次，猶開流以納泉。如失機而後會，恒操末以續顛。謬玄黃以秩敘，故淟涊而不鮮。

這段是說文章立意尚巧，用辭貴美，而音韻尤當和諧。文章聲律配合和諧，猶如彩繡五色鮮明相映一般。至若音韻變化無常，固然雖以用文辭加以妥貼的安排，但如果懂得它們的變化，則下筆流暢，猶如開流納泉。反之，若不能掌握的恰到好處，那麼寫出來的文章，就如同配錯了顏色、顛倒顏色次序的綵繡一樣，顯得污濁而不鮮明。陸機主張詩文之聲調貴乎「錯綜」、「變化」而有「秩序」的和諧之道，然其時聲律之學初興，尚未嫻協調音律之定術。

南朝宋文帝時，范曄繼承陸機的理論再予以發展。《宋書・范曄傳》云：〔註6〕

> 性別宮商，識清濁，斯自然也。觀古今文人，多不了此處，縱有會此者，不必從根本中來。年少中，謝莊最有其分，手筆差於文，不拘於韻故也。吾思乃無定方，特能濟艱難，

〔註4〕逯欽立《先秦漢魏晉南北朝詩・魏詩》。
〔註5〕唐・道世《法苑琳林》卷四十九〈贊嘆部〉。
〔註6〕見《宋書》卷六十九〈范曄傳〉，又《後漢書》題爲自序。

適輕重。

范曄以音樂的宮商，清濁來比擬文學的聲律，他認為宮商、清濁皆是自然的聲律，據范文瀾《文心雕龍・聲律篇注》:「觀蔚宗此辭，似調音之術，已得於胸懷，特深自祕重，未肯告人。左礙而尋右，末滯而詩前，即所謂濟艱難，適輕重矣。」〔註 7〕但是范曄終未能闡明具體之聲律，由其行文中知「性別宮商，識清濁」指的即是自然之音律也。

且范曄通習音樂，似已通曉調聲協律之術，如〈獄中與諸甥姪書〉:〔註 8〕

> 至於音樂，聽功不及自揮，但所精非雅聲，為可恨。然至於一絕處，亦復何異邪？其中體趣，言之不盡。弦外之意，虛響之音，不知所從而來。雖少許處，而旨態無極。亦嘗以授人，士庶中未有一豪似者。此永不傳矣。

這裡雖指演奏的音樂而言，但文學之聲律與音樂亦有關，故范曄既通音樂，則能別音之宮商，識音之清濁，但音樂既是「弦外之意，虛響之音，不知所從何來」，則於文學之聲律，似乎亦難悟一具體之規律，然而范曄能辨別音之宮商，識聲之清濁，已較曹植、陸機進步。其所作〈獄中與諸甥姪書〉雖然僅僅言及宮商，未明言四聲，然其時代距沈約已不遠，惜其早逝，未能提出更深入的理論。

前述之聲律溯源，皆為知其然而不知其所以然的「自然聲調」，事實上自然聲調存在於文字本身的發音，以及因文章的意境情趣所引發的情感，其所產生的抑揚頓挫節奏感。而沈約所昃出的人為聲律說之前，事實上是經過很長一段時間的發展與蘊釀的。

## 二、佛教傳入和「聲律說」的提出

齊梁時代，文風崇尚雕琢，和它雕琢聲律是密不可分的。而聲律上的雕琢，亦是齊梁文風在形式上的重要時特徵。《梁書・庾肩吾傳》

〔註 7〕范文瀾《文心雕龍》。

〔註 8〕《宋書》卷六十九〈范曄傳〉。

云：

> 齊永明中，文士王融、謝朓、沈約文章始用四聲，以爲新變。至是轉拘聲韻，彌尚麗靡，復逾于往時。

永明聲律說的興起及昌明，和佛經的翻譯與轉讀應是有關的。〔註 9〕

《高僧傳》卷十三：

> 天竺方俗，凡是歌詠法言皆稱爲唄，至於此土，詠經則稱爲轉讀，歌贊則號爲梵唄。〔註 10〕

轉讀者，在使經文可向大眾宣讀，這是佛教徒於翻譯佛經之外，另一宣傳教義的方法，故讀經不僅誦其字句，且詠歌以傳其節奏。這也說明天竺的梵唄到中國以後發生了變化，分化成二種，一種是詠經，主要是詠佛經的散文體；一種是梵唄，主要是歌贊經中偈頌。〔註 11〕

何以會分化成轉讀和梵唄兩途呢？

《高僧傳・經師論》云：

> 良由梵音重復，漢語單奇，若用梵音以詠漢語，則聲繁而偈迫，若用漢曲以詠梵文，則韻短而辭長。

由於漢語與梵文的語音體系不同，即漢語是一字一音，而梵語是以字母拼合而成，是故造成二者的差別。於是有「譯文者眾，傳聲者寡」〔註 12〕的情況。在宋、齊以前，就已存在誦經與梵唄兩種形式，誦經一般流行於漢地的僧人中，至於梵唄則流行於西域僧人或在漢地出生懂梵文的僧人之中。東晉道安法師，是漢地出家人，由於不懂漢語，故「每至講說，唯敘大意，轉讀而已。」〔註 13〕而他對於梵唄是不通的。因爲上述的因緣，使梵唄至宋齊時逐漸消失。

爲了要恢復梵聲，使傳譯佛經聲文並得，宋、齊時的僧人掀起分辨梵漢之音的轉讀高潮。《高僧傳》卷十三記載，建康一帶僧人，如

---

〔註 9〕陳寅恪先生〈四聲三問〉,《清華學報》九卷 3 期。

〔註 10〕梁慧皎《高僧傳・釋慧忍傳》。

〔註 11〕梁慧皎《高僧傳經師論》。

〔註 12〕《高僧傳》卷五義解篇〈釋道安傳〉。

〔註 13〕《高僧傳》卷十三法師篇〈釋僧饒傳〉。

釋僧饒「偏以音聲著稱」、「少俱爲梵唄長齋，時轉讀亦有名於當世」；〔註 14〕釋道慧「素行清負博涉經典，特稟自然之聲，故偏好轉讀」；〔註 15〕釋智宗「博學多聞尤長轉讀」〔註 16〕，建康的白馬寺尤擅長轉讀，幾位擅長轉讀的僧人，如上述幾位，皆卒于宋孝武大明年間，距永明不過二、三十年，當坳文人也多和懂轉讀的僧人交往，他們向僧人學習佛教義理的同時，也向他們學習轉讀的聲律，且運用到口語與文學中去，因而促成永明聲律說的產生。

《高僧傳》卷七：「陳郡謝靈運篤好佛理，殊俗之音，多所達解。」〔註 17〕卷十三〈釋曇遷傳〉：「巧於轉讀，有無窮聲韻。彭城王義康、范曄、王曇首並皆遊狎。」還有周顒父子以及張融與釋曇斐、釋法慧結爲知音。〔註 18〕《續高僧傳》卷六記載沈約與慧約法師的交往，「少傅沈約，隆昌中外任，攜乎同行，在郡惟以靜漠自娛，禪誦爲樂。」，〔註 19〕且二人文章往復相繼晷漏。這些道俗才學在當時也把聲律運用到清談與文學中去。

《南齊書・劉繪傳》載：

> 永明末，京邑人士盛爲文章談議，皆集竟陵西邸。繪爲後進領袖，機悟多能。時張融、周顒並有言工，融音旨緩韻，顒辭致綺捷，繪之言吐，又頓挫有風氣。時人爲之語曰：「劉繪貼宅，別開一門」，言在二家之中也。〔註 20〕

〈周顒傳〉載：

> 顒音辭辨麗，出言不窮，宮商朱紫，發口成句。
>
> 每賓友會同，顒虛席晤語，辭韻如流，聽者忘倦。〔註 21〕

---

〔註 14〕《高僧傳》卷十三法師篇〈釋僧慧傳〉。

〔註 15〕《高僧傳》卷十三法師篇〈釋智宗傳〉。

〔註 16〕《高僧傳》卷七義解篇〈釋慧叡傳〉。

〔註 17〕《高僧傳》卷八〈釋曇斐傳〉,《高僧傳》卷十三論法篇〈釋法慧傳〉。

〔註 18〕《高僧傳》卷六，〈釋慧約傳〉。

〔註 19〕《南齊書・劉繪傳》。

〔註 20〕《南齊書・周顒傳》。

〔註 21〕聲明，是五明之一，聲即聲教，明即明了，謂世間文章語言文字，永明就是在這樣的背景下和諸多人的努力下發明創造的，而一旦運用于文學，自必助長了當時雕琢藻繪的文風。

## 第二節　永明「聲律說」的提出

佛教傳入和永明聲律說之提出，有著密切的關係，由於受佛經「轉讀」的影響，不僅使四聲得以成立，並且對中國文學與聲韻的發展，皆有幫助，關於四聲成立的經過，陳寅恪先生於〈四聲三問〉中提到：

> 中國入聲，較易分別，平上去三聲，乃摹擬當時「轉讀」佛經之三聲而成。「轉讀」佛經之三聲，出於印度古時聲明論之三聲也，〔註22〕於是創爲四聲之說。撰作聲譜，借「轉讀」佛經之聲調，應用於中國之美化文，四聲乃盛行。永明七年二月二十日，竟陵王子良大集沙門於京邸，造梵唄新聲，爲當時考文審音一大事，故四聲之成立，適值永明之世，而周顒、沈約爲此新學說之代表人也。〔註23〕

上文對四聲的成立，陳氏認爲是受佛經「轉讀」的影響，這部份亦曾在上一節討論過。在討論永明聲律說這個主題之前，宜先對「轉讀」和「梵唄」有所了解。

### 一、「轉讀」與「梵唄」

《續高僧傳》卷三十云：〔註24〕

> 梵者，淨也。寔惟天音，色界諸天來覲佛者，皆陳讚頌，經有其事祖而習之，故存本因詔聲爲梵。

所謂「梵唄」，係源自於印度。在印度稱爲「天音」，相傳色界諸天下凡覲佛時，皆要陳述讚頌，故稱爲「梵唄」。據《三藏法數》載，

---

皆悉明了通達，故曰聲明。（五明，即聲明、因明、醫方明、工巧明、內明）出處。

〔註22〕見《清華學報》第九卷第2期。

〔註23〕道宣《續高僧傳》卷三十〈雜科聲德篇論〉。

〔註24〕《三藏法數》，無錫丁福保藏版，228頁。

〔註 25〕大梵天王所之聲，即是梵音，具五種清淨之音——正直音、和雅音、清徹音、深滿音、周遍遠聞音。

梵唄傳入中國後，遂成爲佛教僧侶讚唱的風氣，此讚唄傳誦日久，與印度之音調不同，各地音調也不盡相同，這主要是各地方語言不同，自然就形成南腔北調，誠如《續高僧集》所載：〔註 26〕

然彼天音未必同此，故東川諸梵，聲唱尤多……故知神州一境聲類既各不同，印度之與諸蕃，詠頌居然自別。

至於「轉讀」，乃是一種正確的音調與節奏，去朗誦佛經的經文，此亦是宣揚佛教的方法。「轉讀」佛經，不僅誦讀其字母，也必須傳達其優美的節奏與音韻。

慧皎《高僧傳》云：〔註 27〕

自大教東流，乃譯文者眾，而傳聲蓋寡，良由梵音重複，漢語單奇，若用梵音以詠漢語，則聲繁而偈迫，若用漢曲以詠梵文，則韻短而辭長。

這是說明漢語爲單音並不適合傳達梵音之美，那麼該如何調適呢？慧皎又論曰：〔註 28〕

若能精達經旨，洞曉音律，三位七聲，次而無亂，五言四句，契而莫爽，其間起擲蕩舉，平折放殺，游飛卻轉，反疊嬌哢，動韻則流靡無窮，張喉則變態無盡。

是故，想掌握「轉讀」必須通達經旨，和洞曉音律。在精達經旨的基礎上，洞曉音律就顯得更重要了，若可以洞曉音律，掌握音的節奏，則可令梵音之美傳達出來，即「聽聲可以娛耳，聽語可以開襟。若然可謂梵音深妙，令人樂聞者也。」〔註 29〕

因此，魏晉時期，有人從事於聲韻的研究，如曹魏李登曾作《聲

〔註 25〕唐道宣《續高僧傳》卷三十〈雜科聲德篇論〉。
〔註 26〕梁・慧皎《高僧傳》卷十三〈經師篇論〉。
〔註 27〕同上。
〔註 28〕同上。
〔註 29〕《聲類》今已散佚。

類》十卷〔註30〕《魏書・江式傳》:「晉世呂靜曾仿聲韻，作韻集五卷，曰宮、商、角、徵、羽、各爲一篇。」另孫炎曾作《爾雅音義》，初步地創立反切，清・趙翼提出:「今按《隋書・經籍志》，晉有張諒撰《四聲韻略》二十八卷，則四聲實起晉人。」〔註31〕而至齊、梁聲韻的研究，大爲盛行，劉善經有《四聲指歸》、沈約有《四聲譜》、夏候詠有《四聲韻略》十三卷，四聲的觀念，至此明晰，這和佛經「轉讀」似有關係，因爲中國語音不適宜佛經的轉讀與歌讚，欲轉讀佛經必須參照梵語的拼音，而求漢語適宜與轉變，於是而有二字反切，聲音分析，以及四聲得成立。

## 二、永明聲律說

《南齊書・文學傳》云：〔註32〕

> 永明末盛爲文章，吳興沈約、陳郡謝朓、瑯琊王融，以氣類相推轂；汝南周顒善識聲韻，爲文皆用宮商，以平上去入爲四聲，以此制韻，不可增減，世呼爲「永明體」。

在南齊永明年間，沈約等人將詩歌聲律問題加以討論，並且明確地指出，詩人在創作中應注意運用四聲的調合來構成詩歌的旋律美。「永明體」也即是借助於文字審音的成果，來完成文辭上人爲的音律。

聲律的興起，一則發揚光大魏晉駢麗文章的體裁，二則開拓律詩的蹊徑。齊、梁之際，沈約以學術界與文壇領袖的身份，不遺餘力地提倡聲律，其所論聲律，見於沈約所作《宋書・謝靈運傳論》云：〔註33〕

> 若夫敷衽論心，商榷前藻，工拙之數，如有可言。夫五色相宣，八音協暢，由乎玄黃律呂，各適物宜。欲其宮羽相變，低昂舛節，若前有浮聲，則後須切響。一簡之內，音

〔註30〕趙翼《陔餘叢考》卷十九〈四聲不起于沈約說〉。

〔註31〕見《南齊書》卷三十三〈陸厥傳〉，在《南史・陸厥傳》也有此一記載，只是文字不盡相同。

〔註32〕《宋書》卷六十七〈謝靈運傳〉。

〔註33〕出《西京雜記》。

韻盡殊；兩句之中，輕重悉異。妙達此旨，始可言文。

夫五色相宣，由於玄黃適宜；八音協調，乃因律呂合度，皆以調和所致也，為文也必須本著調和之原則，使聲律宮羽相變，低昂舛節。此即永明聲律論所揭示的要旨，所謂「宮羽相變，低昂舛節」的主張，就是韻律之調和、平仄之相間，以收詩文聲調抑揚頓挫之節奏，造成一種聽覺上之美感，南朝唯美文學之風行，受沈約聲律論之影響甚大。

沈約的聲律說，要旨有四，今略作敘述，以進一步明白之：

### （一）宮羽相變，低昂舛節

這是沈約聲律論的總原則。所謂「宮羽」，非指中國音樂中的宮、商、角、徵、羽，而是從中國五音音律中體會出來聲調的高昂低下，「宮羽」只是一種借喻，借用五音喻指平上、去、入，語音聲調的平仄。

從漢至六朝，一些文學家亦運用這種借喻，如司馬相如論賦：「一經一緯，一宮一商。」。〔註34〕劉宋范曄云：「性別宮商，識清濁。」；〔註35〕沈約云：「欲使宮羽相變，低昂錯節」。〔註36〕這裡宮商、宮羽雖然說法不一，實指一事，即語音聲調的平仄。

### （二）前有浮聲，後須切響

據《文心雕龍．聲律篇》云：〔註37〕

凡聲有飛沈，響有雙疊，雙聲隔字而每舛，疊韻雜句而必睽，沈則響發而斷，飛則聲颺不還，並轆轤交往逆鱗相比。迂其際會，則往蹇來連，其為疾病，亦文家之吃也。

所謂「浮聲」，指聲之飛也，即「飛則聲颺不還」；所謂「切響」，指聲之沈也，即「沈則響發如斷」。行文必須平仄錯綜而用；若前是平之浮聲，則後須有仄濁之切響。如劉勰所云：「古之佩玉，左宮右徵，

〔註34〕《宋書》卷六十九〈范曄傳〉。
〔註35〕出《宋書》卷六十七〈謝靈運傳論〉。
〔註36〕《文心雕龍》卷七〈聲律篇〉。
〔註37〕同上。

以節其步，聲不失序，音以律文，其可忽哉！」〔註38〕聲律之調節文章，就如同古時君子佩玉飾，左發宮聲，右鳴徵音，以調節其步驅一般。是故文字平仄清濁的妥切配合，實不可忽視。

### （三）一簡之內，音韻盡殊

「音韻」指的是聲母與韻母，「音」是字之發聲，亦即聲母；「韻」指字之收聲，亦即韻母。《文心雕龍・聲律篇》云：「雙聲隔字而每舛，疊韻雜句而必睽。」〔註39〕雙聲、疊韻是我國文字的特色，二字聲母相同曰雙聲，二字韻母相同曰疊韻，一句之中，除正用雙聲、疊韻外，不可用同聲母或同韻母的字。

### （四）兩句之中，輕重悉異

此言兩句之內，輕重須錯綜為用，才能產生音調與美感。《南史・陸厥傳》云：「五字之中，輕重悉異」，〔註40〕乃指一句之中，輕重亦須錯綜，《文鏡祕府論》南卷論文意：「夫文章，若五字並輕，則脫略無所止泊處；若五字並重，則文章暗濁。事須輕相間，仍須以聲律之。」所論的觀點和《南史・陸厥傳》是相同的，且有較沈約更嚴格些。

以上是沈約於《宋書・謝靈運傳論》中，提到聲律論的四點要旨。自沈約倡導聲律說之後，一時文人皆競相景從，蔚為齊、梁之時代風氣，如陳郡謝朓、瑯琊王融、汝南周顒等，為文皆用宮商，以氣類相推轂，於是蔚然成風，遂得「永明體」之號也。

聲律說的興起，對於中國的韻文，起了積極作用，亦具有一定的貢獻，劉勰於《文心雕龍・聲律篇》也說明聲律為文學中相當重要的因素，敘述詳盡，值得我們作參考。《梁書・庾肩吾傳》云：「齊永明中，文士王融、謝朓、沈約，文章始用四聲，以為新變，至是轉拘聲韻，彌尚麗靡，復踰於往時。」自晉代以來盛行的詞藻雕琢之風，再

〔註38〕同上。
〔註39〕《南史・陸厥傳》。
〔註40〕缺內文

加上聲律的片面追求，因此文學更趨於技巧與形式的華麗。事實上，南朝文學的改變，聲律說是有一定影響的，而細究之，聲律說的產生和佛教傳入中國，實有密切的關係。

# 第五章　南朝詩歌中所見的佛典用語

《南史・文學傳》云：

> 自中原鼎沸，五馬南渡，綴文之士，無乏於時。降及元康，其流彌盛，蓋由時主儒雅篤好文章，故才秀之士，煥乎雲集。武帝每所臨幸，輒命群臣賦詩，其文盛者，賜賦以金帛，是以縉紳之士，咸知自勵。

《南史・宋文帝本紀》亦云：

> 上好儒雅，又命丹陽尹何尚之立玄學，何承天立史學，司徒參軍謝元立文學。各聚門徒，多就業者，江左風俗，於斯爲美，後言政化，稱元嘉焉。

南朝君王、王侯對於文學皆有所喜好，且對於獎掖才士，以及推動文風更是不遺餘力〔註1〕，上有所好，下必效焉，是故南朝文人的詩作成就非凡。

南朝的詩歌內容相當豐富，或歌功述德、或感時嘆逝、或悼亡傷別、或遊仙談玄、或企隱慕賢、或模山範水、或詠物擬古、或閨怨麗情，既承古調，復創新聲。其中實以遊仙、玄言、田園、山水、詠物、豔情六者爲詩材的主流。〔註2〕

〔註1〕除上述記載，如《宋書》所記：南平王休鑠、建平王弘、廬陵王義眞；《南齊書》所記：竟陵王子良、鄱陽王鏘、江夏王鋒、衡陽王鈞；《梁書》所記：昭明太子、簡文帝、元帝等政治領導者，皆是「篤好文章」、「獎勵文學」之士。

〔註2〕此係採王次澄《南朝詩研究》之說。

其中玄言詩這一類，文學史依其內容分成二大類型：一爲易經、莊老之闡揚，二爲佛家哲學之傳述。《世說新語·文學篇》簡文帝稱許掾云：「玄度五言詩，可謂妙絕時人。」注引《續晉陽秋》曰：「詢有才藻，善屬文，自司馬相如、王褒、揚雄諸賢，世尚賦頌，皆體則《詩》、《騷》，傍綜百家之言。及至建安，而詩章大盛，逮乎西朝之末，潘、陸之徒雖時有質文，而宗歸不異也。正始中，王弼、何晏好莊老玄勝之談，而世遂貴焉。至過江，佛理尤盛，故郭璞五言始會合道家之言而韻之，詢及太原孫綽轉相祖尚，又加以三世之辭，而詩、騷之體盡矣。詢、綽並爲一時文宗，自此作者悉體之。至義熙中，謝混始改。」〔註3〕

由此可知，當時談道的內容，初以周易、老莊爲主，後益以「佛理三世之辭」。湯用彤云：「東漢之世，佛教乃附方術以推行，屬道術之支流附庸而已，即就桓靈之後，譯經大盛，然多存胡音，不事文飾，固不爲經師學者所齒。三國而後，形勢始變，佛理與三玄並行矣。」〔註4〕

今此章所要討論的是佛理詩的部份，南朝自劉宋以後，佛教盛行，君主與貴族莫不禮佛，且廣爲宣揚，於是以闡述佛理的詩歌日多，但是檢視歷來的文學史，大多忽略了這一部份。今欲藉由此章來深入佛教的弘傳對南朝文人和僧侶詩作造成的影響。

## 第一節　僧侶的詩歌作品

佛教以外來文化的姿態傳入中國之後，與中國傳統的儒、道文化接觸，經歷了依附、衝突到互相融和的過程，這樣的過程也是佛教中國化的過程。佛教所以能夠爲中國傳統文化接納，實由於中華民族對外來文化具有兼容並包的寬闊胸懷，也是因爲佛教文化本身內涵豐富，具有中國文化本身所缺乏的內容，可以對傳統的中國文化發揮補

〔註 3〕《世說新語箋疏》，余嘉錫箋疏，上海古籍出版社。
〔註 4〕湯用彤《漢魏兩晉南北朝佛教史》。

充作用。

佛教宏揚於中土，主要靠著兩種途徑：一是靠著佛典的翻譯與流通；另一個則是靠僧侶的宏揚傳教。梁朝僧佑編《弘明集》，其作序曰：

> 佑以末學，志深弘護，靜言浮俗，憤慨于心，遂以藥疾微間，山棲餘暇，撰古今之明篇，總道俗之雅論。其有刻意剪邪，建言衛法，製無大小，莫不畢采。又前代勝士，書記文述，有益三寶，亦皆編錄，類聚區分，列爲十四卷。夫道以人弘，教以文明，弘道明教，故謂之弘明集。〔註5〕

所謂「人能弘道，非道弘人」，僧侶在佛教弘傳的過程中扮演著非常重要的角色，或傳度經法，或教授禪道，或以異跡化人，或以神力救人。梁慧皎《高僧傳》，將漢明帝起至梁朝天監年，共四百五十三載，僧侶四百餘人，依其德業，開出十例：「一曰譯經，二曰義解，三曰神異，四曰習禪，五曰明律，六曰遺身，七曰誦經，八曰興福，九曰經師，十曰唱導。」，其中特別提到「然法流東土，蓋由傳譯之勳，或踰越沙險，或泛漾洪波，皆忘形殉道，委命弘法，震旦開明一焉是賴，茲德可崇，故列之篇首。至若慧解開神，則道兼萬億。通感適化，則彊暴以綏情；念安禪則功德森茂；弘贊毗尼，則禁行清潔；忘形遺體，則矜吝革心；歌頌法言，則幽顯含慶；樹興福善，則遺像可傳。凡此八科，並以軌跡不同，化洽殊異，而皆德效四依，功在三業，故爲群經之所稱美，眾聖之所褒述。」〔註6〕

由此可知，僧侶在弘法護教上，實在是万不可沒，「推道藉人，弘道由教，而弘道釋教莫尙高僧」。〔註7〕據僧傳記載，僧侶除通達佛理外，對於世間的儒道亦都有所涉獵，在東晉以後，已經可以見到僧侶的文學作品，如逯欽立《先秦漢魏晉南北朝詩》卷二十釋氏卷，共收錄了十五位僧侶的作品，合三十四首，這是單就晉朝而言。〔註8〕

---

〔註 5〕《弘明集》，梁僧佑編，新文豐出版。

〔註 6〕此段敘述引自梁慧皎《高僧集》序錄卷十四。

〔註 7〕同上。

〔註 8〕包含西晉和東晉。

作品數量雖不算多（見附表一），但是這些詩歌中，有引佛理入詩，亦有運用佛典於作品之中的，此現象是漢代未曾有的，這種佛理詩的出現，對於中國文學史而言，具有特別的意義，也彷佛可見佛教傳入對我國詩歌的影響。

## 一、兩晉時代僧侶寫作詩歌的概況

支遁的作品，在東晉幾位僧侶之中是數量較多的，而且佛教意味也是比較濃郁的，如〈四月八日讚佛詩〉：

> 三春迭云謝，首夏含朱明。祥祥令日泰，朗朗玄夕清。
> 菩薩〔註9〕彩靈和，眇然因化生。四王〔註10〕應期來，矯掌承玉形。
> 飛天鼓弱羅，騰擢散芝英。綠瀾頹龍首，漂藥翳流泠。
> 芙蕖育神葩，傾柯獻朝榮。芬津霈四境，甘露凝玉瓶。
> 珍祥盈四八，玄黃曜紫庭。感降非情想，恬泊無所營。
> 玄根泯靈府，神條秀形名。圓光〔註11〕朗東旦，金姿豔春精。
> 含和總八音，吐納流芳香。跡隨因溜浪，心與太虛冥。
> 六度〔註12〕啓窮俗，八解濯世纓。慧澤融無外，空同忘化情。〔註13〕

此詩主要是宣揚佛理，近乎偈頌的形式。〔註14〕支遁運用了「菩薩」「四王」「圓光」「六度」等佛典於詩中，並且引用了佛經中人物的形象，如「菩薩」「四王」「飛天」，全詩三十二句，簡要的點出四月八

〔註9〕菩薩，具名菩提薩埵。謂是求道求大覺之人。舊譯爲大道心眾生、道眾生等。新譯曰覺有情。即求佛果之大乘眾。

〔註10〕四王，四王天也。六欲天之第一。爲四大天王之所在，故云四王天。在須彌之半腹。最初之天也。

〔註11〕圓光，放自佛菩薩頂上之圓輪光明也。

〔註12〕六度，佈施、持戒、忍辱、精進、禪定、般若。（以上註解參丁福保編《佛學大辭典》）

〔註13〕見《廣弘明集》卷三十九。

〔註14〕佛典「十二分教」中有兩部份是韻文，即「祇夜」和「伽陀」。「祇夜」又稱重頌、應頌，是在韻散結合的經文中重宣長行內容；「伽陀」又稱諷頌、孤起，是宣揚佛理的獨主韻文。二者統稱「偈頌」。

日釋迦牟尼佛誕生日的情形，通篇是蘊含著濃郁的佛教意味。

大塊揮冥樞，昭昭兩儀映。萬品誕遊華，澄清凝玄聖。
釋迦乘虛會，圓神秀機正。交養衛恬和，靈知溜性命。
動為務下尸，寂為無中鏡。（支遁〈詠四月八日詩〉）〔註15〕

此篇主要敘述佛家習靜的功夫，以「靜」觀察宇宙、體察萬物，始得群生動態。「寂為無中鏡」是這首詩的要旨。支遁是東晉時代為人所推崇的僧侶，他的情懷和詩歌自然難以和佛教思想分不開，如〈詠懷詩五首〉之一：

傲兀乘尸素，日往復月旋。弱喪因風波，流浪逐物遷。
中路高韻益，窈窕欽重玄。重玄在何許，採眞遊理間。
苟簡為我養，逍遙使我閑。寥亮心神瑩，含虛映自然。
疊疊沈情去，彩彩沖懷鮮。踟躕觀萬物，未始見牛全。
毛鱗有所貴，所貴在忘筌。〔註16〕

此〈詠懷詩五首〉之一，全詩十八句，簡要地回顧他奉佛的生平，側重於闡述他所遵奉的隱身遁命、崇尚自然、即色是空的性空思想。在藝術表現上使用先聲奪人的筆法，起首「傲兀乘尸素」一句，點出自己平生的行為遠遠勝過一切爭名逐利疲於奔命的凡夫俗子，這句是通篇的起首，也是詩人感懷的基調，它亦貫穿全詩。這首詩也運用頂眞、對比等修辭技巧，但此詩最終是希望可以感化凡夫眾生至清淨無為的境界。這是典型的佛理詩，寓佛理於詠懷之中，藉由這首宣揚佛教思想的作品，有助於我們了解魏晉時代重玄崇佛的歷史風貌，將佛理詩歸於玄言詩的類別中宜是適當的。

除支遁之外，東晉時代的高僧鳩摩羅什作〈十喻詩〉，慧遠作〈廬山東林雜詩〉，廬山諸道人作〈遊石門詩〉，廬山諸沙彌作〈觀化決疑詩〉等作品，〔註17〕這些都是闡述佛理的作品。

一喻以喻空，空必待比喻。借言以會意，意盡無會處。

---

〔註15〕見《廣弘明集》卷三十九。
〔註16〕見《廣弘明集》卷三十九。
〔註17〕見附表一。

既得出長羅，住此無所住。若能映斯照，萬象無來去。（鳩摩羅什〈十喻詩〉）〔註 18〕

鳩摩羅什翻譯佛經，他全面而且系統的介紹大乘經典，以及大乘空宗的思想。他翻譯的《大智度論》，是中觀學派創始人龍樹所著，〔註 19〕透徹地闡述般若性空的思想，〔註 20〕並對《大品般若》作系統的解說和論證。他所譯的《中論》《百論》《十二門論》，深入闡述大乘空宗主旨，以眞諦〔註 21〕、俗諦〔註 22〕和「一切種智」，〔註 23〕來論證「緣起性空」，〔註 24〕提出中道實相之理，即「不生不滅、不常不斷、不一不異、不來不去」般若之理，使大乘空宗思想能夠系統且完整地被人們接受與理解。這首〈十喻詩〉，其實就是在闡述般若空宗的道理，是一首典型的佛理詩，而且引喻入詩，和佛經偈頌是有密切關係的。

崇岩吐清氣，幽岫栖神迹。希聲奏群籟，響出山溜滴。
有客獨冥遊，徑然忘所適。揮手撫雲門，靈關安足闢。
流心扣玄肩，感至理弗隔。孰是騰九霄，不奮沖天翮。
妙同趣自均，一悟超三益。（慧遠〈廬山東林雜詩〉）

---

〔註 18〕見逯欽立《先秦漢魏晉南北朝詩》晉詩卷二十。

〔註 19〕據《三藏法數》載：「龍樹，其母於樹下生之，因龍成其道，故號曰龍樹。輔行云，龍樹之學廣通，天下無敵，欲謗佛經，龍接入宮，一夏但誦七佛經，自知佛經法深妙，遂出家降伏外道，明第一義，以其作中觀大智度等論，故稱論師也。

〔註 20〕般若，《大智度論》四十三云：「般若者，秦言智慧，一切諸智慧中，最爲第一，無上無比無等更無勝者。」據《三藏法數》載：「性空，謂一切諸法，自性本空，皆從因緣和合而生，若不和合，則無是法。如是之法，性不可得，是名性空。」般若性空思想，即是闡述「空」的思想。

〔註 21〕《翻譯名義集》：「眞諦者，彰一性本實之理也，所謂實際理地，不受一塵，是非雙泯，能所俱亡。指萬象爲眞如，會三乘歸實際也（三乘、即聲聞、緣覺、菩薩）。

〔註 22〕《翻譯名義集》：「俗諦者，顯一性緣起之事也。所謂佛事門中，不捨一法，勸臣以忠，勸子以孝，勸國以治，勸家以和，弘善示天堂之樂，懲惡顯地獄之苦也。」

〔註 23〕一切種智，謂知一切諸佛之道，知一切眾生之因種也。即佛智也。

〔註 24〕同註 20。

慧遠以東晉末佛教領袖的姿態，在廬山立東林寺，成爲南方佛教弘傳的中心。這首詩可以分三個層次，開頭四句，勾勒出廬山之美，有崇岩、幽岫、清氣、希聲（稀疏的清聲），彷若一幅山水畫，這是第一個層次；其次，中間六句是說有一位俗士獨自往還於其中，探求佛教的眞諦。結尾第三個層次。是指詩人深有體會，修得感悟，便可脫俗而成性，精神實體便可無所不在，永恆長存。這首詩的主旨是在指點人們如何尋經探佛，學得佛教眞諦，故詩中說理味道濃厚，此詩的結構是以說理爲主，詠山水景色爲輔，這和南朝的山水詩以詠山水爲主，間雜說理的結構是截然不同的。

由上述晉朝僧侶的詩歌來觀察，知道佛教傳入之後，佛理入於詩歌之中，亦引佛典入詩的概況。檢視《先秦漢魏晉南北朝詩》中所收錄的僧侶作品〔註25〕，發現晉以前未見僧侶之作，自東晉以後才有少數僧侶的作品問世，這與佛經翻譯事業在東晉進入興盛期，以及僧侶本身的文學造詣都有關係，當然，佛理詩的出現，無疑爲中國傳統詩歌注入一股新的生命力。

## 二、南朝時代僧侶的詩歌作品

南朝時代是佛教興盛的時期，西域的高僧接連到中國來，翻譯經典，弘揚佛法。中土僧侶亦跋山涉水，遠赴佛國，瞻仰鷲峰，溝通文化。據史傳記載：〔註26〕

> 興既託意於佛道，公卿以下，莫不欽附，沙門自遠而至者五千餘人。起浮圖於永貴里，立般若臺於中宮，沙門坐禪者恆有千數。州郡化之，事佛者十室而九矣。

由此可見一斑，東晉南北朝佛教興盛之狀況。

就南朝而言，梁武帝時，僅建康一地的佛寺就有五百餘所，僧尼多至三十餘萬〔註27〕，郡縣尤不可勝數。史傳云：〔註28〕

〔註25〕見附表一。
〔註26〕《晉書》，〈姚興載記〉。
〔註27〕見《梁書》，〈武帝記〉。

> 正光以後，天下多虞，王役尤甚，於是所在編民，相與入道，假慕沙門，實避調役，猥濫之極，自中國之有佛法，未之有也。略而計之，僧尼大眾二百萬矣，其寺三萬有餘。流弊不歸，一至於此，識者所以嘆息也。

由於佛寺大量興建，徭役繁多，窮徵暴斂，百姓不堪其擾，乃相率出家，以至僧尼充斥，「都下佛寺五百餘所，窮極宏麗，僧尼十餘萬，資產豐沃，所在郡縣，不可勝言。道人又有白徒，尼則皆蓄養女，皆不貫人籍，天下戶口，幾亡其半。」〔註29〕

南朝僧尼數量雖多，但是流傳的詩歌作品卻不多，眞正從事寫作的僧侶僅有十一位，據現存的史料中〔註30〕，僧侶詩歌作品只有二十一首（見附表二）。這與晉朝相互對照，可以發現一個特殊現象，即作品的數量和寫詩的僧侶，是不增反減。依照常理推測，南朝的佛教興盛，佛經翻譯亦日趨成熟，僧侶的數量亦多文風亦盛，但何以作品只有二十一首，頗令人百思莫解，是否因爲戰亂而使大量作品散佚，或是蒐羅作品的人忽略了這一部份，宜可再深究之。〔註31〕

就現存的二十一首僧侶詩歌作品中，依其內涵，大致可以分爲二類，一是純粹闡述佛理的；二是詠物，但兼帶闡述佛理的。

### （一）純粹闡述佛理

這一類的詩歌文辭較樸實，未染著當時華美駢儷的風氣，由於作者多是藉詩歌闡述佛理，非爲抒發性情之作，故以義境勝，而不以翰藻爭美也。

> 千月本難滿，三時理易傾。石火無恆燄，電光非久明。
> 遺文空滿笥，徒然昧後生。泉路方幽噎，寒隴向淒清。

〔註28〕《魏書・釋老志》。
〔註29〕《南史・循吏傳》。
〔註30〕主要根據《高僧傳》、《續高僧傳》、《廣弘明集》和逯欽立編《先秦漢魏晉南北朝詩》收錄的僧侶統計。
〔註31〕此一問題，因資料不足，暫存疑，本論文不作深入討論。

一隨朝露盡，唯有夜松聲。（釋智愷〈臨終詩〉）〔註32〕

就佛法的觀點言之，生、老、病、死、怨憎會、愛別離、求不得、五陰熾盛，是人生「八苦」，而其中的「死」總是會帶來無限的悲傷。王羲之云：「死生亦大矣！」，因此當老之將至，文人墨客難免要揮毫落紙，以抒心中的惆悵。這首〈臨終詩〉是釋智愷唯一的傳世之作，詩中交織著淒清之情，和佛法的道理。

這首詩運用許多佛理和典故，「石火無恆燄，電光非久明」，石火與電光皆是佛家語，比喻人間只是一瞬間。《五燈會元》卷七：「此事如擊石火，似閃電光。」。「泉路方幽噎，寒隴向淒清。」人死之後葬在地下，故稱歸死之處曰泉路。幽噎即幽冥，謂地獄之下暗無天日，幽陰多風。《無量壽經》謂：「壽終後世，尤深尤劇。入其幽冥，轉生受身。」此本是佛家語。

「一隨朝露盡，唯有夜松聲。」這是寫詩人面對死亡的態度。《金剛經》偈云：「一切有爲法，如夢幻泡影，如露亦如電，應作如是觀。」人們常引用「露」與「電」來比喻生命的短促。此詩最後用「夜松聲」的意象，傳達人類生命短暫的道理。通篇以說理爲主，這首詩也是僧侶詩作中典型的說理詩。

梁武帝曾作〈會三教詩〉，他自稱「少時學周孔」，「中復觀道經」，「晚年開釋卷」，集儒、道、佛於一身。詩中羅列儒、道、佛三教學說之精粹，在他看來，儒、釋、道三教「窮源無二聖，測善非三英。」，也就是三教「源」同「流」別，殊途同歸。

梁開善寺藏法師，針對梁武帝的〈會三教詩〉，寫出〈奉和武帝三教詩〉，詩云：

心源本無二，學理共歸眞。四執迷叢藥，六味增苦辛。
資源良雜品，習性不同循。至覺隨物化，一道開異津。
大士流權濟，訓義乃星陳。周孔尚忠孝，立行肇君親。
老氏貴裁欲，存生由外身。出言千里善，芬爲窮世珍。

〔註32〕《廣弘明集》卷三十，《詩紀》皆收錄此詩。

理空非即有，三明似未臻。近識封歧路，分鑣疑異塵。
安知悟云漸，究極本同倫。我皇體斯會，妙鑒出機神。
眷言總歸轡，迴照引生民。顧唯慙宿植，邂逅逢嘉辰。
願陪入明解，歲暮有攸囙。（釋智藏〈奉和武帝三教詩〉）〔註 33〕

智藏此詩的主旨是奉和武帝的〈會三教詩〉，其論點亦扣緊儒、釋、道三教，是「究極本同倫」，雖然其所提倡是各有不同，如儒家《六經》提倡仁、義、忠恕、「去伐」、「爲善」、「好生」等；道家講少欲，求長生不死；佛教則言苦、集、滅、道四諦，因果報應等。雖提倡的方面不盡相同，但是其宗旨是一致的，即詩的開始所言「心源本無二，學理共歸眞。」，這種看法也反映出儒、釋、道三教逐漸趨於調和的趨勢。

智藏這首詩雖是奉和武帝的觀點，但其中詩引用一些佛典，如「六味增苦辛」，此六味係出於《阿毗達磨俱舍論》，〔註 34〕謂凡調和飲食之味，各有所宜，無出此六種。「雖進道修行之人，不尙於味，然滋益色力，亦由於此，所謂身安則道隆，故有六味之需也。」。此詩通篇亦是以說理爲主，雖夾雜儒道思想，但仍然以闡述佛理爲主要的，故歸於佛理詩的部份來討論。

南朝的僧侶詩作中，以闡述佛理爲內容的，還有釋寶誌〈讖詩〉二首，釋惠令〈和受戒詩〉，〔註 35〕作品數量很少，此類作品何以數量會這麼少呢？或許是純粹闡述佛理，作品平鋪直敘，缺乏情節內容，讀之索然無味，較難被百姓與文人所接受，自然創作者較少，所以大部分的僧侶都藉詠物、詠山水，再寓佛理於其中，這類的作品在南朝普遍的流傳，待下一部份中討論。

## （二）詠物、詠山水、兼述佛理者

《文心雕龍・明詩篇》云：「人稟七情，應物斯感，感物吟志，莫非自然。」又云：「宋初文詠，體有因革；莊老告退，而山水方滋。……

〔註 33〕《廣弘明集》卷三十，《詩紀》九十四皆收入此詩。
〔註 34〕見《三藏法數》，無錫丁氏藏板，頁 290。
〔註 35〕見附表二。

情必極貌以寫物，辭必窮力而追新，此近世之所競也。」。〔註36〕據洪順隆先生所云，〔註37〕劉勰所說的「物」是指「山水」、「風景」中的「個體」，也即〈物色篇〉所說的草木，它是代表自然界個別的物，它和「山水」、「風景」不同的是：一個是限於點，一個是由許多個體形成的面。故洪順隆先生對「詠物詩」的定義，「一篇之中，主旨是吟詠物的個體（包括自然界與人造的），也即作者因感於物，而力求工切地『體物』、『狀物』、以『窮物之情』、『盡物之態』，且出之以詩體的。」〔註38〕

明白「詠物詩」的定義，以之檢視僧侶的詩作，則大部份是屬於這類一類的。他們藉著詠山、詠水、或詠孤石，抒發自己的人生觀。

> 迥石直生空，平湖四望通。岩根恆灑浪，樹杪鎮搖風。
> 偃流還漬影，浸露更上紅。獨拔群峰外，孤秀白雲中。（高麗定法師〈詠孤石〉）〔註39〕

這是一首融情入景的詠物詩。詩中所詠湖中孤石孤高獨拔，直入天際，境界寬廣。雖有風浪於下激其岩根，但是它日復一日依然巍峨屹立，堅定不移，它超出於群峰之外，孤秀於白雲之間。這一幅畫面不僅生動地呈現湖中孤石超凡脫俗的形象，而且作者清高、一塵不染的情懷，也盡寓於其中。

> 長川落日照，深浦漾清風。弱柳垂江翠，新蓮夾岸紅。
> 船行疑泛迥，目映似沉空。願逐琴高戲，乘魚入浪中。（釋惠標〈詠水詩之三〉）〔註40〕

這首詠水詩由寫景入手，後引發遐想，抒發高潔之志。詩的開始，作者輕描淡寫，描繪出一幅夏日傍晚水濱的夕照圖，「弱柳垂江翠，新蓮夾岸紅。」，色彩鮮明，接著把視野拓展出去，川流中，舟楫泛航，

〔註36〕引自劉勰《文心雕龍．明詩篇》。
〔註37〕洪順隆《六朝詩論》文津出版社印行，頁6。
〔註38〕同註36。頁7〈六朝詠物詩研究〉。
〔註39〕《初學記》五。《文苑英華》一百六十一卷。《詩紀》百七。
〔註40〕《初學記》六作〈祖孫登蓮調詩〉。《文苑英華》百六十三，《詩紀》百七。

漸行漸遠，極目遠望，似已沉入水天相接的茫茫的虛空中。於此作者抒發其心中之志，願追波逐浪，在琴音般的水聲中高蹈逸樂，化作浪中之魚，滌盡凡塵，逍遙自在。這首詩描繪景色，抒發志向，語言清新，不事雕琢。

上面兩首詩，是典型的詠物詩，還有釋惠標的〈詠山詩〉三首，〈詠孤石〉、〈贈陳寶應〉，作品之中以詠物的成份居多，抒情說理的成份較少。

> 靈山蘊麗名，秀出寫蓬瀛。香鑪帶煙上，紫蓋入霞生。
> 霧捲蓮峰出，巖開石鏡明。定知丘壑裏，併佇自雲情。（釋惠標〈詠山詩之一〉）

> 中原一孤石，地理不知年，根含彭澤浪，頂入香爐煙。
> 崖成二鳥翼，峰作一芙蓮。何時發東武，今來鎮蠡川。（釋惠標〈詠孤石〉）

釋惠標這二首共同的特色——皆是以「詠物」爲主，一是詠山之秀麗，一是詠孤石的外觀，抒發作者情懷意味的幾乎沒有。作者雖是僧侶，但未染佛教色彩，純粹是寫景之作。〈詠山詩〉共八句，將山的秀麗描寫的栩栩如生，作者用「秀山」、「帶煙上」、「入霞生」、「蓮峰出」等動態的描寫，彷彿山水、雲霧亦有情。尤其是「霧捲蓮峰出，巖開石鏡明」這二句，生動之情景躍然紙上，這首〈詠山詩〉可謂是一篇山水詩佳作。

> 丹陽松葉少，白水黍苗多。浸淫下客淚，哀怨動民歌。
> 春溪度短葛，秋浦沒長莎。麋鹿自騰倚，車騎絕經過。
> 蕭條四野望，惆悵將如何。（曇瑗〈遊故苑詩〉）〔註41〕

此詩見於《續高僧傳》，詩前有引言曰：「瑗每上鍾阜諸寺，修造道賢。觸興賦詩，覽物懷古。洪偃法師傲泉寄石，偏見朋從，把臂郊坰，同遊故苑，瑗題樹爲詩。」〔註42〕

---

〔註41〕見《續高僧傳．曇瑗傳》。《詩紀》一百零七卷。
〔註42〕《續高僧傳》卷二十一，〈曇瑗傳〉。

曇瑗和洪偃均爲陳朝的高僧，他們同遊鍾山諸寺及郊外故苑，釋洪偃先作〈遊故苑詩〉〔註43〕，遍示朋從，曇瑗和之，題詩樹上。瑗觸景生情，覽物懷古，抒發故國黍離之悲。

這是一首寫景抒情之作，詩的前四句爲一段，前兩句寫景，後兩句言情，而在「松葉少」、「黍苗多」之中隱含著故國黍離之悲。後面六句爲一段，前四句寫景，後兩句抒懷，前四句未言蕭條而蕭條景象畢呈，是景中有情的。「蕭條四野望，惆悵將如何！」則表現出無限的哀傷之情。

此詩講究對偶，且有對仗工整的句子，已可略見格律詩的跡象。

僧侶的詩歌作品，數量雖然不多，但大致而言，作品的內容和意境仍可稱爲佳作，不致流於粗鄙，只是眞正援引佛理入詩者，則少之又少，與文人的作品相比較，數量是非常少的。

## 第二節　與佛教有關的文人詩歌作品

佛教自東漢傳入中土，至兩晉時化，是佛教在中國流傳並且逐漸中國化的時期。此時在文壇上，佛教教義與信仰被文人接受與宣揚，作爲文人接受佛教的契機，是魏晉玄學的興起與流行。玄學是儒學的老莊化，其理論與人生觀，和佛教般若學頗有相契合之處。〔註44〕誠如道安〈鼻奈耶序〉云：

> 經流秦地，有自來矣。隨天竺沙門所持來經，遇而便出，於十二部，毗日羅部最多。以斯邦人老莊教行，與方等經兼相忘似，故因風易行也。〔註45〕

東晉以後，由於佛教興盛，文人的文學作品開始沾染佛教色彩，詩歌之中摻入佛理或佛教用語，於是產生佛教玄言詩。

---

〔註43〕釋洪偃〈遊故苑詩〉，見於《續高僧傳》卷二十一，〈曇瑗傳〉。

〔註44〕般若的重要觀念，是「空」、「法身」、「眞如」，此與老莊玄學所謂「道」、「本無」，均是指本體，故常相互牽引附和。

〔註45〕「毗日羅」，即是方等，即指大乘經典。魏晉時期，般若類經典大量釋出，道安文中所指即此。「老莊教行」，即指玄學。

孫綽〈遊天臺山賦〉云：「太虛遼闊而無閡，運自然之妙有」，此中「太虛」、「自然」、「妙有」即是佛道之言，與描述山水景色相融合，此超世之神韻頗能提升人的境界。賦中亦言：「釋域中之常戀，暢超然之高情。」此言「高情」，實是宣揚佛家主張的彼岸，較道家所言「方外」，其境界是更高一層。

〈遊天臺山賦〉將遊仙與佛理結合，由於當時佛學受玄學影響很大，故佛、道玄言交互運用。但由於孫綽信佛，其精神與佛家是相契合的，如：

> 肆覲天宗，爰集通仙。挹以玄玉之膏，嗽以華池之泉，散以象外之說，暢以無生之篇。悟遣有之不盡，覺涉無之有間；泯色空以合跡，忽即有而得玄；釋二名之同出，消一無於三幡。恣語樂以終日，等寂寞於不言。渾萬象以冥觀，兀同體於自然。〔註46〕

當時佛學多借助於老莊玄言，僧徒多精通老莊思想，所謂「象外」、「無生」、「遣有」、「涉無」、「色空」、「即有」等等，可以看出是老莊玄言和般若思想的語言。事實上，像這樣的用語，運用於文學創作之中，是東晉以後文學發展的趨勢。

《文心雕龍・明詩篇》云：

> 宋初文咏，體有因革，莊老告退，而山水方滋。儷采百字之偶，爭價一時之奇；情必極貌以寫物，辭必窮力而追新。〔註47〕

這是敘述山水詩在南朝代玄言詩而興起，兼對山水詩作評價，謂謝靈運等人所寫的山水詩，其重雕琢，重刻劃景物，辭采也求標新。所謂「莊老告退，而山水方滋。」，並非是玄言完全為山水詩所取代，而應當是由玄言詩過度到山水詩，或者說山水詩由玄言詩脫穎而出，山水與玄言非截然分開的。

由南朝詩歌作品可以窺見，藉景抒情，寓佛理於山水景色中者，

〔註46〕孫綽〈游天台山賦〉。

〔註47〕劉勰《文心雕龍・明詩篇》。

比比皆是，試觀謝靈運等人的山水詩，擺脫遊仙、說理的附庸陪襯地位，而使得山水風景正式成爲詩的獨立題材。

今擬就南朝與佛教有關的文人詩歌作品作一研究，就詩歌的內容、主題來區分，大致可分二大類，一是主題是純粹闡述佛理者，二是主題與佛寺、僧人有關，而兼述佛理者。此二大類作品，主要是根據《廣弘明集》，和逯欽立輯校《先秦漢魏晉南北朝詩》所蒐羅的作品來分類，詳見附表三和凡例。茲分述如下：

## 一、主題純粹闡述佛理

這一類以純粹闡述佛理爲主的詩歌，文詞率多樸實未染當時華美的風氣，蓋此類篇章多藉以闡述佛理，非爲抒發性情，故以義境勝，而不以翰藻爭美也。

宋謝靈運作〈和范光祿祇洹像讚三首〉、〈維摩詰經中十譬贊〉八首、〈臨終詩〉，無論文章技巧、字句的鍛鍊與風格，皆可謂上乘之作，亦可以見謝靈運在佛學上的造詣相當高，如〈和范光祿祇洹像讚〉：〔註48〕

惟此大覺，因心則靈。垢盡智照，數極慧明。
三達非我，一援群生。理阻心行，道絕形聲。（〈佛讚〉）
若人仰宗，發性遺慮。以定養慧，和理斯附。
爰初四等，終然十住。涉求至矣，在外皆去。（〈菩薩讚〉）
厭苦情多，兼物志少。如彼化城，權可得寶。
誘以涅槃，救爾生死。肇元三車，翻乘一道。（〈聲聞緣覺合讚〉）

這篇完全是明佛的文字，對於佛、菩薩、二乘人（即聲聞緣覺）的境界，以及其修證非常通徹明白，從其所引的「大覺」〔註49〕、「智照」〔註50〕、「定慧」〔註51〕、「十住」〔註52〕、「化城」〔註53〕、「涅槃」

〔註48〕道宣《廣弘明集》卷十六。
〔註49〕大覺，指佛之覺悟也。即自覺覺他皆圓滿。
〔註50〕智照，智即實智，照即照了，即智與理合。

〔註54〕、「生死」〔註55〕、「三車」〔註56〕等佛典中，和其中所闡述的道理，可以看出謝靈運的佛學造詣。

再如〈維摩詰經中十譬讚八首〉聚沫泡合、燄、芭蕉、幻、夢、影響合、浮雲、電，〔註57〕這八首詩，也都是以闡述佛理爲主，對於佛經中的譬喻，必有深刻的體會與認識，方有這樣的作品的產生。以〈夢〉爲例：

覺謂寢無知，寐中非無見。意狀盈眼前，好惡迭萬變。既悟眇已往，惜爲浮物戀。孰視娑婆〔註58〕盡，寧當非赤縣。

此詩謂人於夢中，本無實事，但卻執妄爲實，當醒覺之後方知夢境是虛妄。其實一切諸法與煩惱皆是虛妄不實的，只是眾生不明白，執之爲實，譬如做夢般，是「夢裡明明有六趣，覺得空空無大千。」，如「夢」這樣的譬喻，在佛經中是常見的。

王融，是齊竟陵文宣王蕭子良的八友之一。他留下不少蘊含佛理的詩，如〈法樂辭〉十二章、〈淨行頌〉十首。如：

---

〔註51〕定慧即止觀也。定則攝心不散，止諸妄念；慧則照了諸法，破諸邪見。

〔註52〕十住，出於《楞嚴經》，謂菩薩約位進修，以妙覺爲本，此覺由信而入，入則能住，故自發心住至灌頂位，通爲十種也。十住：發心住、治地住、修行住、生貴住、方便具足住、正心住、不退住、童眞住、法王子住、灌頂住。

〔註53〕化城，無而倏有名化，防非禦敵名城，以喻小乘涅槃，能防見思之非，而禦生死之敵也。

〔註54〕涅槃，華言滅度，謂諸眾生厭生死苦，修習梵行，斷諸煩惱，證大涅槃，違煩惱之惑。

〔註55〕生死，一切眾生惑業所招，生者死，死者生也。《楞嚴經》曰：「生死死生，生生死死，如旋大輪。」

〔註56〕三車，出自《法華經》。車即運載之義，喻三乘之人，各以所乘之法，運出三界而至涅槃也。（三乘即聲聞、緣覺、菩薩。三界即欲界、色界、無色界。），三車，即羊車、鹿車、牛車分別喻三乘人。

〔註57〕大乘以十喻來說「空」，即幻、焰、水中月、如虛空、如響、如乾城、夢、鏡中像、如化等。而此八首詩，亦是以闡述「空」的道理爲主。

〔註58〕娑婆，華言能忍，謂此土之人，堪能忍受眾苦也。此娑婆即指娑婆世界，即穢土也。（此上註 49 至註 58 係參考丁福保編《佛學大辭典》）。

明心弘十力，寂慮安四禪。青禽承逸軌，文驪鏡重川。
鷲巖標遠勝，鹿野究清玄。不有希世賢，何以導蒙泉。（〈法樂辭〉之七）

這首詩是歌頌佛陀的，此詩中所引「十力」、「四禪」、「鷲巖」、「鹿野」等，這些都是佛經中常見的詞彙。如「十力」是指佛所具有的十種智力；「鷲巖」即是靈鷲山，是佛常居住之地；「鹿野」則是佛三轉法輪之地。此詩是讚嘆釋迦牟尼佛成道之後，在鹿野苑與靈鷲山宣揚佛法的事。〈法樂辭〉將釋迦牟尼佛的一生分成十二個階段，即本起、靈瑞、下生、在宮、四遊、出國、得道、雙樹、賢眾、學徒、供具、福應。這與釋迦佛示生人間，「八相成道」是相契合的。〔註 59〕《敦煌歌辭總編》裡，有《聖教十二時》（佛本行讚）和〈法樂辭〉的敘述手法、分段皆類似，他們之間可能有關連性。

南朝佛教至梁武帝時達到極盛。武帝蕭衍早受佛教薰陶，儒、釋、道皆通達，善於文學，精通音律，是南朝貴族文化的典型代表人物，他是宗教的實踐家，對修建塔寺，講經弘法，皆熱心參與，並親自參與譯經的工作。當時的佛教如此發達，受到他以帝王身分提倡的直接影響。蕭衍的佛理詩，今存八首〔註 60〕，對於佛理的闡述頗爲深刻。如：

靈海自已極，滄流去無邊。蜃蛤生異氣，闥婆鬱中天。青城接丹霄，金樓帶紫煙。皆從望見起，非是物理然。因彼凡俗喻，此中玄又玄。（〈十喻詩、乾闥婆詩〉）

在佛法中「十喻」指的是如幻、如燄、如水中月、如虛空、如響、如乾闥婆、如夢、如影、如鏡中像、如化。〔註 61〕這裡舉出「乾闥婆詩」，乾闥婆，即指的乾闥婆城，在日初昇之時，可見城門樓櫓宮殿，待日高則會漸漸散滅，但可眼見，而非實有，這相當於中國的「海市蜃樓」，

〔註 59〕八相成道，即升兜率天、托胎、降生、出家、降魔、成道、轉法輪、入涅槃，共八相。

〔註 60〕見附表三。

〔註 61〕此即〈大乘十喻〉，藉以說明「空」之道理。

所謂「朝起海州，遠視似有樓櫓人物，而無其實。」。就佛法觀點而言，一切諸法皆是虛妄不實的，如《金剛經》云：「一切有爲法，如夢幻泡影，如露亦如電，應作如是觀。」，〈十喻詩〉五首所闡述的道理皆是相同的。

物情異所異，世心同所同。狀如薪遇火，亦似草行風。迷惑三界裡，顛倒六趣中。五愛性洞遠，十相法靈沖。皆從妄所妄，無非空對空。(〈十喻詩，靈空詩〉)

這首〈靈空詩〉其意旨即是闡述「空」的道理，作者將「空」的形狀比喻成薪遇到火，或如風吹草動一般，是無法捕捉它的形相的，個人認爲薪遇火仍有色可見，亦有聲可聞，所謂「空」應該是如《般若心經》云：「無眼耳鼻舌身意，無色聲香味觸法……乃至無老死，亦無老死盡。」這首詩中，提到眾生所以會在三界六道中迷惑顛倒，皆由虛妄而起，唯以「空」對待一切，才能眞正解脫。

和梁武帝〈十喻詩〉所闡述的道理相似的，是梁簡文帝的〈十空詩〉六首——如幻、如響、如夢、如影、鏡像、水月。其實〈十空〉即是〈十喻〉，都是在說明萬法皆空的道理。如：

精金宛成器，懸鏡在高堂。後挂七龍網，前發四珠光。迴望疑垂月，傍瞻譬壁璫。仁壽含萬類，淮南辯四鄉。終歸一無有，何關至道場。(〈十空詩、鏡象〉)

鏡中之象，非鏡所作，亦非顏面所作，也非鏡與面和合而作，雖然非實有，卻可見鏡象，若不加以明察分別，易執之爲實而生起分別心。其實一切諸法，亦如鏡像，是沒有實體的，只是因緣和合而生，如詩中所云：「終歸一無有，何關至道場。」的意思。詩的前八句都是以描述鏡子的材質、形狀、外形等爲主，即使它可以包含萬物，但仍然是「終歸一無有」，此詩充分掌握「空」的主題，是典型的佛理詩。

第一賦韻

伏枕愛危光，痾纏生易折，無因雪岸草，慮反砧山穴。涓渴賸腸府，疼寒嬰肢節。如何促齡內，憂苦無暫缺。(〈東城門病〉)

虛蕉誠易犯，危城復將嗤。一隨柯已微，當年信長訣。
已同白駒去，復類紅花熱。姸容一旦罷，孤燈行自設。(〈南城門老〉)

綏心雖殊用，滅景寧優劣。一隨業風盡，終歸虛妄設。
五陰誠爲假，六趣寧有截。零落竟同歸，憂思空相結。(〈西城門死〉)

俗幻生影空，憂繞心塵曀。於茲排四纏，去矣求三涅。
下學輩留心，方從窈冥別。已悲境相空，復作泡雲滅。(〈北城門沙門〉)

類似〈十空詩〉、〈十喻詩〉這種「組詩」形式，以好幾首詩來闡述佛理者，是庾肩吾的〈八關齋夜賦四城門〉共十六首，他是以釋迦佛仍是太子時，出東、西、南、北城門，分別碰見老、病、死、沙門，深深地感到人生的苦，而興起出世的念頭，〔註62〕以此事而作。共作四篇，每篇分爲〈東城門病〉、〈南城門老〉、〈西城門死〉、〈北城門沙門〉，共十六首。此詩在《廣弘明集》中，〔註63〕作者除了庾肩吾外，還有簡文帝、徐防、孔燾、諸葛鋅、王臺卿、李鏡遠等。在每一賦中，此七人各作一首，此類似唱和的形式，主題則不外闡述佛理爲主。

老、病、苦皆是人生「八苦」之一，佛陀教導我們要「以苦爲師」，「觀受是苦」，也就是要觀察自己或別人的衰老、貧病等，是相當令人憂悲苦惱的，知道老、病、死是「憂苦無暫缺」，則要求了脫，此時就必須藉助佛法的覺悟之道，「沙門」代表的就是覺悟的智者。〈八關齋夜賦四城門〉，其主題皆圍繞老、病、死、沙門，來發揮「苦空」、「無常」、「無我」的道理，以及對人生衰老、病疾、死亡等的無奈。但是由於作品是許多位作者一起作的，故作品風格不是很一致，且闡述佛理也不夠深入，這大概和作者佛學素養有關。

〔註62〕此即八相成道的「出家相」，詳細的故事可參照馬鳴《佛所行讚·厭患品》第三。

〔註63〕庾肩吾此詩，《廣弘明集》中作者共八位，但逯欽立集中只列出庾肩吾一人所作。

江總是陳後主時有名的權臣和狎客。《陳書・江總傳》載：「後主之世，當世權宰，不持政務，但日與後主游宴後庭，……當時謂之狎客，由是國政日頹，綱紀不立。」〔註 64〕但是江總於晚年的自序中卻提到：「弱歲歸心釋教，年二十餘入鍾山，就靈曜寺則法師受菩薩戒。暮齒官陳，與攝山布上人遊款，深悟苦空，更復練戒。」〔註 65〕他一方面是狎客，另一方面又歸心佛法，闡述佛理，頗令人疑惑。錢鍾書先生於《管錐篇》提到：「將誰欺乎！正恐其所奉佛法未必印可爲直心道場也。」〔註 66〕

暫且不論江總的人品，單就其詩來看，他也寫了不少與佛理有關的詩（詳見附表三），今舉一例：

可否同一貫，生死亦一條。況斯滅盡者，豈是俗中要。
人道離群愴，冥期出世遙。留連入澗曲，宿昔涉巖椒。
石溜冰便斷，松霜日自銷。自崖雲竅靆，出谷霧飄飄。
勿言無大隱，歸來即市朝。（〈營涅槃懺〉）〔註 67〕

此詩序云：「禎明二年仲冬，攝山棲霞寺布法師，只爾待終，余以此月十七日宿昔入山，仰爲師氏營涅槃懺，還途有此作。」這首詩是江總參加完涅槃法會，回程中寫下的，抒發他對人生的概嘆，含有濃郁的玄言詩的味道，也是頗具出世的思想，這和豔情之作是迥然不同的。

與江總同時代的詩人徐孝克，在《廣弘明集》卷四十，亦有二首詩與〈營涅槃懺〉風格近似的作品，如：

戒壇青石路，靈相紫金峰，影盡皈依鴿，餐迎守護龍。
晨朝宣寶偈，寒夜斂疎鐘。雜蘭靜含握，仁智獨從容。
五禪清慮表，七覺蕩心封？願言於此處，攜手屢相逢。（〈仰同令君攝山棲霞寺山房夜坐六韻詩〉）

〔註 64〕《陳書》卷二十七〈江總傳〉。
〔註 65〕同上。
〔註 66〕見《管錐篇》頁 270。
〔註 67〕江總此詩，逯欽立《先秦漢魏晉南北朝詩》中，題作〈營涅槃懺還塗作詩〉，《廣弘明集》作〈營涅槃懺〉。

這首詩的背景是棲霞寺，首二句即是寫景，中間六句則點出時間，以及景物變化，末四句則是說理。「七覺」是指擇法、精進、喜、除、捨、定、念，「覺」就是了所修的法是眞實或是虛假，這大種法，各有分歧支派，是不相雜亂的，「七覺」是可蕩滌我們內心的執情，故云：「七覺蕩心封」。而「禪」即是禪定，可以澄清思慮，其意義和七覺是相同的。

文人詩作中，純粹闡述佛理者，約有一百首左右（詳細的作者和篇名見附表三）。這樣的作品數量，遠遠超過兩晉時代的文學作品，在第三章中曾經提到，南朝的佛教流傳廣遠，文人和佛教關係日益密切，和君王的提倡佛教，以及佛經翻譯事業的興盛，有極大的關係。或許是這樣的環境，促使文人引佛理入詩。

## 二、主題與佛寺、僧人有關，兼論佛理者

這一類主題與佛寺、僧人有關的作品，由作品的題目即可以明顯地看出，如謝靈運的〈登石室飯僧詩〉、〈石壁立招提精舍詩〉，梁武帝的〈遊鍾山大愛敬寺詩〉，江總的〈入攝山棲霞寺詩〉、〈遊攝山棲霞寺詩〉、陰鏗〈開善寺詩〉、張君祖〈贈沙門竺法頵〉等。〔註68〕這類作品的題目或者與佛寺有關，或者與僧人有關，而且兼論佛理，這樣的題材，是南朝以前罕見的，檢視《弘明集》、《廣弘明集》、《先秦漢魏晉南北朝詩》等書中所收錄的作品，僅張翼〈答庾僧淵詩〉、〈贈沙門竺法頵〉〔註69〕、習鑿齒〈嘲道安詩〉、劉程之〈奉和慧遠遊廬山詩〉、王喬之〈奉和慧遠遊廬山詩〉、張野〈奉和慧遠遊廬山詩〉，共六首而已〔註70〕，數量是極少的。

〔註68〕詳見附表二。

〔註69〕張君祖〈贈沙門竺法頵三首〉，逯欽立集，是收錄於晉詩卷十二。《廣弘明集》則收於陳朝。據逯欽立案，「世說新語，康僧淵與殷浩相善，則二人爲同時人，故互有贈答之作。卮林解馮謂二人詩應列晉代是也。今改入晉編，並略誌於此。」

〔註70〕以上六首作品，見逯欽立《先秦漢魏晉南北朝詩》，晉詩卷十二。

謝靈運的詩歌是這類作品中，極佳之作，如：

昏旦變氣候，山水含清暉。清暉能娛人，遊子憺忘歸。
出谷日尚早，入舟陽已微。林壑斂暝色，雲霞收夕霏。
芰荷迭映蔚，蒲稗相因依。披拂趨南徑，愉悅偃東扉。
慮澹物自輕，意愜理無違。寄言攝生客，試用此道推。
（〈石壁精舍還湖中作〉）

石壁精舍是謝靈運的故鄉始寧縣（即今浙江上虞縣），始寧別墅附近的一座佛寺，是作者常遊之所。「湖」指的是巫湖，謝靈運自南山居處前往北山石壁精舍，必經巫湖。這首詩是謝靈運辭去永嘉太守的官職，回到始寧縣莊園，徜徉於故鄉山水時的作品。

全詩以「還」爲線索，漸次地鋪敘了一天的行跡，以及傍晚歸來時的情景。開頭四句總結性的說出遊玩一天之後的體會，他覺得石壁的山水林泉，無論清晨還是黃昏，都各呈清妍的情態，令人憺然忘歸。而「遊子憺忘歸」句又引出下文「出谷日尚早，入舟陽已微」，點出出谷與登舟的時間，這二句暗扣詩題「還湖中」，故而下面「林壑」四句，細緻地描寫了泛舟湖上的遠近景色。接著「披拂趨南徑，愉悅偃東扉」二句，寫舍舟登岸，高臥於東窗之下。最後四句，就此遊抒發心中所體會到的理趣：認爲一個人只要思想澹泊，外物自輕，心平氣和，心中知足，才能覺得物理不違於己，這才合於養生之道，此「攝生客」，指善養生的人。這首詩寫遊賞湖光山色的愉悅，以及所體悟到的佛理，其中「慮澹物自輕」即是佛家明心見性，去除物累以求心地空明的修行之道。

謝靈運的另外兩首詩，〈石壁立招提精舍詩〉和〈登石室飯僧詩〉，亦是先描寫山水景物，然後在後四句才闡述佛理，如〈登石室飯僧詩〉，最後四句「望嶺春靈鷲，延心念淨土。若乘四等觀，永拔三界苦。」純粹就是闡述佛理，且運用「靈鷲」、「淨土」、「三界苦」這些佛典於詩中。謝靈運曾參與修訂《涅槃經》，使南本《涅槃經》文字優美。皎然〈秋日遙和盧使君游何山寺宿烱上人論涅槃經義〉云：「翻譯推南本，何人繼謝公」，可見僧人對其所修訂的南本《涅槃經》之推崇。

這裡有一個問題值得深思，何以徜徉於山水中會引出佛理呢？這點或許可以從謝靈運個人的際遇和佛學造詣來解釋。白居易〈讀謝靈運詩〉曾云：「謝公才廓落，與世不相遇，壯士都不用，須有所洩處。洩為山水詩，逸韻諧奇趣。」。〔註 71〕謝靈運生當晉宋之際，世代為晉之貴臣，他不滿意宋之代晉。他不願意和劉宋合作，並試圖跳出政治的旋渦，故傾向佛家之超脫世俗，寄情於山水之間，創作大量山水詩。

明末清初的王夫之曾評謝靈運詩云：「言情則往來動止，縹緲有無之中，得靈感而執之有象；取景則于擊目經心，絲分縷合之際，貌固有而言之不欺。而且情不虛情，情皆可景；景非滯情，景總含情。神理流於兩間，天地供其一目。」〔註 72〕這段話深刻的評出謝詩的妙處，謝詩不僅以情寫景，景中亦生動地表現情，情皆可景，景總含情，這是他成就所在。而「神理流於兩間，天地供其一目」，可以認為是由於深入佛理，而顯現出眼界開闊，規模宏偉。老莊雖然提倡遁隱，但仍未離塵世和人間，而佛法則是永離塵世，度至彼岸的，謝靈運贊成竺道生的頓悟成佛說，〔註 73〕可見他的心靈是嚮往佛域的。其山水詩往往滲入宗教感情，在自然風光的生動描寫中流露出世意識。

梁代佛法非常興盛，朝廷之中君王亦多信佛，而且也留下一些作品，如梁武帝〈游鍾山大愛敬寺詩〉，昭明太子蕭統作〈和武帝遊鍾山大愛敬寺詩〉，類似這樣的和詩，還有二首，作者是簡文帝，作品分別是〈往虎窟山寺詩〉，據《廣弘明集》卷四十所輯錄，和詩共有五首，分別是王冏、陸罩、孔燾、王台卿、鮑至所作。另一首和詩是〈望同泰寺浮圖詩〉，奉和者有王訓、王台卿、庾信。試舉一例：

遙看官佛圖，帶璧復垂珠。燭銀踰漢女，寶鐸邁昆吾。

〔註 71〕白居易《白氏長慶集》卷七。

〔註 72〕王夫之《古詩評選》卷五。

〔註 73〕謝靈運曾著《與諸道人辯宗論》（《廣弘明集》卷十八）。此即宣揚道生的頓悟成佛說。其中折衷、孔、釋之言以論證頓悟成佛。

日起光芒散，風吟宮微珠。露落盤恒滿，桐生鳳引雛。
飛幡雜晚虹，畫鳥押晨梟。梵世陵空下，應眞蔽景趨。
帝馬咸千轡，天衣盡六銖。意樂開長表，多寶現金軀。
能令苦海渡，復使慢山踰。願能同四忍，長當出九居。（梁簡文帝〈望同泰寺浮圖詩〉）

這裡「浮圖」指的就是塔寺。作者由遠至近的描寫塔寺的外觀景色，以及作者望同泰寺浮圖之後心裏的感受。這首詩已有駢儷用典的形式主義傾向，在描寫塔寺的外貌，即用十句詞句，且盡力地刻劃，後半首則偏重說理並且讚嘆佛陀的殊勝。雖然運用佛教用語處不多，但由「意樂開長表，多寶現軀，能令苦海渡，復使慢山踰。願能同四忍，長當出九居。」可看出簡文帝對佛教的皈依。其他三首〈奉同望同泰寺浮圖詩〉，皆偏於寫景色，較少說理和讚佛的成份，藝術成就不及簡文帝，在內容方面也以簡文帝較佳。

文學上以作宮體詩著名，但同時也好佛的江總，弱年即寄心佛理之中。他也寫了些，佛教題材的詩，如〈靜臥棲霞寺房望徐祭酒〉：

絕俗俗無侶，修心心自齋。連崖夕氣合，虛宇宿云霾。
臥藤接户新，崎石久成階。樹聲非有意，禽戲似忘懷。
故人市朝狎，心期林壑乖。唯憐對芳杜，可以爲吾儕。

「絕俗俗無侶，修心心自齋」這二句，作者所要抒發的就是一種絕俗、寄意林壑的情懷，亦是詩的主旨。詩人靜臥禪室，絕俗無侶，就是爲了進入悟道集虛的心齋境界。中間六句，是其以修心的內在情懷，來觀外在景物的描述。後四句則抒情明志，由此詩未能明顯地看出佛教色彩，也未明顯引用佛典。另外，〈遊攝山棲霞寺詩〉等，雖引佛典，但牽合、雕琢，不似謝靈運詩之清新自然。

陳代頗有名的詩人陰鏗，擅長寫景，頗爲杜甫所推崇，曾云：「頗學陰何苦用心」〔註 74〕，可以略知陰鏗在作詩藝術上的造詣，他曾作〈開善寺詩〉：

〔註 74〕杜甫〈解悶十二首〉之七。陰指陰鏗，何指何遜。

鷲嶺春光遍，王城野望通。登臨情不極，蕭散趣無窮。
鶯隨入戶樹，花逐下山風。棟裏歸雲白，窗外落暉紅。
古石何年臥，枯樹幾春空。淹留惜未及，幽桂在芳叢。

這首詩題作〈開善寺〉，然而描寫的卻是鍾山的景色。開善寺在南京城郊外鍾山之上，梁武帝十四年所建，梁武帝非常崇佛，當時鍾山佛寺眾多，而以開善寺景色最優美。

「鷲嶺」，即是釋迦牟尼佛講經的靈鷲山，佛家視之爲聖地。當時鍾山佛寺很多，此處以鷲嶺喻作鍾山，至於王城則指京城建康。此詩是作者站在鍾山之頂，俯視京城，所見之景，前八句以寫景爲主，「古石何年臥」二句則回到題目上，開善寺東有古石，曰「定心石」，高僧寶志自幼在鍾山出家，死後又葬於鍾山，故「古石何年臥」二句，引發人產生歷史感，把人的情感融於詩中。

像陰鏗〈開善寺詩〉這一類的作品，以描述山水景物兼以抒情論理的，在南朝有不少這樣的作品，題目雖與佛寺、僧人有關係，但內容則未必完全是闡述佛理的。這類作品何以在南朝特別多呢？推究原因和南朝帝王信佛，且大量地興建佛寺是有直接關係的，佛寺一般都見於山林之中，文人遊幸其中，自然的就反映於作品之中，這是南朝以前未曾有的現象。

# 第六章　漢譯偈頌與南朝的詩歌

## 第一節　漢譯偈頌之內容

### 一、偈頌的特色

中國傳統的詩歌多是以抒情之作爲主，且是言志的，如《詩經·關雎序》云：〔註1〕

> 詩者志之所之也，在心爲志，發言爲詩，情動於中而形於言。

對於詩歌和佛教這二者，似乎很難聯想在一起。但是，在讀誦佛典時，卻可以看到許多經文是以詩的形式寫成，如《妙法蓮華經》:「……眞觀清淨觀，廣大智慧觀，悲觀及慈觀，常願常瞻仰。無垢清淨光，慧日破諸暗，能伏災風火，普明照世間……」〔註2〕以五言爲主，文字亦流暢優美，只是其文句長達一百零四句，且未押韻。

在佛典「十二分教」中，有二部份是韻文，即「伽陀」和「祇夜」:〔註3〕

---

〔註 1〕《詩經》，十三經注疏本，藝文印書館印行。
〔註 2〕《妙法蓮華經·觀世音菩薩普門品》，姚秦旭摩羅什譯。
〔註 3〕參《三藏法數》，丁福保編，慈慧山莊，三慧學處印行。

1. 伽陀，又名「孤起頌」，華言「諷頌」，是宣揚佛理獨立的韻文，如陳眞諦譯《寶行王正論》，共二千零六十句，皆是五言的句子，沒有長行經文。〔註4〕

2. 祇夜，又名「重頌」，華言「應頌」，或云「偈」，應前長行之文，重宣其義也，即在韻散結合的經文中重宣長行文的內容，如《觀世菩薩普門品》。〔註5〕

「祇夜」和「伽陀」二者在漢譯時統稱「偈頌」。

《鳩摩羅什傳》載：〔註6〕

> 天竺國俗，甚重文制，其宮商體韻，以入弦爲善，凡覲國王，必有贊德。見佛之儀，以歌嘆爲貴。經中偈頌，皆其式也。

可知古時天竺，即是以詩歌這樣的形式歌詠讚嘆，而此「詩歌」指的就是偈頌。在讀誦經典時發現，不只三藏中的經藏大量運用偈頌，律藏如《菩薩善戒經》〔註7〕、《優婆塞五戒威儀經》，〔註8〕論藏如陳眞譯所譯《遺教經論》、《寶行五正論》，〔註9〕皆有偈頌。

何以偈頌會如此普遍運用在佛經中？

《大智度論》卷十三云：〔註10〕

> 菩薩欲淨佛土，故求好音聲。欲使國土中眾生聞好音聲，其心柔軟。心柔軟，故受化易。是故以音聲因緣供養佛。

佛說法的目的是令眾生離苦得樂，而佛法的弘傳，無非是希望眾生得益，受持佛法。宣傳教義用韻文的形成，除了易於讀誦外，且其音聲

---

〔註4〕《大藏經》二十二套第五冊。日本藏經院校訂訓點本。長行，謂經文中，直接宣說法相，而不限定字句之文句。以文句之行數長故，是對於偈頌之稱，是十二分教之中的「修多羅」。

〔註5〕同註2。

〔註6〕梁慧皎《高僧傳》卷二。

〔註7〕見附表五。

〔註8〕見附表五。

〔註9〕見附表五。

〔註10〕《大智度論》龍樹菩薩造，姚秦鳩摩羅什譯。

也較悠揚，易收攝人心，令眾生較容易接受佛法，故三藏中多運用偈頌的形式。

在討論偈頌和我國傳統歌的差異這個主題之前，必須先界定偈頌的時代，在《大藏經》中，〔註11〕三藏十二部浩如煙海，若想閱覽一遍，非吾輩能力可爲，且翻譯佛典的時代，自東漢至唐，經一、二千年之久，非此文可以詳論，故本文所舉偈頌，以宋、齊、梁、陳四代所譯經典爲主，包含經、律、論三藏，約一百三十部，茲以表列之，詳見附錄五。

## 二、偈頌與詩歌的異同

偈頌雖然是韻文，形式和中國的詩歌類似，或四言、五言、六言或七言等，但仔細探究偈頌和傳統詩歌二者，其差異實多，就內容、句法、長度，皆有明顯地差別，今就南朝詩歌和南朝偈頌二者之間而言，可略舉幾點：

### 1. 就長度而言

傳統詩歌多是短篇，四句、八句、十六句爲多，就南朝來看，罕見長篇之作。而「偈頌」，四句、八句等短篇雖常見，但一、二百句，乃至二千多句者亦有之，就南朝所譯偈頌來看，一、二百句者如《大般涅槃經・長壽品》〔註12〕、《菩薩念佛三昧經》〔註13〕，至於《央掘魔羅經》〔註14〕有偈頌長達一千一百一十二句，更有長達二千零六十句的《寶行王正論》。〔註15〕

就長度這一點來看，偈頌和傳統詩歌之間差異是非常大的。

### 2. 就押韻來看

我國傳統詩歌是韻文，幾乎每一首詩皆是押韻的。但觀察偈頌，

〔註11〕此特指日本《大藏經》，明治三十八年日本藏經院校訂訓點本。

〔註12〕《大般涅槃經》（南本），宋・慧嚴等依泥洹經加之，《大藏經》八套第七冊、第八冊。

〔註13〕《菩薩念佛三昧經》，宋・功德直譯，《大藏經》六套第十冊。

〔註14〕《央掘魔羅經》，宋・求那跋陀羅譯，《大藏經》十二套第一冊。

〔註15〕《寶行王正論》，陳・眞諦譯，《大藏經》二十二套第五冊。

幾乎是不押韻的居多，無論四句、六句、八句乃至多句。如《佛說大乘十法經》:「離慢增上慢，常以慈心念，及常懷悲心，恒怖世間中，常以行乞，食善說人天益。」〔註16〕類似這樣不押韻的偈頌，在《大藏經》中非常多，不勝枚舉。

3. 就內容而言

傳統詩歌多以抒情言志，表達情感的作品爲主，比較來說較少敘事、議論、說理、勸誡等，但「偈頌」卻以敘事、說理、議論爲主，二者在本質上差異很大，關於「偈頌」的內容將於後面詳述。

「偈頌」和傳統詩歌差異很大，是否可以視「偈頌」爲詩歌，這點乃須討論。若是就漢譯佛經的「偈頌」這方面來看，或許和翻譯經典的人不懂梵文，或文學素養不佳雙重因素有關，西晉以前，是譯經的探索時期，譯經師多是西域人，不精漢語，筆錄者又不通胡語，也不懂佛理，故造成「梵客華僧，聽言揣意，方圓共鑿，金石難和，宛配世間，擺名三昧。咫尺千里，覿面難通。」〔註17〕譯本多辭不達意，難以通達，偈頌也不免如此了。到了東晉、南朝，翻譯佛經達到極盛，雖然較探索時期進步，且是「彼曉漢談，我知梵說」〔註18〕但仍「十得八九，時有差違」，〔註19〕翻譯的偈頌仍未必能夠完全合於原意，翻譯的僧侶本身未能通達梵文，自然無法適達經意，即使經過懂漢文的西域僧侶翻譯，仍然不能完整地表達原來的意旨。更何況，梵文是拼音文字，一字多音，而漢字是一字一音，兩種文字性質完全不同，所以梵文的佛典，也許原來是有韻的詩歌，但由於譯者的文學素養不夠，勉強湊成齊言的形式，已經十分不易，當然就無暇顧及押韻了。所以譯成漢文後，就無法表現原有的風貌了。所以，譯經師雖然以中國詩歌的形式翻譯「偈頌」，但事實上，兩者之間差異很大，只是勉

〔註16〕《佛說大乘十法經》，梁・僧伽婆羅譯，《大藏經》第六套第三冊。
〔註17〕見宋・贊寧《宋高僧傳》。
〔註18〕同上。
〔註19〕同上。

強地說，「偈頌」仍可看成是詩歌。

「佛教」傳入中土後，弘傳廣遠，上至君王，乃至文士，販夫走卒，莫不受其影響。就南朝而言，文士和僧侶的往還論道，是非常普遍的，在第二章中已論述，此不復贅言。而文士和僧侶往來既然密切，則佛經的偈頌必然直接或間接地影響文人的詩歌創作，南朝佛理詩的出現，以及文人引用佛典入詩，就是明顯地例證。

## 三、偈頌的內容

「偈頌」的內容爲何呢？這點可就南朝所譯的偈頌作大略的分類；李師立信在〈論偈頌對我國詩歌的影響〉一文中〔註20〕，曾對漢代翻譯佛經中偈頌的內容做分類，共可分成四類，即說理、勵志、告誡、敘事，本文依李師的分法，分作四類：

### （一）說　理

佛經的偈頌，大部份「重頌」，即重宣長行文的道理，以令眾生明白佛說法的意旨，而南朝所譯經典中的偈頌，內容多是說理，尤其在論藏的偈頌，以說理爲內容的佔了絕大多數，就眞諦所譯的論藏典籍觀之，如《中邊分別論》、《解捲論》、《佛性論》、《寶行王正論》、《大乘唯識論》等，其偈頌皆是闡述佛法的道理，這些經論常常是先有一首偈頌，之後再一段長行文來申述偈頌的義理；或者是一段長行文之後，接著一首偈頌。如《解捲論》：

> 智人不違世，隨說世間法，若欲滅惑障，依眞應觀察。
>
> 如世間瓶衣等物，信有不違，或說示他如此，智人先隨此事，後若求解脫，應修眞理，簡擇世法。

其它如《中邊分別論》、《大乘唯識論》亦復如是。

以說理爲內容的偈頌很多，今就經藏和論藏中再舉出二個例子：

> 信爲最上乘，以是成正覺，是故信等事，智者敬親近。
>
> 信爲最世間，信者無窮乏，是以信等法，智者最親近。

〔註20〕見《文學與佛學的關係》，中國古典文學研究會主編，學生書局印行。

不信善男子，不生諸白法，猶如燋種子，不生於根芽。(《佛說大乘十法經》)〔註21〕

修道不共他，能說無等義。頂禮大乘理，當說立及破。
無量佛所修，除障及根本。唯識自性靜，昧劣人不信。
實無有外塵，似塵識生故。猶如翳眼人，見毛二月等。(《大乘唯識論》)〔註22〕

以說理爲內容的偈頌，主要是闡述佛所說的道理，其用意無非是令眾生明白佛理，開示悟入佛之知見。此類偈頌，多半會扣緊一個主題來發揮，《佛說大乘十法經》的例子，反復宣說「信」的重要，以及「信」的利益，亦反面來說，若沒有「信心」，則一切善法不生，「猶如燋種子，不生於根芽」，這樣的偈頌是極具說服力的。《華嚴經》的〈賢首品〉，賢首菩薩廣頌信心功德法門，即作偈頌云「信爲道源功德母，長養一切諸善根」，佛法大海，唯「信」才能入，如同一把鑰匙，擁有它才能進入浩瀚的佛學堂奧中。

## （二）告 誡

佛說法是自在無礙，契機施度，何時該說何法，完全視眾生的需要而定，有時是以利益誘導眾生，如持戒修善，可以得到人天的善果，但是，閻浮提眾生剛強難化，單以善果化導仍不行，還必須適時予以告誡，以提醒眾生不致誤入邪知邪見，或是藉以調伏眾生的習氣，引導他步上學佛的正道上。以告誡的內容的偈頌，今舉出二例：

生死不斷絕，貪欲嗜味故。養怨入丘塚，唐受諸辛苦。
身臭如死尸，九孔流不淨。如廁蟲樂糞，愚貪身無異。
智者應觀身，不貪染世間。無累無所欲，是名眞涅槃。
如諸佛所說，一心一意行。數息在靜處，是名行頭陀。(《治禪病秘要法》)〔註23〕

若以色見我，以音聲求我。是人行邪道，不應得見我。

---

〔註21〕《佛說大乘十法經》，梁．僧伽婆羅譯，《大藏經》第六套第三冊。
〔註22〕《大乘唯識論》，天親菩薩造，陳諦譯，《大藏經》二十二冊第四冊。
〔註23〕劉宋．沮渠京聲譯，《大藏經》十四套第二冊。

由法應見佛，調御法爲身。此法非識境，法如深難見。(《金剛般若波羅經》)〔註 24〕

在南朝譯出經典中，也有不少如這般以告誡爲主的偈頌，如《佛說長者子六過出家經》、《佛說大乘十法經》、《金剛般若波羅蜜經》等，都有很多告誡性質的偈頌。

## （三）敘　事

敘事性的偈頌，通常都具有濃厚的故事意味，也許是藉一個人的經驗，或其所見所聞，來說明佛經的道理；或者是虛構一些情節、人物等用譬喻的方法來闡述佛理，前者如《佛所行讚》，是以釋迦牟尼爲主角，敘述他由出生、娶妻、出家修道、成佛道，乃至說法四十九年度化眾生的情形，至最後入涅槃，將佛的一生完全記錄下來，這是典型的敘事偈頌。

佛說法是圓融無礙的，有時說事，有時說理，其實事依於理，理亦成於事，若光說佛法的道理，未舉出眞實的事蹟，非常容易執理廢事，變成「說食數寶」，這就違背佛陀說法渡眾生的用意了。

所以，佛經中常藉由一個人的遭遇，或一件事的過程原委，來闡述佛經的道理，如《央崛魔羅經》：〔註 25〕

譬如貧怯士，遊行曠野中。卒聞猛虎氣，恐怖急馳走。
聲聞緣覺人，不知摩訶衍。趣聞菩薩香，恐怖亦如是。
譬如師子王，處在山巖中。遊步縱鳴吼，餘獸悉恐怖。
如是人中雄，菩薩師子吼。一切聲聞眾，及諸緣覺獸。
長夜習無我，迷於隱覆教。設我野干鳴，一切莫能報。
況復能聽聞，無等獅子吼。

又如小乘經典《佛說四人出現世間經》：〔註 26〕

大王人貧賤，得信好布施，見沙門梵志，及諸乞求者，

〔註 24〕陳・眞諦譯，《大藏經》第五套第六冊。
〔註 25〕《央崛魔羅經》，宋・求那跋陀羅譯，《大藏經》十二套第二冊。
〔註 26〕《佛說四人出現世間經》，宋・求那跋陀羅譯，《大藏經》十四套第一冊。

承事禮恭敬，等修諸善業。見施常歡喜，乞者亦惠施，
是施微妙業，更不受瑕穢。如是王此人，彼臨命終時，
生三十三天，先醜而後妙。
大王人有財，無信懷嫉妒，常欲行非行，邪見無有師。
見沙門梵志，及諸乞求者，誹謗常罵言，慳貪如無財。
見施往遏絕，乞者不惠施，彼命非妙業，彼人受瑕穢。
如是王此人，臨欲命終時，必生入地獄，先妙而後醜。

此偈頌是以四種不同典型的人「先醜而後妙、先妙而後醜、先醜而後醜、先妙而後妙，就四種人的表現和行善修行與否，最後在臨命終時所得的果報差異，作一番敘述，給予修行佛法者極深刻的啓示。

## （四）讚　嘆

佛以一大事因緣出興於世，就是令眾生開示悟入佛的知見，化迷啓悟，得以明心見性，故佛陀施設種種善巧方便，種種名言，引導眾生步向光明之途。在佛的每一次法會中，除了人道眾生與會之外，還有十方諸佛菩薩、天人和天龍八部等參與，菩薩在法會中通常都是扮演隨喜讚嘆的角色，其所嘆者不外是佛的慈悲與福德智慧，如：

頂禮三世尊，無上功德海。哀愍度眾生，是故歸我命。
清淨深法藏，增長修行者。世及出世間，我等皆南無。
我所建立論，解釋佛經義。爲彼諸菩薩，令知方便道。
以知彼道故，佛法得久住。滅除凡聖過，成就自他利。(《遺教經論》)〔註27〕

又如：

佛昇法座，如日暉耀。一切世間，之所歸仰。
震動大千，咸生欣悅。佛登寶座，如日顯照。
一切世間，頭戴法王。欲令眾生，普獲安樂。(《菩薩念佛三昧經》)〔註28〕

這類讚嘆的偈頌數量相當多，有的經典中，凡有偈頌出現，其內容即

〔註27〕《遺教經論》，天親菩薩造，陳・眞諦譯，《大藏經》二十二套第一冊。
〔註28〕《菩薩念佛三昧經》，宋・功德直譯，《大藏經》六套第十冊。

是稱讚佛德，如《菩薩念佛三昧經》卷一有六首偈頌，全部皆是讚嘆佛之威德智慧的文字，這些偈頌運用了譬喻「如日暉耀」、「如日顯照」、「如日融朗」等，把佛之威德喻作「日」、「暉耀」、「顯照」、「融朗」都是形容日之光明普照十方，但其所用的文字並不重覆，可見偈頌是極富文學意味的。

前面提到偈頌的內容，有說理、告誡、敘事、讚嘆這四大類。這些是漢魏以前，只重抒情的傳統詩歌中未曾出現的情形，尤其是長篇的敘事偈頌，在傳統詩歌中更是極難看得到，事實上，佛經偈頌的譯出，單就內容而言，已對南朝的詩壇發生影響。以闡述佛理爲主的詩歌，即是受到佛經偈頌的啓發而創作的，南朝的佛教雖未如唐朝之光芒萬丈，但在經典翻譯的事業已如日照高山，深刻地影響著社會與文壇，這點是不容等閒視之的。

## 第二節　偈頌對南朝詩歌的影響

檢視歷來的中國文學史，泰半皆忽略了佛教對中國文學影響的部分，除了胡適的《白話文學史》，〔註 29〕和鄭振鐸《插圖本中國文學史》，這二本有大略提到佛教文學，其它的版本似皆闕而不論。事實上，自東漢佛教傳入中國之後，就已經慢慢對中國社會發生影響力，而佛經翻譯事業的日益蓬勃，加上達官貴人的奉佛，無形之中亦促使佛教弘傳日漸廣遠。

在第五章《南朝詩歌中所見的佛典用語》中，曾經對兩晉和南朝的僧侶作品，以及文人作品中與佛教題材有關的詩歌，做了較深入的探討，也整理出四個附表，在這寫作與思考的過程之中，發現佛經的偈頌和南朝的詩歌之間，有幾點頗值得深入思考的問題，茲列舉之：

一、佛理詩的產生

二、詩歌的修辭技巧與表現手法

〔註 29〕《白話文學史》，胡適著，樂天出版社印行，59 年 11 月再版。

三、詩歌的用語

關於這三個問題的提出，主要是因爲南朝僧侶的詩歌，以及文士闡述佛理的詩作，和佛經中偈頌的內容相類似。而且在詩歌中引用佛典，這是漢魏詩歌中所未曾有過的情形，依文學發展的過程觀察，南朝的佛理詩之所以產生，以及僧侶，佛寺的題材入於詩中，應該和佛教傳入中國有密切的關係，何以言之呢？

佛教以一種外來文化的姿態進入中國，和傳統的儒家、道家的文化相接觸，經歷了由依附、衝突到相互融合的過程，這樣的過程亦是佛教中國化的過程。佛教所以能夠爲中國傳統文化所接納，主要是由於中華民族具有兼容並包的胸懷，亦是因爲佛教文化本身內涵豐富，具有中國文化所缺乏的內容，可以對傳統文化發揮補充作用。

而以敘事和說理爲內容的詩歌，在漢代以前的詩歌作品中，是相當罕見的，但是漢譯佛經的偈頌中，敘事和說理內容，則比比皆是。當佛經翻譯事業日漸興盛，而且佛教傳播日益廣遠之時，無形之中佛經的形式、思想，也會對文學有所影響。

梁啓超先生在民國十一年所作的演講——〈印度與中國文化之親屬的關係〉，曾經提出〈孔雀東南飛〉可能是受到《佛本行贊》等翻譯佛經之影響。〔註30〕陸侃如先生撰〈孔雀東南飛考證〉一文，亦認爲此詩必受印度文學影響方能產生。業師李立信先生，他認爲「在極難看得到敘事詩的我國詩壇，在絕少有上百句長篇詩歌出現的漢代詩壇，除了把〈孔雀東南飛〉這種異數和長篇敘事偈頌聯想在一起之外，我們幾乎就沒有辦法去解釋〈孔雀東南飛〉出現的原因。」〔註31〕

〈孔雀東南飛〉一詩的出現和佛經中長篇偈頌有關係，同樣地，南朝佛理詩的出現，也和佛經的偈頌有關，以下分點來明佛經的偈頌和南朝詩歌的關係。

---

〔註30〕見梁啓超《飲冰室文集》四十一。

〔註31〕〈論偈頌對我國詩歌所產生之影響——以孔雀東南飛爲例〉，此文收錄在《文學與佛學關係》，學生書局印行。

## 一、詩歌的修辭技巧與表現手法

在佛經的偈頌中，常常是運用誇張、鋪排的表現手法，讀之會令人感覺不可思議，時間的無窮無盡，以及空間的無限延伸，是中國文學所缺乏的，《莊子》裡的大鵬鳥是「摶扶搖而上者九萬里」，已經高不可測，但仍有具體的數字，而從北溟到南溟的飛行也仍局限在這個世界上。佛經就迥然不同了，時間單位由剎那〔註 32〕至無量阿僧祇劫〔註 33〕，距離一談即是三千大千世界〔註 34〕，數量則是俱胝〔註 35〕、億、那由它〔註 36〕等，這些概念在現實中都是難以思量的，如《法華經》云：〔註 37〕

> 譬如五百千萬億那由它阿僧祇三千大千世界，假使有人磨為微塵，過於東方五百千萬億那由它阿僧祇國乃下一塵，如是東行，盡是微塵。

這是用譬喻來說明的距離，但仍是非常難以想像的廣遠與無窮無盡。

就南朝翻譯的佛經偈頌中，亦常見誇張的表現手法。如《菩薩念佛三昧經》：〔註 38〕

> 佛昇法座，如日暉耀，一切世間，之所歸仰。
> 震動大千，咸生欣悅，佛登寶座，如日顯照。
> 一切世間，頂戴法王，欲令眾生，普獲安樂。

偈頌之後的長行文云：

---

〔註 32〕剎那，譯曰「一念」，是時間之最少者。經云，一念中有九十剎那，一剎那中有九百生滅。

〔註 33〕阿僧祇，譯作無央數，是印度數目名，阿僧祇是數之極。一阿僧祇，凡一千萬萬萬萬萬萬萬萬兆。阿僧祇劫，無數劫也。劫者年時名。

〔註 34〕三千大世界，經典上說世界有小千、中千、大千之別。合四大洲日月諸天為一世界。一千世界名小千世界。一千小世界為中千世界，一千中千世界為大千世界也。

〔註 35〕俱胝，譯曰百億。《華嚴疏鈔》卷十三上曰：「俱胝相傳釋有三種，一者十萬，二者百萬，三者千萬。……唐三藏譯定千萬也，故至百數。」

〔註 36〕那由它、數目名當於此方之億。億有十萬、百萬、千萬三等，故諸師定那由它之數不同。（以上註 33～36 係依丁福保編纂《佛學大辭典》）

〔註 37〕出自《妙法蓮華經・如來壽量品》。

〔註 38〕宋・功德直譯，《菩薩念佛三昧經》，《大藏經》第六套第十冊。

爾時世尊廣長舌相，遍覆三千大千世界，普告聲聞及眾菩薩，諸善男子一心靜聽。

由這一段文字來看，佛一伸出舌頭，宣說佛法，就可以普遍覆蓋三千大千世界這麼大的範圍，這般的境界，豈是凡夫可以臆測的呢？類似這樣的表現手法，在佛典中是非常普遍的。

有些敘事性的偈頌，以故事的方式來陳述，並且運用譬喻，讀之彷若文學作品，如《大般涅槃經》：〔註39〕

佛不染世法，如蓮華處水。善斷有頂種，永度生死流。
生世爲人難，值佛世亦難。猶如大海中，盲龜遇浮孔。
我今所奉食，願得無上報。一切煩惱結，摧破無堅固。

又譬如：〔註40〕

如來在僧中，演說無上法。如須彌寶山，安處于大海。
佛智能善斷，我等無明闇。猶如虛空中，雲起得清涼。
如來能善除，一切諸煩惱。猶如日出時，除雲光普照。

這二首偈頌皆出自《大般涅槃經》，它運用了許多譬喻來闡述佛經的道理，不但富有文學，也可以令讀者易於明白。

南朝的佛理詩，在表現手法上亦與偈頌類似，也運用鋪排、譬喻的手法，如智愷〈臨終詩〉。〔註41〕

千月本難滿，三時理易傾。石火無恒燄，電光非久明。
遺文空滿笥，徒然昧後生。泉路方幽噎，寒隴向淒清。
一隨朝露盡，唯有夜松聲。

此聲運用「石火」與「電光」，以比喻人生的短暫，同時也用「朝露盡」，比喻生命的短暫。由詩的表現手法看，作者用譬喻來傳達深奧的佛理，和佛經偈頌頗爲類似。

事實上，佛經偈頌的譬喻與誇飾的敘述手法，爲中國詩歌注入一

〔註39〕宋・慧嚴等依泥洹經改之，《大般涅槃經》（南本），《大藏經》第八套第七冊。
〔註40〕同上。
〔註41〕《廣弘明集》卷四十。

股生命力，在南朝已明顯可見，例如支遁的〈四月八日讚佛詩〉、王融〈法樂辭〉十二章、梁簡文帝〈望同泰寺浮圖詩〉(并和三首)、〈蒙華林園誡詩〉、庾肩吾等所作〈八關齋夜賦四城門詩〉等等，都可以看出其一些表現手法與修辭和偈頌類似。

## 二、詩歌的用語

隨著佛期的翻譯和弘傳，許多佛典中的詞語和典故，亦隨之帶進文學領域，更進而成爲日常生活的用語。大陸學者趙樸初先生曾編撰《俗語佛源》這本書，〔註42〕其中收錄了五百多條源於佛教的典故，他並於序言中云：

> 現在許多人雖然否定佛教是中國文化的一部份；可是他一張嘴說話，其實就包含著佛教成分。語言是一種最普遍最直接的文化吧！我們日常流行的許多用語，如世界、如實、實際、平等、現行、刹那、清規戒律、相對、絕對等都源自佛教語彙。如果眞要徹底摒棄佛教文人的話，恐怕他連話都說不周全。〔註43〕

誠如趙樸初先生所言，運用於日常生活中的佛典用語是非常的普遍，事實上，隨著佛經的翻譯，佛典中不少優美的典故與詞語，也運用於六朝詩歌以及唐以後的詩歌作品中。

由於佛教文化是純粹的外來文化，一切概念、術語在初翻譯時，常以音譯的方式譯出，也就是依照天竺的音，轉寫成漢語，所以衍生許多與佛教有關的外來詞，如浮屠、刹那、羅漢、菩薩、沙門、比丘、沙彌、涅槃等等。在佛經翻譯極盛的唐代，有二位和尚編撰二部同名的《一切經音義》，他們都是依經卷和經卷中條目出現的先後順序進行注釋。一部是玄應所著，又名《玄義音義》，〔註44〕有二十五卷；

---

〔註42〕《俗語佛源》，中國佛教文化研究所編，上海人民出版社印行，1993年3月1版1刷。

〔註43〕同上。

〔註44〕唐・玄應撰，《一切經音義》，上海古籍出版社，1986年9月。

另一部是慧琳所著，也叫《慧琳音義》，〔註 45〕全書共一百卷，所注釋的佛經經卷，自《大般若經》至《護命放生法》止，共一千三百部，五千七百餘卷，六十餘萬字，唐以前譯出的經典差不多概括在內，內容非常豐富。《玄應音義》和《慧琳音義》這兩部書包含大量與佛教文化有關的詞彙。

在南朝和佛教僧侶或寺廟等題材有關的詩歌，以及一些以闡述佛理爲主的詩歌中，已經可見許多的佛典用語，如梁昭明太子〈同泰僧正講詩〉：〔註 46〕

> 放光聞鷲岳，金牒秘香城。窮源絕有際，離照歸無名。
> 若人聆至極，寄說表眞冥。能令梵志遣，亦使群魔驚。
> 寶珠分水相，須彌會色彩。學徒均梁氎，遊土譬春英。
> 伊予寡空智，徒深愛怯情。舒金起祇苑，開筵慕肅成。
> 年鍾儵從變，弦望聚舒盈。今開大林聚，淨土接承明。
> 掖影連高塔，法鼓亂嚴更。雷聲方樹長，月出地芝生。
> 已知法味藥，復悅玄言清。何因動飛轡，暫使塵勞輕。

在這首〈同泰僧正講詩〉中，即明顯地運用「放光」、「鷲岳」、「梵志」、「魔」、「須彌」、「空智」、「祇苑」、「淨土」、「塔」、「法鼓」等佛教的典故或詞語。暫且不論其內容爲何？單就詩歌的用語看來，這首詩的佛教色彩已是相當濃厚的，如果作者本身未曾受佛法的熏陶，何以能熟悉地運用這些佛教用語呢？如「鷲岳」指的是靈鷲山，是釋迦如來宣說佛法之地。「祇苑」，即祇樹園，「祇樹給孤獨園」之略，亦是釋迦牟尼佛常於其間說法之地。又如「魔」，是梵語魔羅之略，譯爲能奪命、障礙、擾亂、破壞等，舊譯之經論作「磨」，梁武帝改爲「魔」字。〔註 47〕

事實上，佛教的詞語與典故，必須要聽聞過佛法，而且要稍有深

〔註 45〕唐・慧琳撰，《一切經音義》，《佛教大藏經》第八十二冊，佛教出版社，67 年 3 月。

〔註 46〕《先秦漢魏晉南北朝詩》，逯欽立編，梁詩卷十四，頁 1796。

〔註 47〕關於「鷲岳」、「祇苑」、「魔」的說明，主要是參考丁福保編撰《佛學大辭典》。

入，才能知悉語詞的意旨和深意，更何況要運用在詩歌作品中，作者本身基本的佛學素養是必須具備的。

南朝的大詩人謝靈運，他的詩集中，有不少與佛理有關的詩歌作品，〔註48〕其中有些是歌詠讚嘆佛菩薩與佛經的，如〈和范光祿祇洹像讚〉三首、〈維摩經中十譬讚〉八首等，這些詩中普遍地運用佛典用語與典故，例如〈聲聞緣覺合讚〉：〔註49〕

厭苦情多，兼物志少。如彼化城，權可得寶。

誘以涅槃，救爾生死。肇元三車，翻乘一道。

這首詩中，其所闡述的是聲聞與緣覺修行的過程。就其用語這方面來看，「化城」、「涅槃」、「生死」、「三車」等，完全是佛經中的用語，如「三車」，是《妙法蓮華經・譬喻品》所說，以羊車、鹿車、大白牛車，如此次第乃是以譬喻聲聞乘、緣覺乘與大乘。「化城」是出自〈妙法蓮華經〉、〈化城喻品〉，「化城」是指一時幻化的城郭，是佛欲令一切眾生悟入佛智，證到眞如的境界，然以眾生怯弱之力，不能堪任，故先說小乘涅槃，令其得此涅槃小果，然後更使發心進趣眞實之寶所，此「化城」是一時止息之說，是佛之善巧方便也。

佛經的翻譯與弘傳，豐富了詩歌的用語，這種情形在魏晉以後日趨普遍，至南朝，更是顯而易見。事實上，這是一個值得再深入研究探討的問題。

我們日常生活中常用的語言，如「世界」、「實際」、「究竟」、「種子」、「轉變」、「平等」、「煩惱」等，以及四字成語如「不可思議」〔註50〕，「冷暖自知」〔註51〕、「拖泥帶水」〔註52〕，都是源自於佛

〔註48〕詳見附表三、四。

〔註49〕《廣弘明集》卷十六〈和范光祿祇洹像讚〉三首。

〔註50〕不可思議，是指理之深妙，或事之稀奇，不可以心思之，不可以言議之。《法華義疏》：「智度論云，小乘法無不可思議事。唯大乘法中有之，如六十小劫說法華經謂如食頃。」

〔註51〕冷暖自知，是指水之冷暖，飲者自知之，比喻自己的證悟。傳燈錄：「今蒙指示，如人飲水冷暖自知。」

〔註52〕拖泥帶水，又曰「和泥合水」。禪門中斥口頭禪之詞。碧巖二則垂示：

典的。

「世界」一詞出自《楞嚴經》，「世」原是指時間，「界」是指空間，現在則用來指全球或整個人類社會。「實際」一詞初晒於《大智度論》，原指宇宙萬有的本體，即「眞如」的境界，今則用來指客觀現實。「本來面目」源自於《六祖壇經》，原指人人所本有的心性是清淨光明的，由於無明覆蓋而致迷妄，轉染為淨，即現本來面目，現在被用來指人們的眞實思想和動機，含有一點貶意。

在我們的日常生活中，或是文學創作中，許多語詞都和佛教有淵源關係，只是未追溯其本源，故不知曉而已。若稍有深入。可以發現佛經翻譯對語詞影響之大，是超乎想像之外的。

佛經翻譯對南朝詩歌的影響，明顯可見的是詩歌的內容方面，有佛理詩的產生，增益了詩歌的表現手法與修辭，以及豐富了詩歌的語詞，當然，佛經的影響不只這些，譬如以文為詩的問題，詩歌意境的拓展等，因為非南朝詩歌中，可顯見的影響，故於此暫且未論之。但事實上，這些都是值得再深入的課題。

---

「道箇佛字，拖泥帶水。道箇禪字，滿面慚惶。」（以上註 50～52，係參考丁福保編纂《佛學大辭典》）

# 第七章　結　論

魏晉以來，中國文學在佛教思想與佛教文學的影響下，呈現了嶄新的風貌，就詩歌部分觀之，僧侶從事於詩的創作，以及以闡述佛理爲主題詩歌的產生，或是在詩歌中運用佛典，皆是漢代詩歌中所未曾有的現象，而仔細思之，這些現象皆與佛教的傳入，佛典的翻譯有密切的關係。

茲就前幾章的論述，簡要的歸納之：

## 一、君王的提倡

「上有所好，下必效焉」，南朝的君王多信奉佛法，並傾力宣揚佛法，如宋文帝、齊竟陵王、梁武帝、陳武帝等，對於佛法的弘揚是不遺餘力。雖然南朝的國祚不長，但在建造寺廟與翻譯佛經的事業方面，皆成果非凡，這與君王提倡佛教息息相關。

且南朝的君王亦多愛好文藝，在南朝近二百年的時間，君王對文學的提倡與鼓勵，再加上對佛法的弘揚，佛教文學或佛經的弘傳，自然地會普遍於文人社會與百姓之間的。是故，文人創作與佛教有關的詩歌，或引佛典入詩亦是很自然的情形。

## 二、文人的參與

自晉至南北朝，這是佛教流傳中國且逐漸融入中國文化中的時期，此時在文壇上佛教教義和信仰被文人接受與宣揚，文人和僧侶往來的情形是相當普遍的。文人們的佛教信仰是佛教深入傳播的表現，而且文人的崇信，對佛教傳播起了推動的作用，同時也對文學影響頗大。

南朝的文人，如謝靈運、顏延之、沈約等，在其詩歌作品中皆可見闡述佛理之作，或是與佛理有關的文章。這樣的情形在南朝文壇是相當普遍的，如以第五章四個附表所記錄的作品數量來看，可見南朝文人與佛教的因緣，誠然是十分深厚的。

## 三、詩作中具有佛教色彩

由於佛教興盛，文人的文學作品開始有佛教的色彩，詩歌中運用了佛典用語或摻入佛理。在南朝文人的作品之中，借景抒情，寓佛理於山水景色中者，以及純粹闡述佛理的作品，大約近一百二十首。這些作品，率多運用佛典，是南朝以前相當罕見的現象，一般對南朝文學的印象，多是駢儷華美，事實上，並非完全如此。從本論文第五章的論述以及附錄中可得知，受佛教傳入以及翻譯佛經的影響，南朝詩歌呈現出的另一種風貌，是質樸，且以意境取勝的作品。從《弘明集》、《廣弘明集》所輯錄的作品來看，這些以佛教爲題材的詩作，多是讚佛、祈願、懺悔之作，所呈現的語言和風格即是質樸的。

南朝時期，君王倡佛，且佛典翻譯事業也漸具規模，而且趨於完備，再加上文人與僧侶往來亦相當密切，種種的因緣配合之中，表現於詩歌創作的領域，即是運用運用佛典與佛經的道理，這無疑是爲中國文學注入一股新的生命力，不但豐富了詩歌的用語，也拓展詩歌的表現手法，思想內容上也增添許多題材。事實上佛經豐富的想像力，和恢宏的義理，對中國文學的影響是深遠的，民間文學中如變文、彈詞、寶卷，或如章回小說中的《紅樓夢》、《西遊記》等，或者如禪詩，以文爲詩的宋詩等等，細究之，都與佛教有關係。而這些都是值得深入研究的課題。

研究佛教與中國文學的關係，其實可以加深我們對中國文化及歷史發展的瞭解，也可以在思想觀念和思維模式有所改變。對於中國而言，佛教是以外來文化的姿態傳入中國，在思想觀念上必然和傳統文化有所差異，衝突的地方在所難免，慢慢地，經過論辯至調合的階段，在這樣的過程中，正好可以對傳統文化做深層的思維和認識，然後再去蕪存菁，汲取佛教文化的優點。如是，在傳統文化中自然地又增加許多內容了，至於改變得如何，則值得另外進行研究了，因爲非本論文要探討的範疇，故不在此討論之。

# 參考書目

## 一、藏經部份

以下依日本藏經院校訂訓點本《大藏經》（明治三十八年）

1. 〔陳〕眞諦譯：《金剛般若波羅蜜經》，第五套第六套。
2. 〔梁〕僧伽婆羅譯：《佛說大乘十法經》，第六套第三冊。
3. 〔宋〕功德直譯：《菩薩念佛三昧經》，第六套第十冊。
4. 〔宋〕慧嚴（等依泥洹經加之）：《大般涅槃經》（南本），第八套七、八冊。
5. 〔宋〕釋先公譯：《佛說月燈三昧經》，第十套第四冊。
6. 〔宋〕求那跋陀羅譯：《央掘魔羅經》，第十二套第一冊。
7. 〔宋〕求那跋陀羅譯：《大法鼓經》，第十四套第二冊。
8. 〔宋〕沮渠京聲譯：《治禪病秘要法》，第十四套第二冊。
9. 〔宋〕求那跋摩：《菩薩善戒經》，第十七套第一冊。
10. 〔陳〕眞諦譯：《遺教經論》，第二十二套第一冊。
11. 〔陳〕眞諦譯：《轉識論》，第二十二套第二冊。
12. 〔陳〕眞諦譯：《佛性論》，第二十二套第二冊。
13. 〔陳〕眞諦譯：《大乘唯識論》，第二十二套第四冊。
14. 〔陳〕眞諦譯：《寶行王正論》，第二十二套第五冊。

以下出自《佛教大藏經》，佛教出版社，67 年 3 月。

15. 〔梁〕慧皎：《高僧傳》，第七十四冊，史傳部一。

16. 〔梁〕僧皎：《高僧傳》，第七十四冊，史傳部一。
17. 〔梁〕僧佑：《出三藏記集》，第八十冊，目錄部一。
18. 〔唐〕道宣：《續高僧傳》(唐高僧傳)，第七十四冊，史傳部一。
19. 〔唐〕道宣：《大唐內典錄》，第八十冊，目錄部一。
20. 〔宋〕贊寧：《宋高僧傳》，第七十四冊，史傳部一。

## 二、古籍部份

### (一)

1. 梁僧佑編，《弘明集》，新文豐出版公司，民國 75 年 3 月再版。
2. 唐道宣編：《廣弘明集》，台灣中華書局，民國 59 年 4 月台 2 版。
3. 宋普潤大師編著：《翻譯名義集》，新文豐出版公司，民國 68 年 7 月初版。

### (二)

1. 梁沈約撰：《宋書》，文淵閣四庫全書，史部十五、十六，台灣商務印書館。
2. 梁蕭子顯撰：《南齊書》，文淵閣四庫全書，史部十七，台灣商務印書館。
3. 唐・姚思廉奉敕撰：《梁書》，文淵閣四庫全書，史部十八，台灣商務印書館。
4. 唐・姚思廉奉敕撰：《陳書》，文淵閣四庫全書，史部十九，台灣商務印書館。
5. 唐・李延壽撰：《南史》，文淵閣四庫全書，史部二十三，台灣商務印書館。

### (三)

1. 《詩經》，十三經注疏本，藝文出版社。
2. 〔南朝宋〕劉義著，〔南朝梁〕劉孝標注，余嘉錫箋疏：《世說新箋疏》，上海古籍出版社，1993 年 12 月 1 版 1 刷。

## 三、近人著作

### (一) 總　集

1. 《全漢三國晉南北朝詩》，丁仲祐編纂，藝文印書館，民國 72 年 6

月 4 版。

2. 《先秦漢魏晉南北朝詩》，逯欽立輯校，木鐸出版社，民國 77 年 7 月。
3. 《中國佛道詩歌總彙》，馬大品等編，中國書局，1993 年 12 月 1 版 1 刷。

## （二）佛學類

以下三冊，出自現代佛教學術叢刊一百冊，張曼濤主編，大乘文化出版社，67 年 2 月。

1. 《佛教與中國文學》，第十九冊。
2. 《佛典翻譯史論》，第二十冊。
3. 《中國佛教史論集（一）漢魏兩晉南北朝篇（上）》，第五冊。
4. 《佛典漢譯之研究》，王文顏，天華出版公司，民國 73 年 12 月初版。
5. 《中國佛學源流略講》，呂澂，里仁書局，民國 74 年 1 月。
6. 《佛學研究十八篇》，梁啓超，台灣中華書局，民國 74 年 5 月台 5 版。
7. 《中國佛教通史》（一—四冊），鐮田茂雄著，關世謙譯，佛光出版社，民國 75 年 12 月初版。
8. 《佛教與中國文學》，孫昌武，東華書局，民國 78 年 12 月初版。
9. 《中國佛教與傳統文化》，方立夫，桂冠出版社，1990 年 6 月初版 1 刷。
10. 《漢魏兩晉南北朝佛教史》，湯用彤，台灣商務印書館，民國 80 年 9 月台 2 版。
11. 《中國佛教文化論稿》，魏承恩，上海人民出版社，1991 年 1 版 1 刷。
12. 《三國兩晉玄道佛簡論》，許抗生，齊魯書社，1991 年 12 月 1 版 1 刷。
13. 《俗語佛源》，中國佛教文化研究所編，上海人民出版社，1993 年 3 月 1 版 1 刷。
14. 《中國佛教文學》，加定哲定著，劉衛星譯，佛光出版社，民國 82 年 7 月初版 1 刷。
15. 《佛經文獻語言》，俞理明編，巴蜀書社，1993 年 10 月 1 版 1 刷。
16. 《唐代士大夫與佛教》，郭紹林，文史哲出版社，民國 82 年 9 月初版。
17. 《唐詩中的佛教思想》，陳允吉，商鼎文化出版社，1993 年 12 月 1

版1刷。

18. 《中國魏晉南北朝宗教史》，楊耀坤，人民出版社，1993年。
19. 《佛經傳譯與中古文學思潮》，蔣述卓，江西人民出版社，1993年9月1版1刷。
20. 《文學與佛學關係》，中國古典文學研究會主編，台灣學生書局，民國83年7月初版。
21. 《漢唐佛教思想論集》，任繼愈，人民出版社，1994年8月4版。
22. 《道佛儒思想與中國傳統文化》，張榮民編，上海人民出版社，1994年3月1版1刷。

## （三）文學與思想類

1. 《中古文學史論集》，王瑤，古典文學出版社，1956年。
2. 《山水與古典》，林文月，純文學出版社，民國65年10月初版。
3. 《魏晉南北朝文學思想史》，張仁青，文史出版社，民國67年12月初版。
4. 《六朝唯美文學》，張仁青，文史哲出版社，民國69年11月初版。
5. 《漢魏六朝文學論集》，逯欽立遺著，吳雲整理，陝西人民出版社，1984年11月1版1刷。
6. 《六朝詩論》，洪順隆，文津出版社，民國74年3月再版。
7. 《方言與中國文化》，周振鶴、游汝杰，台北南天書局，79年10月台1版。
8. 《魏晉南北朝文學史參考資料》，北京大學中國文史教研室選注，里仁書局，民國81年3月。
9. 《六朝思想史》，孫述圻，南京出版社，1992年1版。
10. 《永明文學研究》，劉躍進，文津出版社，民國81年3月初版。
11. 《詩美鑒賞學》，吳奔星，廣西教育出版社，1993年1月1版1刷。
12. 《世說新語中所反映的思想》，朴美鈴，文津出版社，民國82年12月初版2刷。
13. 《中國思想史綱》，侯外廬主編，五南圖書公司，民國82年9月初版1刷。
14. 《中國魏晉南北朝文學史》，景蜀慧，人民出版社，1993年。
15. 《魏晉詩歌藝術原論》，錢志熙，北京大學出版社，1993年1月1版1刷。
16. 《中山水的藝術精神》，臧維熙主編，學林出版社，1994年6月1版

1刷。
17. 《詩美思辨》，艾治平，學林出版社，1994年12月1版1刷。
18. 《齊梁詩歌研究》，閻采平，北京大學出版社，1994年10月1版1刷。
19. 《魏晉南北朝文化史》，萬繩楠，雲龍出版社，1995年6月初版。
20. 《魏晉南北朝史》，王仲犖，仲信出版社。

## 四、學位論文

1. 《南朝詩研究》，王次澄，民國71年，東吳大學中文研究所博士論文。
2. 《從《弘明集》看魏晉南北朝儒釋道三家的訾應》，黃盛璟，民國73年，東吳大學中文研究所碩士論文。
3. 《佛教文學對中國小說的影響》，釋永祥，民國67年，文化大學印度文化研究所碩士論文。
4. 《沈約及其作品研究》，馮承德，民國79年，文化大學中文研究所碩士論文。
5. 《唐代詩人與佛教關係之研究——兼論唐詩中的佛教語彙意象》，蔡榮婷，民國81年，政治大學中文研究所博士論文。

## 五、期刊部份

1. 〈齊梁詩與齊梁詩人〉，鄭雷夏，《女師專學報》，民國66年5月。
2. 〈佛教對中國聲韻學的影響〉，東初，《海潮音》，民國66年11月。
3. 〈梁武帝與佛教〉，樸庵，《中華文化復興月刊》，民國71年6月。
4. 〈沈約聲律論發微〉，姚振黎，《國立中央大學文學院刊》，民國72年6月。
5. 〈論佛學在中國的演變及其對社會文化各方面的深刻影響〉（上、中、下），蘇淵雷，《華東師範大學學報》，1983年4、5、6期。
6. 〈從印度佛教傳入中國看兩種文化的沖突和融合〉，湯一介，《深圳大學學報》，1985年。
7. 〈關於中古文學的幾個問題〉，張碧波，《東北師大學報》，1985年5期。
8. 〈梁武帝與佛教〉，蔡惠明，《內明》，民國74年10月。
9. 〈魏晉玄學、佛學和詩〉，孔繁，《世界宗教研究》，1986年3月。
10. 〈謝靈運及詩〉，王次澄，《東吳文史學報》，民國77年1月。

11. 〈中國古代文學家近佛原因初探〉，張碧波、呂世瑋，《東北師大學報》，1988 年 3 期。
12. 〈漢譯佛典之文學性述論〉，林伯謙，《國立編譯館館刊》，民國 80 年 12 月。
13. 〈佛經對漢語的影響〉，蔡惠明，《香港佛教》，民國 81 年 6 月。
14. 〈淺談佛教中國文學的影響〉，季風文，《世界宗教研究》，1993 年 4 月。
15. 〈齊梁詩的藝術成就〉，盧清青，《華夏學報》18 期。
16. 〈有關「永明聲律說」的幾段歷史記載之剖析〉，王靖婷，《東海中文學報》。

# 附　表

〔表格凡例〕

一、依朝代排列，即宋、齊、梁、陳之順序排列。

二、同一朝代中，將君王的作品排到於前。若遇「奉和」之作，則附於其後。

三、出處部份，主要以《廣弘明集》，逯欽立輯校《先秦漢魏晉南北朝詩》爲主。爲求簡要詳明，凡出於《廣弘明集》，以「廣」代表，出自逯欽立所輯校的詩集則以頁次代表之。

四、本表格，原始資料有四：

1. 《廣弘明集》唐・終南山釋道宣集，四部備要，子部，台灣中華書局印行，59年4月台2版。
2. 《先秦漢魏晉南北朝詩》逯欽立輯校，木鐸出版社，77年7月。
3. 《高僧傳》梁・慧皎撰。
4. 《續高僧傳》唐・道宣撰。

（以上《高僧傳》、《續高僧傳》，均見《佛教大藏經》，七十四冊，史傳部，佛教出版社）

五、遇資料有疑義者，則加註解說明之。

## 附表一　僧侶詩歌作品（一）

| 作　者 | 作　　品 | 出　　處 | 附註 |
| --- | --- | --- | --- |
| 康僧淵 | 代答張君祖詩 | 1075（廣）卷四十 | |
| | 又答張君祖詩 | 1076（廣）卷四十 | |
| 佛圖澄 | 吟 | 1076（高僧傳佛圖澄傳） | |
| 支　遁 | 四月八日讚佛詩 | 1077（廣）卷三十九 | |
| | 詠八日詩三首 | 1078（廣）卷三十九 | |
| | 五月長齋詩 | 1078（廣）卷三十九 | |
| | 八關齋詩三首 | 1079（廣）卷三十九 | |
| | 詠懷詩五首 | 1080（廣）卷三十九 | |
| | 述懷詩二首 | 1082（廣）卷三十九 | |
| | 詠大德詩 | 1082（廣）卷三十九 | |
| | 詠禪思道人詩 | 1083（廣）卷三十九 | |
| | 詠利城山居 | 1083（廣）卷三十九 | |
| 鳩摩羅什 | 十喻詩 | 1084 | |
| 釋道安 | 答習鑿齒嘲 | 1084 | |
| 釋慧遠 | 廬山東林雜詩 | 1085 | |
| 廬山諸道人 | 遊石門詩 | 1086 | |
| 廬山諸沙彌 | 觀化決疑詩 | 1087 | |
| 史　宗 | 詠懷詩 | 1087（高僧傳史宗傳） | |
| 帛道猷 | 陵峰採藥觸興爲詩 | 1088（高僧傳道壹傳） | |
| 竺僧度 | 答苕華詩 | 1088（高僧傳竺僧度傳） | |
| 楊苕華 | 贈竺度詩 | 1089（高僧傳竺僧度傳） | |
| 釋道寶 | 詠詩 | 1089（高僧傳竺法崇傳） | |
| 竺法崇 | 詠詩 | 1090（同上） | |
| 竺曇林 | 爲桓玄作民謠詩二首 | 1090 | |

## 附表二　僧侶詩歌作品（二）

| 朝代 | 作　者 | 作　品 | 出　處 | 附注 |
| --- | --- | --- | --- | --- |
| 梁 | 釋寶誌 | 讖詩四首 | 2188《南史》 | |

| | | | | |
|---|---|---|---|---|
| | 惠慕道士 | 犯虜將逃將作詩 | | |
| | 僧正惠偘 | 詠獨杵檮衣詩 | 2191 | |
| | | 聞侯方兒來寇詩 | 2191 | |
| | 釋法雲 | 三洲歌 | 2191 | |
| | 釋智藏 | 奉和武帝三教詩 | 2189（廣）卷四十 | |
| | 釋惠令 | 和受戒詩 | 2190 | |
| 陳 | 釋惠標 | 詠山詩三首 | 2621 | |
| | | 詠水詩三首 | 2622 | |
| | | 詠孤石 | 2622 | |
| | | 贈陳寶應 | 2622（陳書） | |
| | 曇　瑗 | 遊故苑詩 | 2623（續高僧傳曇瑗傳） | |
| | 釋洪偃 | 遊故苑詩 | 2624（續高僧傳曇瑗傳） | |
| | | 登吳昇平亭 | 2624（續高僧傳釋洪偃傳） | |
| | | 遊鍾山之開善定林息心宴坐引筆賦詩 | 2624（同上） | |
| | 釋智愷 | 臨終詩 | 2624（廣）卷四十 | |
| | 高麗定法師 | 詠孤石 | 2625 | |

# 附表三　南朝文人的詩歌作品

## （一）純粹闡述佛理者

| 朝代 | 作　者 | 作　　品 | 出　　處 | 附注 |
|---|---|---|---|---|
| 宋 | 謝靈運 | 和范光祿祇洹像讚三首（佛讚、菩薩讚、聲聞緣覺合讚） | （廣）卷十一 | |
| | | 和從弟惠連無量壽頌 | （廣）卷十一 | |
| | | 維摩詰經中十譬讚八首（聚沫泡合、燄、芭蕉、幻夢、影響合、浮雲、電） | （廣）卷十一 | |
| | | 臨終詩 | （廣）卷四十 1186 | |
| | 范曄 | 臨終詩 | 1203 | |
| | 謝莊 | 八月侍華林曜靈殿八關齋詩 | 1253 | |

| | | | | |
|---|---|---|---|---|
| 齊 | 蕭子良 | 後湖放生詩 | 1383 | |
| | 王融 | 法樂辭（十二章） | （廣）卷三十九 1389 | |
| | | 栖玄寺聽講畢遊邸園七韻應司徒教詩 | （廣）卷三十九 1395 | |
| | | 大慚愧門詩（蕭子良作〈淨住子淨行法門〉，王融則作頌） | 1399 | 淨行頌十首之九 |
| 梁（武帝—簡文帝—元帝—敬帝） | 武帝蕭衍 | 十喻詩 | 1531 | |
| | | 和太子懺悔詩 | （廣）卷三十九 1531 | |
| | | 會三教詩 | （廣）卷三十九 1531 | |
| | | 天安寺疏圃堂詩 | 1529 | |
| | 簡文帝蕭綱 | 蒙華林園戒詩 | （廣）卷三十九 1936 | |
| | | 旦出興業寺講詩 | （廣）卷三十九 1936 | |
| | | 十空詩六首 | （廣）卷三十九 1936 | |
| | | 望同泰寺浮圖詩 | （廣）卷三十九 1935 | |
| | | 蒙預懺直疏詩 | （廣）卷三十九 1935 | |
| 梁 | 簡文帝蕭綱 | 夜望浮圖上相輪絕句詩 | （廣）卷三十九 1968 | |
| | | 賦詠五陰熾支詩 | （廣）卷三十九 | |
| | | 正月八日然燈詩應令 | （廣）卷四十 | |
| | | 被幽述志詩 | （廣）卷四十 | |
| | 元帝蕭繹 | 和劉尚書侍五明集詩 | （廣）卷三十九 2038 | |
| | 宣帝蕭詧 | 迎舍利詩 | 2105 | |
| | 昭明太子蕭統 | 東齋聽講詩 | 1798 | |
| | | 講席將畢賦三十韻詩依次用 | （廣）卷三十九 1798 | |
| | | 開善寺法會詩 | （廣）卷三十九 1796 | |
| | | 同泰僧正講詩 | 1796 | |
| | 蕭子顯 | 奉和昭明太子鍾山講解詩 | （廣）卷三十九 1819 | |
| | 劉孝綽 | 奉和昭明太子鍾山講解詩 | （廣）卷三十九 1829 | |
| | | 賦詠百論捨罪福詩 | （廣）卷三十九 1840 | |

| | | | | |
|---|---|---|---|---|
| 梁 | 劉孝儀 | 奉和昭明太子鍾山講解詩 | （廣）卷三十九 1893 | |
| | 陸倕 | 奉和昭明太子鍾山講解詩 | （廣）卷三十九 1775 | |
| | 庾肩吾 | 和太子重雲殿受戒詩 | 1988 | |
| | | 詠同泰寺浮圖詩 | 1988 | |
| | | 八關齋夜賦四城門（共四賦十六首，據廣弘明集，作者還徐防、孔燾、諸葛嵦、王台卿、李鏡遠、簡文帝） | （廣）卷四十 2005 | |
| | 王筠 | 奉和皇太子懺悔應詔詩 | （廣）卷三十九 2014 | |
| | | 和皇太子懺悔詩 | 2014 | |
| | 沈約 | 八關齋詩 | 1639 | |
| | | 釋迦文佛像銘 | （廣）卷十八 | |
| | | 千佛頌 | （廣）卷十八 | |
| | | 彌勒讚 | （廣）卷十八 | |
| | | 繡像題讚 | （廣）卷十八 | |
| | 江淹 | 吳中禮石佛詩 | 1566 | |
| 陳 | 張君祖 | 詠懷詩三首 | （廣）卷四十 | |
| | | 道樹經讚 | （廣）卷四十 | |
| | | 三昧經讚 | （廣）卷四十 | |
| | 徐孝克 | 仰同令居攝山棲霞寺山房夜坐六韻詩 | （廣）卷四十 2562 | |
| | | 仰合江令君詩 | （廣）卷四十 2563 | 逯集作〈仰和令君詩〉 |
| | 江總 | 攝山棲霞寺山房夜坐簡徐祭酒周尚書并同遊群彥詩 | （廣）卷四十 2584 | |
| | | 靜臥棲霞寺房望徐祭酒詩 | （廣）卷四十 2584 | |
| | | 營涅槃懺還塗作詩 | （廣）卷四十 | 廣弘明集〈管涅槃懺〉 |
| | | 至德二年十一月十二日升德施山齋三宿決定罪福懺悔詩 | 2585 | |

## （二）主題與佛寺、僧侶有關，兼論佛理者

| 朝代 | 作　者 | 作　品 | 出　處 | 附 注 |
| --- | --- | --- | --- | --- |
| 宋 | 謝靈運 | 登石室飯僧詩 | 1164 | |
| | | 石壁立招提精舍詩 | 1165 | |
| | | 石壁精舍還湖中作詩 | 1165 | |
| 梁 | 武帝蕭衍 | 遊鍾山大愛敬寺詩 | 1531 | |
| | 昭明太子蕭統 | 和武帝遊鍾山大愛敬寺詩 | 1795 | |
| | 簡文帝蕭綱 | 遊興宅寺應令詩 | （廣）卷四十 1936 | |
| | | 往虎窟山寺詩 | （廣）卷四十 1934 | 和詩共五首 |
| | 王冏 | 奉和往虎窟山寺詩 | （廣）卷四十 | |
| | 陸罩 | 奉和往虎窟山寺詩 | （廣）卷四十 1777 | |
| | 孔燾 | 奉和往虎窟山寺詩 | （廣）卷四十 2076 | |
| | 王台卿 | 奉和往虎窟山寺詩 | （廣）卷四十 2089 | |
| | 鮑至 | 奉和往虎窟山寺詩 | （廣）卷四十 2024 | |
| | 蕭文帝蕭綱 | 望同泰寺浮圖詩 | （廣）卷三十九 1935 | 和詩三首 |
| | 王訓 | 奉和望同泰寺浮圖詩 | （廣）卷三十九 | |
| | 王台卿 | 奉和望同泰寺浮圖詩 | （廣）卷三十九 2088 | |
| | 庾信 | 奉和望同泰寺浮圖詩 | （廣）卷三十九 | |
| | 何遜 | 登禪岡寺望和虞記室詩 | 1701 | |
| | 劉孝綽 | 東林寺詩 | 1828 | |
| | 蕭子雲 | 贈海法師遊甑山詩 | 1885 | |
| | 劉孝先 | 草堂寺尋無名法師詩 | 2065 | |
| | | 和亡名法師秋夜草堂寺禪房月下詩 | 2065 | |
| 陳 | 後主陳叔寶 | 同江僕射遊攝山棲霞寺詩 | （廣）卷四十 2513 | |
| | 周弘正 | 答林法師詩 | 2461 | |
| | | 學中早起聽講詩 | 2461 | |
| | 徐伯陽 | 遊鍾山開善寺詩 | 2470 | |

| | | | | |
|---|---|---|---|---|
| 陳 | 江總 | 同庾信答林法師說 | 2593 | |
| | | 庚寅年二月十二日遊虎丘山精舍詩 | （廣）卷四十 2583 | |
| | | 入攝山棲霞寺詩 | （廣）卷四十 2583 | |
| | | 遊攝山棲霞寺詩 | （廣）卷四十 2584 | |
| | | 入龍丘巖精舍詩 | 2583 | |
| | | 明慶寺詩 | 2583 | |
| | 何處士 | 春日從將軍遊山寺詩 | （廣）卷四十 2599 | 廣弘明集注：集原作陳從事何處士，今從詩紀 |
| | | 別才法師於湘還郢北詩 | （廣）卷四十 2599 | |
| | | 敬酬解法師所贈詩 | （廣）卷四十 2600 | |
| | | 通士人篇 | （廣）卷四十 2600 | |
| | 沈炯 | 從遊天中寺應令詩 | （廣）卷四十 2447 | |
| | | 同庚中庶肩吾周處士弘讓遊明慶寺詩 | （廣）卷四十 2448 | |
| | 陰鏗 | 開善寺詩 | 2453 | |
| | | 遊巴陵空寺詩 | 2456 | |
| | 姚察 | 遊明慶寺 | （廣）卷四十 | |
| | 張君祖 | 贈沙門竺法頵三首 | （廣）卷四十 | |

## 附表五　南朝譯出經典（依明治38年日本藏經校訂訓點本）

| 朝代 | 譯　者 | 經　典　名　稱 | 冊　數 |
|---|---|---|---|
| 大乘經般若部 | | | |
| 陳 | 天竺眞諦 | 金剛般若波羅蜜經一卷 | 五套～六 |
| 梁 | 曼陀羅僊 | 文殊師利所說摩訶般若波羅蜜經二卷 | 同上 |
| | 僧伽婆羅 | 文殊師利所說般若波羅蜜經一卷 | 同上 |
| 寶積部 | | | |
| 梁 | 僧伽婆羅 | 佛說大乘十法經一卷 | 六套～三 |
| | | 度一切諸佛境界智嚴經一卷 | 六套～五 |

| 宋 | 求那跋陀羅 | 勝鬘師子吼一乘大方便方廣經一卷 | 六套～五 |
|---|---|---|---|
| 大集部 | | | |
| 宋 | 曇摩蜜多 | 虛空藏菩薩神咒經一卷 | 六套～三 |
| | 曇摩蜜多 | 觀虛空藏菩薩一卷 | 大套～五 |
| | 功德直 | 菩薩念佛三昧經 | 大套～五 |
| | 智嚴共寶雲 | 無盡意菩薩經 | 大套～五 |
| 涅槃部 | | | |
| 宋 | 慧嚴等（依泥洹經加之） | 大般涅槃經（南本） | 八套～七、八 |
| 五大部外重譯經 | | | |
| 齊 | 曇摩伽陀耶 | 無量義經一卷 | 九套～二 |
| 宋 | 智嚴 | 佛說法華三昧經一卷 | 九套～二 |
| 梁 | 月婆首那 | 大乘頂王經一卷 | 九套～五 |
| 梁 | 曼陀羅仙 | 寶雲經七卷 | 九套～六 |
| 宋 | 求那跋陀羅 | 相續解脫地波羅蜜了義經一卷 | 九套～六 |
| 宋 | 求那跋陀羅 | 相續解脫如來所作順處了義經一卷 | 九套～六 |
| 陳 | 眞諦 | 佛說解節經一卷 | 九套～六 |
| 宋 | 智嚴 | 佛說廣博嚴淨不退轉輪經六卷 | 九套～七 |
| | 求那跋陀羅 | 大方廣寶篋經三卷 | 九套～九 |
| | 求那跋陀羅 | 佛說菩薩行方便境界神通變化經三卷 | 十套～一 |
| | 釋先公 | 佛說月燈三昧經一卷 | 十套～四 |
| | 曇摩蜜多 | 佛說象腋經一卷 | 十套～四 |
| | 畺良耶舍 | 佛說觀荼量壽經一卷 | 十套～四 |
| | 求那跋陀羅 | 拔一切業障根本得生淨土神咒一卷 | 十套～五 |
| | 曇摩蜜多 | 佛說諸法勇王經一卷 | 十套～五 |
| | 求那跋陀羅 | 佛說老母女六英經一卷 | 十套～五 |
| | 求那跋陀羅 | 申日兒本經一卷 | 十套～五 |
| | 曇摩蜜多 | 佛說轉女身經一卷 | 十套～五 |
| | 沮渠京聲 | 佛說諫王經一卷 | 十套～六 |
| 陳 | 眞諦 | 佛說無上依經二卷 | 十套～七 |

| 梁 | 僧伽婆羅 | 八吉祥經一卷 | 十套～七 |
|---|---|---|---|
| 宋 | 畺良耶舍 | 佛說觀藥王藥上二菩薩經一卷 | 十套～八 |
| 梁 | 僧伽婆羅 | 孔雀王咒經二卷 | 十套～八 |
| 梁 | 僧伽婆羅 | 舍利弗陀羅尼經一卷 | 十一套～一 |
| 宋 | 功德直共玄暢 | 無量門破魔陀羅尼經一卷 | 十一套～一 |
| 宋 | 求那跋陀羅 | 阿難陀目佉尼訶離陀經一卷 | 十一套～一 |
| 宋 | 曇摩蜜多 | 佛說普賢菩薩行法經一卷 | 十一套～四 |
| 宋 | 曇無竭 | 觀世音菩薩授記經一卷 | 十一套～四 |
| 齊 | 釋曇景 | 佛說未曾有因緣經二卷 | 十一套～四 |
| 宋 | 求那跋陀羅 | 央掘魔羅經四卷 | 十二套～一 |
| 宋 | 求那跋陀羅 | 大法鼓經二卷 | 十二套～二 |
| 梁 | 僧伽婆羅 | 文殊師利問經二卷 | 十二套～二 |
| 宋 | 求那跋陀羅 | 佛說十二頭陀經一卷 | 十二套～四 |
|  | 求那跋陀羅 | 佛說樹提伽經一卷 | 十二套～四 |
|  | 求那跋陀羅 | 佛說大意經一卷 | 十二套～六 |
| 小乘經阿含部 |  |  |  |
| 宋 | 求那跋陀羅 | 雜阿含經五十卷 | 十三套～五六 |
|  | 慧簡 | 佛說閻羅王五天使者經一卷 | 十四套～一 |
|  | 慧簡 | 佛說瞿曇彌記果經一卷 | 十四套～一 |
|  | 求那跋陀羅 | 佛說鞞摩肅經一卷 | 十四套～一 |
|  | 求那跋陀羅 | 佛說四人出現世間經一卷 | 十四套～一 |
| 陳 | 眞諦 | 廣義法門經一卷 | 十四套～一 |
| 齊 | 求那毗地 | 佛說須達經一卷 | 十四套～二 |
| 宋 | 求那跋陀羅 | 佛說鸚鵡經一卷 | 十四套～二 |
|  | 釋慧簡 | 佛說長者子六過出家經一卷 | 十四套～二 |
|  | 求那跋陀羅 | 佛說士想思念如來經一卷 | 十四套～二 |
|  | 求那跋陀羅 | 佛說阿遬達經一卷 | 十四套～二 |
|  | 沮渠京聲 | 治禪病秘要法二卷 | 十四套～二 |
|  | 慧簡 | 佛母般泥洹經一卷 | 十四套～二 |
|  | 求那跋陀羅 | 過去現在因果經四卷 | 十四套～三 |

| 單譯經 | | | |
|---|---|---|---|
| 宋 | 沮渠京聲 | 佛說進學經一卷 | 十四套～十 |
| | 慧簡 | 佛說貧窮老公經一卷 | 十四套～十 |
| | 沮渠京聲 | 佛說八關齋經一卷 | 十四套～十 |
| | 沮渠京聲 | 佛說淨飯王般涅槃經一卷 | 十五套～一 |
| | 智嚴共寶雲 | 佛說四天王經一卷 | 十五套～一 |
| | 求那跋陀羅 | 佛說摩訶迦葉度貧母經一卷 | 十五套～一 |
| | 求那跋陀羅 | 十二品生死經一卷 | 十五套～一 |
| | 求那跋陀羅 | 佛說罪福報經一卷 | 十五套～一 |
| | 沮渠京聲 | 佛說五無反復經一卷 | 十五套～一 |
| | 沮渠京聲 | 佛說佛大僧大經一卷 | 十五套～一 |
| | 沮渠京聲 | 佛說五恐怖世經一卷 | 十五套～一 |
| | 沮渠京聲 | 弟子死復生經一卷 | 十五套～一 |
| | 惠簡 | 佛說懈怠耕者經一卷 | 十五套～一 |
| | 沮渠京聲 | 佛說耶祇經一卷 | 十五套～一 |
| | | 沮渠京聲　佛說末羅王經一卷 | 十五套～一 |
| | | 沮渠京聲　佛說摩達國王經一卷 | 十五套～一 |
| | | 沮渠京聲　佛說旃陀越國王經一卷 | |
| 大乘律 | | | |
| 宋 | 求那跋摩 | 佛說菩薩內戒經一卷 | 十七套～一 |
| | | 優婆塞五威儀經一卷 | 十七套～一 |
| | | 菩薩善戒經九卷 | 十七套～一 |
| | 法海 | 寂調音所問經一卷 | 十七套～二 |
| 梁 | 僧伽婆羅 | 菩薩藏經一卷 | 十七套～一 |
| 小乘律 | | | |
| 陳 | 眞諦 | 佛說阿毗曇經二卷 | 十七套～三 |
| 宋 | 求那跋摩 | 優婆離問佛經一卷 | 十七套～三 |
| | 沮渠京聲 | 佛說迦葉禁戒經一卷 | 十七套～三 |
| | 求那跋摩 | 佛說優婆塞五戒相經一卷 | 十七套～三 |
| 宋 | 佛陀什共竺道生等譯 | 彌沙塞部和醯五分律三十卷 | 十八套～十 |

| 齊 | 跋陀羅 | 善見律毗婆沙十八卷 | 十九套～二 |
|---|---|---|---|
| 宋 | 僧伽跋摩 | 薩婆多毗尼摩得勒伽十卷 | 十九套～五 |
| | 佛陀什等 | 彌沙塞五分戒本一卷 | 十九套～八 |
| 大乘論 | | | |
| 陳 | 眞諦 | 涅槃經本有今無偈論一卷 | 二十二套～一 |
| | 眞諦 | 遺教經論一卷 | 二十二套～一 |
| | 眞諦 | 轉識論一卷 | 二十二套～二 |
| | 眞諦 | 顯識論一卷 | 二十二套～二 |
| | 眞諦 | 三無性論二卷 | |
| | 眞諦 | 佛性論四卷 | |
| | 眞諦 | 決定藏論三卷 | 二十二套～三 |
| | 眞諦 | 大乘唯識論一卷 | 二十二套～四 |
| | 眞諦 | 中邊分別論二卷 | 二十二套～五 |
| | 眞諦 | 如實論一卷 | 二十二套～五 |
| | 眞諦 | 寶行王正論一卷 | 二十二套～五 |
| | 眞諦 | 解捲論一卷 | 二十二套～五 |
| | 眞諦 | 掌中論一卷 | 二十二套～五 |
| 小乘論 | | | |
| 陳 | 眞諦 | 四諦論四卷 | 二十二套～六 |
| | 眞諦 | 阿毗達磨俱舍釋論二十二卷 | 二十四套～五 |
| | 眞諦 | 隨相論一卷 | 二十五套～三 |
| | 眞諦 | 十八部論一卷 | 二十五套～四 |
| 陳 | 眞諦 | 部執異論一卷 | 二十五套～四 |
| 宋 | 僧伽跋摩等 | 雜阿毗曇心論十六卷 | 二十五套～四 |
| 宋 | 求那跋陀羅共佛陀耶舍譯 | 眾事分阿毗曇論十二卷 | 二十五套～四 |
| 梁 | 僧迦婆羅 | 解脫道論十二卷 | 二十五套～七 |
| 陳 | 眞諦 | 佛說立世阿毗曇論十卷 | 二十五套～八、九 |
| | 眞諦 | 大宗地玄文本論十卷 | 二十五套～九 |
| | 眞諦 | 金七十論三卷 | 二十五套～十 |
| 宋 | 紹德、慧詢 | 菩薩本生鬘論十六卷 | 二十六套～一 |

| 西土聖賢撰集 | | | |
|---|---|---|---|
| 宋 | 釋寶雲 | 佛本行經十卷 | 二十六套～四 |
| 梁 | 僧伽婆羅 | 阿育王經十卷 | 二十六套～六 |
| 宋 | 求那跋陀羅 | 賓頭盧突羅闍爲優陀延王說法經一卷 | 二十六套～七 |
| | 釋慧簡 | 請賓頭廬法一卷 | 二十六套～七 |
| | 僧伽跋摩 | 分別業報略經一卷 | 二十六套～七 |
| 齊 | 求那批地 | 百喻經四卷 | 二十六套～九 |
| 宋 | 曇摩蜜多 | 五門禪經要用法一卷 | 二十六套～十 |
| | 求那跋陀羅 | 四品學法經 | 二十七套～一 |
| | 慈賢 | 佛說如意蓮華心如來修行觀門儀一卷 | 二十七套～二 |
| | 慈賢 | 妙吉祥平等瑜珈祕密觀身成佛儀軌一卷 | 二十七套～二 |
| | 慈賢 | 妙吉祥平等觀門大教王略出護摩儀一卷 | 二十七套～二 |
| | 僧加跋摩 | 勸發諸王要偈一卷 | 二十七套～二 |
| | 求那跋摩 | 龍樹菩薩爲禪陀迦王說法要偈一卷 | 二十七套～二 |
| 陳 | 眞諦 | 婆藪槃豆法師傳一卷 | 二十七套～二 |

# 陸機詩研究

陳玉惠 著

## 作者簡介

陳玉惠，台灣彰化人，民國七十六年自國立高雄師範學院國文研究所畢業。曾任職台南中華醫事專科學校、高雄輔英醫護專科學校國文講師。後隨夫旅居英國數年，接受異國文化的洗禮，並育有一子。回國後一直在台南崑山科技大學擔任教職，除中國文學外，於哲學、性別問題、輔導方面亦有涉獵。開授的課程計有：大學國文、兩性詩歌、婚姻與家庭、性與愛等。

## 提　要

陸機（261 ～ 303）為西晉太康文壇之英，長於詩、賦、論說及各種文體。本論文旨在探討陸機詩的內涵與藝術價值。全文共分三章。由外緣到內在，依次加以探究。

第一章緒論。是作品的外緣研究，共分三節：第一節介紹陸機的生平，包括他的家世、經歷與著作。第二節敍述魏晉的時代背景與思潮，對當時的政治、學術、文學作一鳥瞰。第三節探討陸機的文學觀念，以便和其作品對照。

第二章說明陸機詩的內涵。共分三節：首論其擬古詩。次述其詩中的悲情。最後論及其他各種情感類型之作。

第三章探討陸機詩的藝術技巧。共三節，分別就作品的語言風貌、主題結構及風格加以分析探討。最後總論其作品之成就與其在文學史上的地位。

# 目次

# 序　言

魏晉六朝是我國文學自覺的時代，無論在文學理論或文學創作方面，都有蓬勃的發展。陸機（261～303）爲西晉太康時期的代表作家，長於詩、賦、論說及各類文體。他的〈文賦〉，是我國文學批評史上第一篇系統地論述文學創作問題的重要著作，對後來的文學批評及創作的影響和貢獻已受到肯定，研究者亦絡繹不絕。至於其他的文學作品，則鮮有全面而深入的探究。尤其是詩，歷來多偏重字句的訓詁，於其所蘊含的思想內容及藝術價值之探討，則付諸闕如。其所得的評價更不一致：鍾嶸〈詩品〉推許爲太康之英、文章之淵泉；沈德潛〈古詩源〉卻論其詞旨敷淺，但工塗澤。究竟陸機詩的價值如何，實有進一步探究的必要。本論文之寫作，即希望經由對陸機詩之內涵與藝術技巧的探討，使其價值獲得應有的肯定。

本論文對陸機詩的研究分兩方面：一是作品的外緣研究，即作品的外在關係的探討；一是作品的內在研究，即針對作品本身的內涵與形式加以析論。由外緣到內在，依次探討。首先將陸機的生平，包括他的家世、經歷與著作，做概略的介紹。再說明魏晉的時代背景與思潮，對當時的政治、學術、文學作一鳥瞰，然後探討陸機的文學觀念，以期對作品的外緣有足夠的瞭解，便於和作品互相對照。至於內在研究，則是本論文的重點，由內而外，分別論述陸詩的內涵與藝術技巧。

在內涵方面，先討論其模擬作品，以明其模擬的情形；其次依陸詩的情感類型，分類闡述，以期對陸詩所蘊含的情感思想有全面的瞭解。在藝術技巧方面，則分別討論陸詩的語言和主題結構，說明陸機塑造意象的方法和表達情感思想的方式。然後經由各種的分析，進而對其風格加以說明，期能將陸詩做全盤的梳理，突顯其藝術成就。

曩昔，聆聽徐師信義講授〈文賦〉，始能領略陸氏精當的言論；如今，復蒙徐師悉心指導，論文方得順利成篇，謹此致謝。唯囿於才學，疏陋之處仍多，中心不能無憾，尚祈師友，不吝指正。

中華民國七十六年五月

陳玉惠謹序於高雄師範學院國文研究所

# 第一章　緒　論

## 第一節　陸機的生平

### 一、家　世

陸機（261～303）出身江東大族。父陸抗，祖陸遜，皆爲吳國名將。其他更有不少陸氏族人在朝官居要職。吳末帝孫皓曾問丞相陸凱：「陸氏一宗有幾人在朝？」陸凱曰：「二相、五侯、將軍十餘人。」〔註 1〕陸機亦頗以陸氏家族自豪，曾云：「八族未足侈，四姓實名家。」〔註 2〕陸氏即四姓之一，且又是王室的姻親：陸遜娶孫策之妹爲妻，陸機之兄景又娶孫皓之妹。（《三國志》卷五八〈陸遜傳〉）當時陸氏一門，在吳國實有舉足輕重的地位。

當孫權在位時（222～252），陸遜曾爲吳國立下不少功勞。蜀國的關羽即敗在陸遜手中；其後劉備爲了報仇，亦爲陸遜所敗，蜀國從

〔註 1〕《世說·規箴篇》劉注引《吳錄》曰：「凱字敬風，吳人，丞相遜族子。忠鯁有大節，篤志好學。初爲建忠校尉，雖有軍事，手不釋卷。累遷左丞相，時後主暴虐，凱正直強諫，以其宗族彊盛，不敢加誅也。」

〔註 2〕陸氏有〈吳趨行〉文。《文選》李善注引《吳錄》曰：「八族：陳、桓、呂、竇、公孫、司馬、徐、傅也。四姓：朱、張、顧、陸也。」

此一蹶不振。因此，孫權極器重陸遜，國家大事多向陸遜諮詢，且於赤烏七年（244）以陸遜代顧雍為丞相。（《三國志．陸遜傳》）陸機出生時，其祖已過世，其父陸抗正為鎮軍將軍都督西陵（故城在今湖北宜昌縣東），擔負守邊重責。

吳永安六年（263），蜀後主降魏。其後二年，司馬炎篡魏自立，使得原本魏、蜀、吳三國鼎立的局面，變成晉、吳相持之勢。在兩方的對抗下，晉軍一面可以從中原南侵；一方可從吳國西邊的益州（今四川成都縣）東下侵吳。在此期間，陸抗一直肩負著保障吳國西陲的重任。孫皓即位（264），拜陸抗為鎮軍大將軍領益州牧（《三國志．陸抗傳》）。建衡二年（270）復拜陸抗都督信陵、西陵、夷道、樂鄉、公安諸軍事。當時晉之名將羊祐督荊州，與陸抗接壤。雖兩軍相對，卻相互推服。〔註3〕是以晉雖強大，亦不敢冒然侵吳。兩國在陸抗守邊時期，尚能相安無事。

吳鳳凰三年（274），陸抗病亡，陸機兄弟分領父兵。（《三國志．陸抗傳》）當時陸機年十四，其〈贈弟士龍詩序〉云：「墨絰即戎，時並縈髮。」即指此事。陸抗死後，陸家在朝廷的地位頓時滑落。由於吳末帝孫皓肆行殘暴，忠諫者誅，讒諛者進，而陸家在朝為官者皆正直強諫，屢屢上書諫言國是。陸遜、陸抗皆然；陸抗的堂兄陸凱為左丞相時，竭心公家，所上表疏皆指不飾，常犯顏忤旨。孫皓雖然心中不樂，但因陸抗為大將軍在疆埸，只好姑且容忍；等陸凱、陸抗先後亡故，〔註4〕遂將陸凱家遷徙至建安（今福建建甌縣）。（《三國志．陸凱傳》）。

陸機兄弟六人，以陸機、陸雲較為世人所知，二人皆以文章揚名，世稱「二陸」，與「三張、兩潘、一左」並稱於時。除陸雲之外，陸

〔註3〕《王國志．陸抗傳》注引《晉陽秋》曰：「抗與羊祜推僑、札之好。抗嘗遺祜酒，祜飲之不疑。抗有疾，祜饋之藥，抗亦推心服之。于時以為華元、子反復見於世。」

〔註4〕陸凱卒於建衡元年十一月（269），詳見《三國志．三嗣主傳》。

機尚有三位兄長晏、景、玄；及一位弟弟耽。晏、景在吳天紀四年（280）吳亡時同時遇害於軍旅之中（《三國志．陸抗傳》），陸玄可能更早過世，〔註5〕陸耽生平無可考，與陸機、陸雲同年遇害。（《晉書》五十四〈陸雲傳〉附）

陸機三位兄長早亡，機、雲二人年齡只差一歲，皆用心於文章，手足之情彌篤。《晉書．陸雲傳》云：

> 陸雲字士龍，六歲能屬文，性清正，有才理。少與兄機齊名，雖文章不及機，而持論過之，號曰「二陸」。（卷五四）

鍾嶸《詩品》亦以「陳思之匹白馬」讚美二陸兄弟。雖然二位並稱於時，但是性情與相貌卻不相同；陸雲爲人文弱可愛，秉性弘靜；陸機則身長七尺，聲音如鐘，言多慷慨。（《世說新語．賞譽篇》、《晉書．陸機傳》）一剛一柔，故陸雲「怡怡然爲士友所宗」，陸機「清厲有風格，爲鄉黨所憚」（《世說．賞譽篇》注引《文士傳》）

二陸對文章極用心，書信中多討論文章的得失。由現存陸雲與兄書信中可以得知陸機作文章必先請陸雲過目，論其優劣；陸雲爲文，亦多請陸機過目或潤色，〔註6〕由此可知兄弟相互切磋。但他們對文章的好尚並不相同，作品風格亦異：陸機才大思巧，文繁縟而綺麗；陸雲則運思不及其兄，又好清省，故長於短篇。〔註7〕

---

〔註5〕陸玄之亡，必在吳亡以前。陸機有〈吳貞獻處士誄〉，朱東潤〈陸機年表〉以爲稱處士者，當因墨絰即戎，未授實官之故。

〔註6〕陸雲〈與兄平原書〉曰：「〈祠堂頌〉已得省，兄文不復稍論常佳，然了不見出語，意非兄文之休者。」又曰：「省諸賦皆有高言絕典，不可復言。……省〈述思賦〉流深情至言，實爲清妙，恐故復未得爲兄賦之最。兄文自爲雄，非累日精拔，卒不可言。〈文賦〉甚有辭，綺語頗多，文適多，體便欲不清，不審兄呼爾否？」便是對陸機作品的批評。又如：「前省皇甫士安〈高士傳〉，復作〈逸民賦〉，今復送之，如欲報稱，久不作文，多不悅澤，兄爲小潤色之，可成佳物，願必留思。」則是要陸機潤色自己的文章。

〔註7〕《文心雕龍．鎔裁篇》云：「士衡才優，而綴辭尤繁；士龍思劣，而雅好清省。」〈才略篇〉云：「陸機才欲窺深，辭務索廣，故思能入巧，而不制繁。士龍朗練，以識檢亂，故能布采鮮淨，敏於短篇。」

## 二、入洛前的經歷

陸機生於吳景帝（孫休）永安四年（261），正當三國鼎立的末期，天下擾攘不安。他經歷了亡國、退隱、出仕三個階段，最後受奸人構陷，遇害軍中而客死他鄉，得年四十三。在短短的一生中，又可以從結束隱居生活，和陸雲一起入洛仕晉之年，劃分爲前後二期。茲先述其入洛前之生活。

此期包括吳亡之前的二十年及吳亡後退居舊里的日子。〔註 8〕陸機五歲時（265）司馬炎篡魏，改國號爲晉。晉國初興，繼承曹魏強盛之勢，加以晉武帝雄才大略，頗有吞吳而一統中國之志。反觀吳國，孫權當政時三分天下的盛期早已過去，當時在位的是殘暴的吳末帝孫皓，淫刑濫施，使得人人惴恐，朝不謀夕。（《三國志》卷四八〈三嗣主傳〉）兩國的勝負實不待戰而可分。

當時陸機的父親一直擔任著守邊的職務，雖然晉國一時不敢侵犯，吳國卻已日益衰頹。陸抗病歿之後，晉國謀吳日亟。在國勢日益危急的情形下，陸機兄弟雖遭喪父之痛，卻爲王命所逼而「墨絰即戎」，分領父兵。《三國志・陸抗傳》云：

（抗）秋遂卒，子晏嗣。晏及弟景、玄、機、雲分領抗兵。

當年陸機年僅十四歲，爲牙門將，和兄弟共同領兵，直到吳亡爲止。

吳天紀四年（280），吳國被晉所滅，也使陸機遭受到有生以來最大的打擊。在這年的二月，陸機的兩位兄長相繼爲晉軍所殺，再加上早亡的陸玄，兄弟六人已喪亡其半。陸機本人又曾爲晉軍所擄，其後雖遇釋而還，〔註 9〕但以二十歲的心靈要承受國破家亡的慘痛，情何以堪？陸機有〈贈弟士龍〉詩十首，充滿悽愴之情，他在序文中說明自己的遭遇：

〔註 8〕《晉書・陸機傳》云：「年二十而吳滅，退居舊里，閉門勤學。」
〔註 9〕朱東潤〈陸機年表〉引陸雲〈答兄平原〉詩云：「王旅南征，闡耀靈威。予昆乃播，爰集朔土。載離永久，其毒大苦。上帝休命，駕言其歸。」謂即敘述陸機被擄遇釋的經過。

> 余弱年夙孤，與弟士龍銜恤喪庭。續會逼王命，墨絰即戎，時並縈髮。悼心告別，漸歷八載。家邦顛覆，凡厥同生，彫落殆半。收迹之日，感物興哀，而龍又先在西，時迫當祖載二昆，不容逍遙。銜痛東徂，遺情西慕，故作是詩以寄其哀苦焉。

自鳳凰二年（274）陸抗病亡，至晉太康二年（281）前後共八年，故由序文「漸歷八載」可斷定詩當爲陸機二十一歲的作品。陸家以前的盛況不再，昔日爲吳國舉足輕重的皇親貴戚，如今淪爲晉國的降民，其中的哀痛，充分表露於兄弟兩人贈答的詩篇中，陸機詩云：

> 昔我西征，扼腕川湄。掩涕即路，揮袂長辭。
> 六龍促節，逝不我待。自往迄茲，曠紀八祀。
> 悠悠我思，匪爾焉在。昔並垂髮，今也將老。
> 銜哀茹感，契闊充飽。嗟我人斯，胡邮之早。（〈贈弟士龍〉十首之六）

又云：

> 昔我斯逝，兄弟孔仁；今我來思，或彫或疚。
> 昔我斯逝，族有餘榮；今我來思，堂有哀聲。
> 我行其道，鞠爲茂草。我履其房，物存人亡。
> 拊膺涕泣，血淚彷徨。（〈贈弟士龍〉十首之九）

今昔之況，盛衰各異，加以生離死別，怎不令人血淚交織！在陸雲答陸機的詩中也流露著同樣悲痛的情懷。陸家榮衰與吳國的興亡密切相關，國仇家恨纏繞著陸機，他既深深悼念父祖的戎馬大勳，又慨嘆孫皓之暴虐亡國，遂作〈辨亡論〉二篇，論孫權所以得天下，孫皓所以亡，兼述其父祖功業。吳國既亡，遂和陸雲相偕回到故里，閉門勤學，過著隱居的生活。（《陸機本傳》）

《晉書》謂陸機是吳郡人。吳郡在今江蘇省境內。陸機的舊里即在華亭，他的祖父陸遜曾於建安二十四年（219）受孫權封爲華亭侯（〈陸遜傳〉），蓋因此而居華亭。李吉甫《元和郡縣圖志》卷二五：

華亭谷在（華亭縣）西三十五里，陸遜、陸抗（按：張駒賢〈元和郡縣圖志考證〉疑「抗」乃「凱」之誤）宅在其側。遜封華亭侯。陸機云：「華亭鶴唳」此地是也。

可知陸機的舊里在華亭縣（今松江縣）西方的華亭谷。《世說新語・尤悔篇》載陸機兵敗，復爲仇家盧志所讒，被誅之前慨嘆的說：「欲聞華亭鶴唳，可復得乎？」注引《八王故事》云：

華亭……有清泉茂林，吳平後，陸機兄弟共遊於此十餘年。

華亭谷幽美的景色，有清泉茂林，又有體態悠雅的白鶴棲息其間，每當夜半萬籟俱寂之際，便傳來高朗的鶴鳴，伴著閉門勤學的二陸度過近十年無俗務干擾的生活，難怪陸機在爲河北都督時，聽到警角之聲，便說：「聞此不如華亭鶴唳！」（《世說・尤悔篇》注引《語林》）可見他對華亭的懷念之深，是以臨刑而有欲聞華亭鶴唳之嘆！

在退隱舊里的時期，陸機寫了不少作品，如〈擬古詩〉及部分的樂府擬作均成於此時。〔註10〕由於陸機兄弟少有才名，此時更聲溢京華，遂應「舉清能、拔寒素」之召，與吳人顧榮同入首都洛陽，時人號爲「三俊」。〔註11〕潘岳〈爲賈謐作贈陸機〉詩云：

況乃海隅，播名上京。爰應旌招，撫翼宰庭。

正說明陸機是應晉室之召而入洛的。至於入洛的時間，陸機本傳及《三國志・陸機傳》注引〈機雲別傳〉皆謂太康末入洛，未明指何年；朱東潤〈陸機年表〉、姜亮夫《陸機年譜》、康榮吉《陸機及其詩》、丁嬪娜《陸機研究》諸家皆謂太康十年，即陸機二十九歲時入洛。按：王鳴盛《十七史商榷》卷四九云：

陸機傳：機年二十而吳滅，退居舊里，閉門勤學，積有十年。至太康末與弟雲俱入洛。案：……吳滅在太康元年，

---

〔註10〕見姜亮夫《晉陸平原先生機年譜》（以下簡稱《陸機年譜》），商務印書館，頁44。

〔註11〕姜亮夫《陸機年譜》據陸機〈贈弟士龍〉十首序文「會逼王命，墨絰即戎」以爲二陸入洛乃逼於王命，是誤解文意。又《晉書・顧榮傳》云：「榮字彥先，吳國吳人……吳平，與陸機兄弟同入洛，時人號爲三俊。」

時機年二十。太康終於十年，機太康末入洛，則年二十九，雲二十八矣。

是陸機之入洛以太康十年較爲可信。自二陸退居舊里至入洛，不滿十年，晉書謂十年，舉成數而言之。《八王故事》所謂的十餘年則不可信。

## 三、入洛後的經歷

陸機入洛以後的生活，史料有較詳細的記載。不論二陸入洛的眞正動機爲何，日益蓬勃興盛的洛陽文壇，對閉門勤學日久的二陸兄弟而言，必深具吸引力。二人才學甚高，本有聲譽；入洛後即和文壇享有盛名的三張（張載、張協、張亢）、兩潘（潘岳、潘尼）、一左（左思）並稱於時。使得建安以來日益衰微的文壇，再次充滿朝氣，即文學史上的「太康時期」。陸機更受鍾嶸推許爲「太康之英」。《晉書・張亢傳》亦謂二陸入洛之後，三張身價遂減。可知二陸入洛，對洛陽文壇影響甚大。

魏晉南北朝時期，中國南北相輕的情形極嚴重。陸氏兄弟雖是亡國之餘，但因出身東吳大家，自然也有南人的傲氣。不過，入洛後卻和當時的文壇盟主張華一見如故。《晉書・張華傳》云：

陸機兄弟志氣高爽，自以吳之名家，初入洛，不推中國人士。見華一面如舊，欽華德範，如師資之禮事焉。（卷三六）

張華原本就喜歡獎掖人才，提携後進；見到陸機兄弟更覺難得，謂「伐吳之役，利獲二俊」，遂爲之延譽諸公。（《晉書・陸機傳》）這對初入洛的二陸，助益頗大，使其得以在沒有政治背景下與晉國名士交遊，並入仕於晉室。因此二陸兄弟對張華亦頗傾慕。在張華爲趙王倫所害之後，陸機曾爲文誄之，又作〈詠德賦〉以悼之。（《晉書・張華傳》）可惜兩篇文章今皆已亡佚。

《世說・簡傲篇》有「陸士衡初入洛，咨張公所宜詣」之語，可知陸機將拜會洛陽名士之前，張華是最好的顧問。在所有的拜會及與洛陽人士周旋的活動中，二陸兄弟留下不少俊語妙對，使得聲譽日高。有一回陸機拜見王濟，濟問陸機吳中有何可和羊酪相匹。陸機答云：「千里蓴羹，未下塩豉。」〔註 12〕（《世說・言語篇》）時人以為名對。《晉書》謂陸雲的口才又勝陸機，所以也不乏妙語。

但是在一次聚會中，由於陸機不甘受辱，得罪了盧志，遂種下日後被構陷的種子。《世說・方正篇》云：

> 盧志於眾坐問陸士衡：「陸遜、陸抗是君何物？」答曰：「如卿於盧毓、盧珽。」士龍失色。既出户，謂兄曰：「何至如此，彼容不相知也。」士衡正色曰：「我父祖名播海內，寧有不知？鬼子敢爾！」

盧志語意輕慢，欲使陸氏兄弟貽笑人前，而陸機的回答卻使盧志自取其辱。由此亦可見陸機嚴厲剛正的性格。而受辱的盧志只好俟機報復了。

由於陸機漸為人所重，復有張華推薦，遂於晉惠帝永熙元年（290）在晉室做官－太傅楊駿辟機為祭酒〔註 13〕，從此開始宦海浮沈的生活。當時政局極不穩定，朝綱日弛。賈后亂政、八王之亂，接踵而至。日漸衰弱的王室終於在十餘年後，為五胡所迫而南渡（317）。陸機為官的時間，正逢變動不安的局勢，動則得咎，對於由水鄉北來的陸氏兄弟而言，仕宦之途更顯得崎嶇。

陸機為祭酒的次年，楊駿為賈后所誅，皇太后亦被廢為庶人（《晉書・賈后傳》）。賈氏開始干預國政，賈謐更以賈后之親，權傾朝貴；趨利之徒，莫不夤緣結交。加以喜歡延攬士大夫，因此常賓客盈門，有所謂的「二十四友」。陸機和陸雲也在二十四友之內。然實無深契，今《文選》中載有潘岳〈為賈謐作贈陸機〉詩一首，其中有雲：

> 昔余與子，繾綣東朝。雖禮以賓，情同友僚。

陸機答詩云：

---

〔註 12〕余嘉錫《世說新語箋疏》謂千里是地名，乃千里湖也；未下非地名，未下塩豉是未加塩豉之意。則陸機之意是謂千里湖之蓴羹若加塩豉，其美味非羊酪可及。

〔註 13〕詳見姜亮夫《陸機年譜》，商務印書館，頁 54。

及子棲遲，同林異條。年殊志密，服舛義稠。遊跨三春，
情固二秋。

所說的正是陸機與賈謐的一段同僚之誼。按：陸機於楊駿被誅後遷爲太子洗馬，當時賈謐以散騎侍東宮，兩人同仕一處。其後陸機爲吳王郎中令兩年，於元康六年入爲尚書中兵郎，轉殿中郎，賈謐於此年贈詩陸機，陸機亦答之以詩。（〈答賈謐〉詩序）陸、賈贈答可謂同僚敘舊，但是，賈詩末云：

在南稱柑，度北則橙。崇子鋒穎，不頽不崩。

陸機答云：

惟漢有木，曾不踰境。惟南有金，萬邦作詠。民之胥好，
狂狷厲聖。儀形在昔，予聞子命。

賈謐以柑度北則化爲橙相戒；陸機卻以金百鍊而不銷自勉。表面上是相勉之語，其中似乎有弦外之音。

後來八王之亂起，賈氏的權勢被消滅，賈謐伏誅，其黨羽石崇、潘岳等也難逃一劫。而陸機卻因「預誅賈謐功」，受趙王倫賜爵關中侯。（《晉書・陸機傳》）雖然受爵是被趙王倫所迫，〔註 14〕但亦可由此知陸機與賈謐並非密友。〔註 15〕且兩人雖曾共仕東宮，賈謐卻與賈后謀殺太子，陸機則有〈愍懷太子誄〉之作，是以陸機雖在二十四友之中，卻無損其人格。

在受關中侯之前，陸機由最初的祭酒而太子洗馬、吳王郎中令、尚書中兵郎、殿中郎、以至於著作郎，一直很平順。在爲吳王郎中令時曾還吳，時年三十四歲。潘岳〈爲賈謐作贈陸機〉詩云：「藩岳作鎮，輔我京室。旋反桑梓，帝弟作弼。」正謂此事。在四十歲時他可能又回吳一次，〔註 16〕趙王倫在陸機返洛後，即以機爲中書郎，圖謀

〔註 14〕《晉書・趙王倫傳》云：「倫矯詔　三部司馬曰：中宮與賈謐等殺吾太子，今使車騎入廢中宮，汝等皆當從命，賜爵關中侯；不從，誅三族。於是衆皆從之。」陸機關中侯即由此來。

〔註 15〕詳見姜亮夫《陸機年譜》，商務印書館，頁 66、80。

〔註 16〕朱東潤〈陸機年表〉據陸機〈歎逝賦序〉謂機四十曾還吳。

篡位。次年（301）正月趙王廢惠帝而自立，引起齊王冏成都王穎及河間王顒等聯兵討伐。同年四月趙王倫被殺，惠帝復位，改元永寧。當時陸機也遭株連之禍，〈陸機傳〉云：

> 倫之誅也，齊王冏以機職在中書，九錫文及禪詔疑機與焉，遂收機等九人付廷尉。賴成都王穎、吳王晏並救理之，得減死徒邊，遇赦而止。

後來陸機謝表亦自表白，明其自始至終皆爲趙王倫所迫，〔註 17〕陸機捲入政爭的旋渦中而不知急流湧退，遂註定了遇害的命運。

齊王冏代趙王輔政後，亦矜功自伐，且日加專政，令諸王不滿。陸機遂作〈豪士賦〉以刺之，可惜齊王並沒有悟覺，遂於永寧二年（302）兵敗身亡。當時成都王穎推功不居，勞謙下士，陸機既感其全濟之恩，又見朝廷屢有變難，以爲成都王必能康隆晉室，遂委身事之。成都王以陸機參大將軍軍事，表爲平原內史。《晉書‧陸機傳》陸機有〈謝平原內史表〉以表其誠謝之意，謂成都王的全濟之恩非其「毀宗夷族、所能上報」。不幸卻一語成讖，次年陸機因兵敗，復爲小人構陷而遇害軍中，被夷三族，其子夏、蔚亦遇害。（《三國志》卷十三〈陸遜傳〉裴注引〈機雲別傳〉）此非當初入洛時可料及，毋怪乎臨刑有「華亭鶴唳，豈可復聞乎」之嘆，可惜一代之英，頓然殞落。

## 四、著　作

陸機的著作流傳於今者，唯文集十卷。其他不傳而散見於他書可得而考者，計有八種：《晉書》四卷、《洛陽紀》一卷、《晉惠帝起居注》、《晉惠帝百官名》二卷、《西覽》、《吳章》二卷、《吳書》、《正訓》等，其中《正訓》是否爲陸機作品，猶有異說。〔註 18〕

今可見之陸機文集，以明正德年間陸元大翻刻宋徐民瞻所刊《二俊先生文集》之本最古。此外明新安汪士賢所刊《漢魏六朝二十名家集》

〔註 17〕詳見陸機〈謝平原內史表〉及《初學記》十一所引士衡謝齊王表。

〔註 18〕詳見姜豪夫陸機年譜所附之〈陸機著述考〉，商務印書館。及康榮吉《陸機及其詩》頁 24〈陸機之著述〉，政大碩士論文。

本，即以徐民瞻刻本翻刻。清錢培名曾據陸元大刻本加以校勘，著〈札記〉一卷，即《小萬卷樓叢書》本，末附逸文，爲各本中之最善者。

陸機本傳稱其所著文章凡三百餘篇，今各本所收皆不滿二百篇。小萬卷樓本亦止一七四篇，合逸文及殘篇計之，則稍逾二百之數，已非陸文之全貌。蓋年代久遠，戰亂又多，自難免散佚之命。

雖然陸機的作品亡佚極多，但由現存的作品中仍不難窺知其馳譽太康文壇之故。其作品存於今者以詩賦最多，占十卷之七，而詩的數量又遠勝於賦。就其詩而言，各本中所收，數目多寡不一。康榮吉參校各本，凡得百零六首（同題而有二、三首者視爲一首；百年歌十首、贈弟士龍十首則各視爲十首），並加以校注，可謂用心良苦。然康氏所收仍不完全，較陸氏文集少「悲哉行」（萋萋春草生）一首。又逯欽立所輯《先秦漢魏晉南北朝詩》，康氏未曾參校。其中康氏所不收者十二首。若同題而有二首以上者分而計之，凡百三十三首。其中有部分殘篇，亦有失題者。

其他如論、議、箋、表、碑、誄、頌、贊等各種文體之作品，亡佚亦多。本集所錄唯四十七篇，其中尚包括被疑爲不是陸機作品的〈平西將軍孝侯周處碑〉。〔註 19〕此外便是殘篇斷簡了。

陸機於各種文體皆擅長，劉師培《漢魏六朝專家文研究》謂魏晉之時，兼長碑銘箴頌贊誄說辨議諸體者，惟曹子建、陸士衡二人。陸機之詩是本論文研究的重點，詳論於次後各章。

陸機的賦，除了〈文賦〉是長篇巨製之外，多爲短賦。按：漢賦發展至魏晉之際，由長篇轉變成短章。其題材亦較漢賦廣泛，除了客觀的寫物論事之外，尚有抒情敘志的作品。〈文賦〉乃陸機就其寫作經驗整理而成的文章，也是我國現存第一篇組織較嚴整的文學理論與

〔註 19〕《世說・自新篇》及《晉書・周處傳》皆有周處殺猛獸斬蛟入吳尋二陸事。然周處生於吳大帝赤烏元年（238），先陸機之生二十餘載。吳亡時周處仕已久，而陸機方二十，故其事不可信。詳見余嘉錫《世說新語箋疏》，頁 628，仁愛書局。

批評作品，它代表陸機個人的文學觀念，也可以看出當代對文學的要求，在文學批評史上占極重要的地位。至於其中所蘊含的文學理念，本章第三節將進一步探討。其他的賦作，詠物的如〈瓜賦〉、〈浮雲賦〉、〈羽扇賦〉；感時傷逝的如〈歎逝賦〉、〈感時賦〉、〈大暮賦〉；思歸懷鄉的如〈思歸賦〉、〈懷士賦〉、〈思親賦〉等，此外尚有敘志的〈遂志賦〉、刺齊王冏的〈豪士賦〉。題材較前代寬廣。

陸機文集有〈演連珠〉五十首。此種文體在文學史上並不受重視，但在文學發展上，則與駢文走向四六文有密切關係。因爲連珠體在形式上是四六格調，且押韻；只要格調嫻熟，作者便可以套用，損益組織而成文章。此種文體之成熟，當在陸機手中。〔註20〕其作品如：

> 臣聞日薄星迴，穹天所以紀物。山盈川沖，后土所以播氣。五行錯而致用，四時微而成歲。是以爲官恪居，以赴八音之離；明君執契，以要克諧之會。

通篇四六形式，雖不如唐宋四六文嚴整。然每種文體的演變都是漸進的，到了徐陵、庾信時，便有完整的四六長篇出現。〔註21〕

其他各種文體，爲人稱頌的亦復不少，張溥〈陸平原集題詞〉云：

> 弔魏武而老奸掩袂，賦豪士而驕王喪魄，辨亡懷宗國之憂，五等陳建侯之利，北海以後一人而已。

按：吳亡後，陸機曾作〈辨亡論〉兩篇，論孫權所以得天下，孫皓所以失天下，兼述父祖的功勞，上篇論興亡之數，下篇始作結論，遣詞慷慨，條理井然，即所謂的「先案後斷」之法，劉師培《漢魏六朝專家文研究》謂陸機的謀篇之術，可就〈辨亡論〉而考知。〈五等諸侯論〉則是陸機仕晉後，見諸王相殘有感而作。文中陳說封建的來源，並申述周以之存、漢以之亡的原因，析理入微，文質相參，音韻朗暢，爲難得的佳作。其他如〈弔魏武文〉、〈漢高祖功臣頌〉、讀之皆令人

〔註20〕劉勰亦讚美陸機的作品，《文心雕龍・雜文篇》云：「自連珠以下，擬者間出，惟士衡運思，理新文敏，而裁章置句，廣於舊篇。」

〔註21〕詳見馮承基〈六朝文述略〉，收於羅聯添編《中國文學史論文選集》（二），學生書局。

想見當時形容。表疏如〈謝平原內史表〉等，文采彬蔚，與辭賦無殊。其餘各體，皆文質相參，爲一時之選。〔註22〕

綜觀陸機之文，無論在辯理、論述、敘事各方面，均有可觀之作，較同時諸人出色。劉師培在《漢魏六朝專家文研究》中屢舉稱之。謂陸機文章之特色有二：一是鍊句，一是提空。所謂「提空」是指在平實的行文中，用警策語將文章的精神提起，使文章生動而有力。陸機的文章每篇皆有數句警策，故孫綽謂陸機之文若排沙簡金，往往見寶（《世說・文學篇》）。至於鍊句，是指損益文字，務使辭情相稱，去舊陳新，使不蒙混之謂。陸機爲文，用筆極重，辭采甚濃，且多長篇，稍不留意，則易流於繁冗不清，陸雲謂其「皆欲微多，但清新相接，不以爲病」。〔註23〕因「清新相接」，故能免於陳腐不清之弊。劉師培謂：「清者，豪無蒙混之迹也；新者，惟陳言務去也。」陸文辭繁意富，唯賴鍊句的工夫，除去陳辭浮言，才使文句潔淨有力，構成佳篇。由於他注意鍊句和提空才能在當時日益講求駢儷對仗，致力辭采綺縟的文壇中，脫穎而出，不僅是西晉作者中的翹楚，更在中國文學發展上，占有相當重要的地位。

## 第二節　時代背景與思潮

### 一、政治情勢與社會環境

#### （一）政治情勢

陸機所處的時代，是在三國鼎立末期到西晉八王之亂之間。自東漢末年而下，天下大勢就呈現合久必分的局面：先是曹丕篡漢自立，接著魏、蜀、吳鼎立而三分天下（220）經過四十餘年，蜀被魏所滅（263），之後司馬炎篡魏，改國號晉（265），天下成了晉、吳相持之局，最後晉國終於呑吳而統一中國（280），使得長年的戰亂得以暫時停息。

---

〔註22〕見劉師培《漢魏六朝專家文研究》，中華書局。
〔註23〕見陸雲〈與兄平原書〉。

自晉武帝太康元年（280）統一天下，至永寧元年（301）趙王倫篡位止的二十一、二年是西晉統一，社會較安定的時期。其間雖有賈后亂政，然輔政的要臣如張華、裴頠等皆賢良，所以朝野還算安寧。因此在這段期間，無論就政治、經濟、社會、民生各方面而言，都比以前進步、安定，同時也是三國分立至隋朝統一近四百年中唯一的統一局面，算是小康的時代。之後，便是諸王爭位，戰亂相尋，致使國勢日微，終於在五胡亂華之際被迫南渡，西晉滅亡（316）。

晉武帝開國以後，大封宗室子弟於要地，以爲屏藩，種下諸王爲亂之因。武帝卒（290），昏庸的惠帝繼立。惠帝即位，改元永熙，立賈氏爲后。賈氏兇悍陰狠，淫奸險詐，在封后之後即與輔政的楊駿爭權，並與楚王司馬瑋勾結，導致八王之亂。所謂八王是指汝南王亮、楚王瑋、齊王冏、趙王倫、馬沙王乂、成都王穎、河南王顒、東海王越等八人。其事詳見《晉書．八王傳》、〈晉書．賈后傳〉、〈晉書．惠帝紀〉、〈晉書．賈謐傳〉。而在諸王傾軋之際，依附於權臣的文士便需隨著政治情勢的起伏而改變依附的目標。西晉的文士大多過著隨波逐流的生活，也不少人在變亂中喪失生命，如陸機、潘岳二人，都是在宦海浮沈之中遇害。當時和潘、陸相同命運者爲數不少。據張仁青統計，西晉一代直接受害而罹難的文士有五十九人之多。〔註 24〕其間接遭受迫害而死的，或因史料殘缺而無法計及的，當不在少數。

在西晉，只有太康時期尚可稱爲治世。首都洛陽在漢末董卓之亂時，一度殘破不堪，曹植〈送應氏詩〉云：「登彼北芒阪，遙望洛陽山，洛陽何寂寞，宮室盡燒焚。」淒涼之狀，不下荒野。經過六十年的休息，洛陽再度成爲人文重鎮。文士漸漸集中京師，開啓洛下文壇的新氣象，一時三張二陸兩潘一左俱騰聲文壇。在朝廷官居要位的張華，喜歡獎掖人才，提携後進，益使年輕才俊之士，一展所長，更助長文風。陸機、陸雲初至洛陽，亦蒙張華鼎力相助，延譽諸公。元康

〔註 24〕詳見張仁青《魏晉南北朝文學思想史》，第三章魏晉南北朝罹難名士表，文史哲出版社，頁 199。

之間賈謐預政，權傾朝廷，又喜延攬文士，附庸風雅，故有所謂二十四友，一時文士如左思、潘岳、石崇、陸機、陸雲均在文友之列，酬唱贈答，對文學亦有推波助瀾的作用。其後八王之亂起，戰亂連年，文士被捲入政權爭奪之中，因而喪命者爲數頗多，如張華、兩潘、二陸均遇害而亡，其他文士亦但求苟全於亂世，何暇論及文事？太康以來的文壇盛況，實以政治安定之故。

### （二）社會環境

自漢末以降，連年的戰亂已使人民朝不保夕，另一方面又有頻仍的災疫困擾民生，迄兩晉來發生的災疫不下於六十次，造成的傷亡更難以數計。〔註25〕天災人禍交相摧殘，人民播遷流亡，民生凋弊。太康年間雖是小康的局面，但戶口只有三百七十七萬，和東漢永嘉元年（145）的九百九十三萬戶相比，才三分之一強。且「縱使五稼普收，僅足相接」，倘「一歲不登，便有菜色」（《晉書・傅玄傳》），〔註26〕其民生經濟之艱困如此，則其他時期更不用說了！

當時民生雖然疾苦，但社會上奢靡之風極盛。造成此種矛盾現象的主因，是由於漢末實施九品中正舉才之後，造成「上品無寒門，下品無世族」（《晉書・劉毅傳》）的流弊，使得原本即有財勢的世族掌握更大的政治權勢，形成門閥。如晉武帝司馬炎在未即帝位之前，以世族貴公子當上品之選，司州十二郡，莫敢與爲輩比。司馬炎即位，雖有「舉清能、拔寒素」的詔令，也只是給世族大家增多另一種做官的機會而已。〔註27〕世族大家競尚奢靡，如王愷與石崇爭豪競奢，〔註28〕

〔註25〕同註24，漢末至兩晉災疫簡表，頁219。

〔註26〕王仲犖《魏晉南北朝史》第三章〈西晉的暫時統一及其崩潰〉。

〔註27〕同註26。

〔註28〕《世說・汰侈篇》:「石崇與王愷爭豪，並窮綺麗，以飾輿服。武帝，愷之甥也，每助愷。嘗以珊瑚樹，高二尺許賜愷。枝柯扶疎，世罕其比。愷以示崇。崇視訖，以鐵如意擊之，應手而碎。愷既惋惜，又以爲疾己之寶，聲色俱厲。崇曰:『不足恨，今還卿。』乃命左右悉取珊瑚樹，有三尺四尺，條幹絕世，光彩溢目者六七枚，如愷許

賈充賈謐之流亦以華侈相尚，〔註29〕致使風俗大壞。

世族在政治、社會上有極大的權勢，因此社會極爲重視門第出身。出身微寒，即使才能出眾，亦很難躋身世族之間。左思頗有文才，只因出身寒素，便一生不得志。在這種社會重視門第的情形下，世族自成一個階層，高高在上。如婚姻制度，講究門戶相當。《世說・方正篇》載東晉王導請婚於陸機的族人陸玩，卻被拒絕，理由是「培塿無松柏，薰蕕不同器。玩雖不才，義不爲亂倫之始也。」王、陸兩家先世皆爲名宦，然功名之盛，王不如陸，遂成了通婚的阻礙。門戶觀念在整個魏晉南北朝時代，左右個人的窮通否泰，也導引整個社會的趨勢，無論政治、經濟、社會風尚都與此有密切關連，甚至在文化的傳承上，世族也享有特權。

由於世族有優渥的環境，及累代的上層家庭教養，生活閒暇，因此在典籍的收藏及文化傳習上，條件當然非出身寒素的人可比，所以成就也多。寒士則孜孜勤苦，希圖以文章、學術作爲進身之資，其間雖有受賞識的，但爲數不多。所以在文化傳承上，世族仍扮演主要的角色。史籍中每一個長於學術文章的人，絕大多數擁有顯赫的家世，在他們的平生事跡中，屬文多半是比較次要的，且其社會地位的高低，並不決定於他的詩文的優劣，而是決定於他們的出身和官爵。〔註30〕如陸機出身江東大族，當吳國盛時，陸氏一門在朝廷舉足經重，且多能文事，是典型的世族。吳亡後，陸機雖以亡國之餘入仕於晉，但以他出身世族及出眾的文才，依舊能出類拔萃，其「社會基礎」穩固，也是重要的原因之一。

此外，由於文學逐漸受重視，而世族又好以文學襯托自己的高貴，因此便有寒素之士，以文學爲進身之階。於是朝廷中的權貴遂成了文士依附的目標。而西晉政局不穩，文士依附的目標也不斷改變。晉

---

比甚眾。愷惘然自失。」

〔註29〕詳見《晉書》卷四十〈賈充傳〉。

〔註30〕王瑤〈中古文學思想〉，收於《中古文學史論》，長安出版社，頁34。

室初創，文士多依附在佐命功臣賈充的門下；到了賈謐預政，更有所謂的「二十四友」。八王之亂起，文士又在諸王之間徘徊。終西晉之世，文士大半過著依附外戚、權臣的生活，陸機入洛之後在宦海浮沈，正是一個典型。這種由政治和社會所造成的現象，深深影響著當時文士的生命，也領導著文學的潮流。因爲世族既掌握政治、社會的領導權，當時文士又依附在貴冑世族門下，爲了投其所好，一切的好惡皆以所依附者爲準。而世族所構成的「上層社會」又籠於奢靡的風氣之中，文學自然要配合他們的生活。正始崇尚玄學，當日的文學無論詩文或辭賦，在內容風格上都起了轉變，《文心雕龍》云：「正始明道，詩雜仙心」（〈明詩篇〉）；西晉一代文士過著依附的生活，不免酬唱贈答，自然有許多攀龍附鳳、歌功誦德的作品，其後東晉、南北朝也是如此。當時的文人既游洄於上層社會中，生活感受、或思想習慣，便相差無幾，寫出來的作品，就不易顯出作者的個性。這種現象正是社會風尚影響下的結果。

## 二、思想潮流

自漢末以來動盪不安的政治局勢，使人民的生命財產沒有保障，其直接的反應是社會民生凋弊；間接的影響則是社會大眾的價値取向逐漸轉變，不再固守舊有的傳統。魏晉六朝在思想史上是儒家思想衰微，而老莊思想興盛的時期，甚至外來的佛家思想，也在社會大眾心中日漸獲得肯定。兩漢以儒家爲中心的經學思想逐漸沒落，代之而起的是談老說莊，義理上的趨向如此，文學上也不難看出受影響的痕跡。魏晉六朝的文學有其共同的風貌，和當時的思想潮流有很密切的關係，以「服膺儒術，非禮不動」（《晉書．陸機傳》）的陸機而言，也難免受時代的影響，在文學主張和文學作品上感染了當時風氣。茲將當時影響較深遠的思想轉變，略述於后，以便利對陸機作品及當代文學的瞭解。

### （一）儒學衰微

儒學自漢武帝採董仲舒之議，罷黜百家、獨尊儒術以後，在兩漢一直居於唯我獨尊的地位，歷時達三百餘年。無論帝王卿或賢人學士，均致力於儒學。於儒家經典之研究蔚成風尚，無論在政治、社會、學術各方面，兩漢皆深受儒家思想的影響，故學術史家稱兩漢爲經學時代。到了東漢末年，受到政治局勢的影響，和兩漢經學研究本身的限制，遂步上衰微之途，揆其主因，有下列數端：

1. 政治方面：自漢武帝立五經博士，以高官厚爵勸誘天下之士，遂開利祿之途，故能成就兩漢經學研究的盛況。東漢桓、靈二帝時兩次黨錮之禍，捕殺大批儒生，迫使士人漸漸遠離政治。魏公曹操用人，強調只要有進取的才能，沒有品行、沒有廉恥、甚至不仁不孝者，皆可舉而用之。(見《魏武帝集·求逸才令》)自此儒家向來重視的倫理、道德觀念徹底被摧毀，往昔由治儒學以求仕進的利祿之途亦告斷絕。此外，在亂世之中，名士屢遭迫害，更令士人寒心。漢末的黨禍已使近千的士人罹難。到了魏晉，篡奪繼起，犧牲於禍亂之間的名士也難以計數，如魏之孔融、楊修、丁儀、丁廙。晉之張華、陸機、陸雲等，皆遇害而亡。難怪當代的名士不是寄情酒色，即談老說莊，或乾脆隱身田園山水。〔註31〕以爲道德學問已不可靠，反而會惹來殺身之禍。如此，儒學自然日趨沒落。

2. 時代方面：叔孫通謂儒家難與進取，可與守成。漢末以降，天下分崩離析，群雄競逐，正是需要「進取」的時代。逐鹿群雄，皆以得天下爲目標，魏武秉政，崇尚法術，諸葛治蜀，亦取申韓，儒家六藝之學，遂隨劉氏政權之崩潰而中衰。〔註32〕在社會上，人們面對殺戮不止的世界，對儒家那一套君臣、父父、子子的思想觀念，便產生懷疑。知識分子逃於老莊思想之中，故玄學清談盛極一時，沒有學識的人民，在流離不安之際，精神上的痛苦無法藉讀老莊書以尋超脫，又無力寄情酒色，只好在宗教上找尋寄託。於是民間盛行張陵的

---

〔註31〕劉修士《魏晉思想論》，第一章〈魏晉思想的環境〉。收於《魏晉思想》甲編五種，里仁書局，頁13。
〔註32〕張仁青《魏晉南北朝文學思想史》，文史哲出版社，頁315。

五斗教，張角的太平道。儒家思想與時代不相投，自然要步上衰微之途。〔註 33〕

3. 學術方面：外在的客觀環境雖不利於儒家思想生存，但其衰微的主因還是在兩漢經學研究所產生的弊端。其一，兩漢經學訓詁過於繁碎。在秦火之後從事經學研究，經書的訓詁與註釋自然是必要的，然至東漢之世，則弊端叢生，班固《漢書・藝文志》、〈六藝略〉敘云：

> 古之學者耕且養，三年而通一藝，存其大體，玩經文而已，是故用日少而畜德多，三十而五經立也，後世經傳既已乖離，博學者又不思多聞闕疑之義，而務碎義逃難，便辭巧說，破壞形體，說五字之文，至於二三萬言。後進彌以馳逐，故幼童而守一藝，白首而後能言，安其所習，毀所不見，終以自蔽。此學者之大患也。

可見其梗概。其二，兩漢儒學思想已非儒家思想原貌。自西漢儒家定於一尊開始，其思想便參雜著陰陽五行災異之說，籠罩著迷信的色彩，儒家的經典也被神秘化。此種現象到了東漢，遂有桓譚、張衡之流起來反對，王充抨擊尤力。漢末，仲長統、荀悅、崔實等亦皆捨迷信的思想，而趨於現實的人生理論。到了魏晉，社會變動劇烈，學術也不定於一尊，加以玄學盛行，經學的研究雖未中斷，然已玄學化，如何晏《論語集解》，王弼注《易》都是用道家的思想解經，至此，玄學已成學術思想的主流。

### （二）玄學興盛

玄學的興趣，始於東漢，至魏晉而極盛。然漢與魏晉之玄學有所差別：漢代偏重天地運行之物理，猶不免採用陰陽五行及象數之談，魏晉貴談有無之玄致，不執著於實物，故能進於純玄學之討論。至於談玄的內容，則道家「老」、「莊」與佛家「般若」均為漢晉間談玄者之依據。其中心問題，在辨本末有無之理。〔註 35〕其主要思想實為先

〔註 33〕同註 31，頁 15。
〔註 35〕湯錫予《魏晉玄學論稿》，收於《魏晉思想》甲編五種，里仁書局，

秦道家的學說。

道家學說本是亂世的產物，秦末漢初曾盛行一時，至武帝獨尊儒術，始遭罷黜。漢末天下崩離，道家思想又告復活，魏晉時《老》、《莊》尤受歡迎，和儒家的《易》並稱「三玄」。(《顏氏家訓・勉學篇》) 其後又與外來的佛家思想結合，造成玄學時代。

老、莊思想是對於現實人間的醜惡及文物制度不滿，而想返璞歸眞，回到清靜無爲、順應自然，無所拘束的原始狀態。在意識上雖是積極的反對現實，在行爲上卻只是消極的逃避現實。因此，縱然能夠使個人的精神求得超脫，對於現實的政治、社會、民生並無法改善。而在魏晉時期，中國歷經長久的動亂，生民塗炭，卻無強而有力的政權以圖長治久安。知識分子對此更無力改革，儒家的學說又漸不受重視，於是紛紛逃入老、莊的思想中。即如《易經》，本是儒家的經典，在六經中較具神秘色彩，和老莊思想容易牽合，因此王弼諸人註解《易經》時，所染的老、莊思想，特別濃厚。《四庫全書・周易註題要》云：

> 闡明義理，使易不雜於術數者，弼與康伯深爲有功。祖尚虛無，使易竟入於老莊者，弼與康伯亦不能無過。瑕瑜不掩，是其定評。

正說明漢代流行的陰陽五行學說，至此已被老、莊思想取代。而《易經》因和老莊相牽合，故亦成爲玄談的內容。

至於外來的佛家思想，約在西漢末葉傳入，東漢明帝以後，佛教漸漸流佈，研究和信奉的人日多，到了桓帝，在宮中正式設立黃老浮屠之祠，接著譯經的事業興盛起來了。佛教初入中國，國人尚難解其眞義，遂與當時流行的道教混雜，而道教徒又假託黃老之名，行於天下，便造成一種佛道不分的綜合形式。到了魏晉，老、莊哲學獨立發展，與道教徒假託的黃老分道而馳，一成爲民間信仰的宗教，一成爲學術思想的主流。佛學在此時亦由道士的附庸而獨立，與老莊相輔而

---

頁 48。

行，大爲清談之士所好。〔註 36〕

魏晉時期，玄學不但是學術思想的主流，政治、社會上也深受其影響：如魏文帝、晉簡文帝都仰慕道家的無爲政治，吳大帝孫權亦信奉佛教。社會上較出色的人物，大都精通老莊之學；有的隱居山林以保性全眞；有人放浪形骸，不顧禮法，文士更以玄理相詰難。其影響之大，可謂無遠弗屆。

## 三、文學思想與風尚

魏晉時期的劇烈變動，不僅使思想潮流產生變化；文學思想和風尚也異於往昔。先秦時期所謂的文學，實與學術不分。至兩漢，乃進一步劃分「文」與「學」及「文章」與「文學」之界閾。〔註 37〕但在儒家「尚用」的文學觀念下，文學雖與學術有所分別，卻仍未能脫離附庸的地位。直到魏晉，文學才正式受到肯定，承認其不朽的價值。

在文學趨向獨立的過程中，創作也逐漸受到重視。〈詩品序〉云：「降及建安，曹公父子，篤好斯文。平原兄弟，鬱爲文棟。劉楨、王粲，爲其羽翼。次有攀龍託鳳，自致於屬車者，蓋以百計，彬彬之盛，大備於時矣。」到了西晉，三張、二陸、兩潘、一左更以能文相尚。甚至東晉的王、謝家族亦頗尚文事。文風之盛，可謂空前。這一階段有不少文士集團，其首領都是政治要人，如曹氏父子爲鄴下諸子的首領；賈謐爲二十四友的領袖。因此，文士與政治的關係極密切。爲了迎合時尚，於刻意爲文之際，自不免踵事增華，造成沈約所說的「縟旨星稠，繁文綺合」之風氣。當時文學作品漸多，品第甲乙的文學批評亦隨之興起。創作與批評交互影響，於是造成文壇特有的風貌。

### （一）文學思想

《文心雕龍・時序篇》云：「詳觀近代之論文者多矣；至如魏文述典，陳思序書，應瑒文論，陸機文賦，仲洽流別，宏範翰林，各照

〔註 36〕同註 34，頁 31～33。

〔註 37〕朱榮智《兩漢文學理論之研究》，聯經出版事業公司，頁 33。

隅隙，鮮觀衢路。」已把魏晉時期重要的文論舉出。而這些文論中，應瑒現存〈文質論〉一篇，但只論文質之宜，與文學似無關係。摯虞〈文章流別〉及李充〈翰林論〉已散佚，僅存數則殘篇，見於嚴可均所輯「全文」之中，亦難看見其文學思想。曹植書亦多半是評論作者的文字，所見不深。唯有曹丕的《典論・論文》及陸機的〈文賦〉較可以代表當時的文學思想。〔註38〕陸機的〈文賦〉在體製上較《典論・論文》巨大，思想亦較縝密，因涉及對陸機詩作的瞭解，故另立一節詳細討論。此處僅就曹丕及魏晉時期有關文學之思想加以敘述。

《典論・論文》是我國第一篇文學評論的專著，也是文學獨立的先聲，在文學史及文學批評史上均佔重要的地位。唯此時文論尚屬開創期，難免「密而不同」(《文心雕龍・序志篇》)。但其文學觀念如立言不朽的信念、文體論、文氣論、對作者風格的批評觀點等等，對後世啓發甚大。至其寫作緣起是爲了糾舉當時創作者之間錯誤的批評觀念。而當時創作者的錯誤觀念，主要是起於文學作品的體式與風格表現是繁複多態的。創作者若缺乏此種體認而泥於己見，難免會有各以所長，相輕所短的現象。是以曹丕欲建立一套正確而客觀的批評方法，以爲批評的典範。〔註39〕其中較重要的觀念，有以下數端：

1. 文體論：《典論・論文》分文體爲奏議、書論、銘誄、詩賦四科，並賦予各科當有的理想風格：雅、理、實、麗。雖然沒有討論到各科體裁、性質的差別，但已意識到其間有差異存在。由於他對文學體裁的區分，使後來對於文體的研究大爲推進。從陸機的〈文賦〉、李充的〈翰林論〉、摯虞的〈文章流別論〉到劉勰的《文心雕龍》，這些著作裡的文體論述，正是〈典論論文〉的進一步發展。

2. 文氣論：曹丕首揭文氣的觀念，並且引入文學批評中。他認爲文以氣爲主，氣即是「基於氣質的個人才氣」，〔註40〕而氣之清濁

〔註38〕同註30，頁94。
〔註39〕蔡英俊〈曹丕「典論論文」析論〉，中外文學第八卷，第十二期。
〔註40〕劉若愚《中國文學理論》，聯經出版事業，頁141。

有體，各人所秉不同，不可強力改變。因此不同才性的作者，作品便呈現不同的風格。由於各種文體所要求的理想風格有別，作者才性各異，因此曹丕謂「文非一體，鮮能備善」、「唯通才能備其體」。但當時作者常「以己所長，相輕所短」，故曹丕審己度人而作論文。這種強調作者才性與作品關係的觀念，使他的批評觀點不完全落在作品上，且注意到作家的性格，論文中對七子的批評便是由此種觀點而發的。〔註41〕蔡英俊認爲曹丕提出文氣的觀念，使得「中國傳統理論得以導向以作家爲主的文學批評觀點，並且形成了『風格論』的批評理論體系。」〔註42〕

3. 文學不朽論：曹丕論文章乃「經國之大業，不朽之盛事」，已肯定文學不朽的價值，和《左傳》中立言不朽的觀念有其相通之處。但曹丕又把文章從立言的範圍中突顯出來，使純文學得以在文人的著述中具有獨立的價值，和楊雄那種雕蟲篆刻壯夫不爲的論調已大異其趣。

曹丕的觀念多承自前人，如「文章經國之大業，不朽之盛事」是承自王充；文體、文氣則自司馬相如賦迹賦心之說。但是他能融會貫通，加以擴充，論說亦更透徹，因此，中國文學至此得以稱爲自覺時代。〔註43〕至於當時他人的言論，影響力均不如曹丕，蓋除了政治地位不如曹丕之外，言論亦不如曹丕完整。如曹植雖爲一代文宗，其〈與楊德祖書〉卻謂「辭賦小道，固未足以揄揚大義，彰示來世」，故欲「戮力上國，流惠下民，建永世之業；留金石之功，豈徒以翰墨爲勳績，辭賦爲君子」。楊修答書則謂文章與經國建德之業不相妨。可見曹植此種觀念已不能爲時人接受，後劉勰更謂其「辯而無當」。（《文心雕龍．序志篇》）此外阮瑀、應瑒的〈文質論〉雖專論文化上之文質問題，似與文學無關，然應瑒重文之意卻與曹丕「文章經國之大業」

---

〔註41〕建安七子中的劉楨也談氣。《文心雕龍．定勢篇》云：「公幹所言，頗亦兼氣。」劉楨所言，與曹丕相應，可惜其言論多亡佚不存。

〔註42〕同註39。

〔註43〕郭紹虞《中國文學批評史》，頁76。

相呼應，對六朝向文輕質而導致美文全盛有推轂之功。〔註44〕由此可知當時文學在人們的觀念中已漸自成門戶，至陸機〈文賦〉一出，更顯示魏晉時期的文學思漸已脫離傳統儒家「尚用」的觀念，朝向純文學發展了。

## （二）文學風尚

文學作品最能反映時代的生活。魏晉時代政治、社會的動亂不安和人民的疾苦，都可以在文學作品中找到。劉修士以爲「魏晉的文學是完全建築在當日的哲學思想與宗教的基礎上的。這種哲學宗教思想的構成，又以當日的致治現象與民生狀況爲基礎」〔註45〕漢末社會的亂離，在蔡琰〈悲憤詩〉、曹植〈送應氏詩〉、王粲〈七哀詩〉中有極鮮明的反映。西晉太康的太平之世，也有歌功頌德的作品，但此種題材在詩經中，乃至於魏晉之後屢見不鮮，並不足以代表當代的文學，只有從思想上才能見出當時文學的特徵。

魏晉的文學，感染玄學色彩，劉修士謂當時的作家「把老莊的無爲遁世，道教的神仙，佛教的厭世，各種思想一齊揉雜進來，再借著古代許多神話傳說爲材料，描出各種各樣的玄虛世界」〔註46〕表現老莊思想的：如曹植的〈玄暢賦〉、〈釋愁賦〉，嵇康的〈秋胡行〉、〈述志詩〉，阮籍郭璞的詩幾乎全部是道家的哲理與神仙隱士的思想組成的，西晉張華、陸機、石崇的詩文中，也常有道家的言詞，到了東晉此風更甚，如孫綽、許詢之流的詩「皆平典似道德論。」（〈詩品序〉）其次，表現高蹈遊仙思想的：如曹植的〈升天行〉，阮籍的〈詠懷詩〉、陸機的〈前緩聲歌〉、〈東武吟行〉等，都是描寫神仙世界。詩人對夢幻仙境的嚮往，更表示其現實生活的苦悶。再次有表現避世的隱逸思想的：如阮籍、陸機、左思諸人的招隱詩，陸雲的〈逸民賦〉、〈逸民箴〉，至東晉的陶潛更以大量作品表現田園隱逸生活，促成田園山水文學的產

---

〔註44〕張仁青《魏晉南北朝文學思想史》，文史哲出版社，頁458。
〔註45〕同註31，頁161。
〔註46〕同註45。

生。這類作品是當代文學中較優秀的，沒有哲理詩的枯淡和遊仙詩的玄虛，脫離了現世的塵俗，表現一個合乎人情的境界。另外也有表現及時行樂思想者：在古詩十九首中已有「人生忽如寄」、「爲樂當及時」之語，曹操的〈短歌行〉、陸機的〈董逃行〉、〈飲酒樂〉、〈長歌行〉，陶潛的雜詩中都有相同的感慨。這類的作品在魏晉時期俯拾即是。而在各種思想雜揉中，儒家用世的思想依然存在，陸機的〈猛虎行〉、〈君子行〉，陶潛早期的作品亦多是此種思想的表現；但在魏晉文學中所占的分量極有限。從文學作品中我們可以看出當時作者的心境，是處在矛盾之中的，時而談哲理，時而羨神仙，時而欲隱田園，乃至於及時行樂等等，不同的思想，往往同時存在一個作家的作品中。

魏晉時期的作者不僅作品的內容深染時代色彩，在形式上也受文藝思潮影響而日趨雕琢。曹丕《典論・論文》倡「詩賦欲麗」的觀念，陸機文賦更有「詩緣情而綺靡，賦體物而瀏亮」的主張，可見對文學作品的形式和表現技巧已日益講求。鄴下諸子，「造懷指事，不求纖密之巧；驅辭逐貌，唯取昭晰之能」（《文心雕龍・明詩篇》）雖斟酌文辭，猶不尚縟麗。及至晉朝，則「稍入輕綺，張潘左陸，比肩詩衢，采縟於正始，力柔於建安，或析文以爲妙，或流靡以自妍。」（《文心雕龍・明詩篇》）崇尚麗藻，已成爲當時的風尚。

## 第三節　陸機的文學觀念

### 小　引

陸機的文學觀念，主要見於〈文賦〉一文。本節即以此文爲討論對象。

〈文賦〉的寫作年代，各家說法不一，略可分爲三種：

（一）未明言成於何時者：《文選・文賦》李善注引臧榮緒《晉書》謂：「機妙解情理，心識文體，作〈文賦〉」，不言成於何年。此爲最早信史之可徵者。

（二）謂成於入洛前者：杜甫〈醉歌行〉（別從侄勤落第歸詩）云：「陸機二十作〈文賦〉」。後世多從之。清人何焯《義門讀書記》謂杜甫誤讀李善所引臧榮緒《晉書》，他據《晉書》與杜甫之說推論，以為〈文賦〉乃陸機入洛前所作，非必成於二十歲（280）。姜亮夫《陸機年譜》、康榮吉《陸機及其詩》竝同意杜甫之說，然無有力的證據。

（三）謂成於入洛後者：王夢鷗謂〈文賦〉當作於陸機三十八歲（298）之前；陳世驤據陸雲〈與兄平原書〉和陸機〈歎逝賦〉序文推定〈文賦〉作於陸機三十九歲（299）。陸侃如、丁嬪娜則以為是四十歲（300）時的作品。逯欽立亦據陸雲〈與兄平原書〉第八書提到〈文賦〉，謂其乃陸機四十一歲（301）時所作。徐復觀亦以為是四十一歲前後所作。毛慶《〈文賦〉創作年代考辨》根據陸機詩文中用語和〈文賦〉用語比較，認為〈文賦〉是入洛後所作。〔註47〕

三說以作於入洛後的推論較為可信，但目前尚無文獻可以確切說明〈文賦〉的創作年代，不能輕下結論。而這個問題對研究〈文賦〉所蘊含的觀念並無影響，故存而不論。

〈文賦〉在我國文學批評史上居承先啓後的地位：上繼曹丕《典論・論文》，下啓劉勰的《文心雕龍》，同時也影響當時的文風。但因限於文體形式，讀者不易掌握條理，故劉勰《文心雕龍・序志篇》謂其「巧而碎亂」。且陸機是從閱讀他人的作品和自己的寫作經驗中，體認創作過程的各種問題，才作〈文賦〉，對於實際的文學批評並未涉及。鍾嶸忽略陸機的用心，遂謂其「通而無貶」（〈詩品序〉）。實非平允之論。按：〈文賦〉除了序文和結尾論「文用」的兩部分外，可

〔註47〕王夢鷗之說見〈陸機文賦所代表的文學觀念〉，收於《古典文學論探索》，正中書局，頁111。陳世驤之說今未見，乃轉引自王夢鷗之文。丁嬪娜之說見於《陸機研究》，輔仁大學碩士論文。徐復觀說見於〈陸機文賦疏釋〉，收於《中國文學論集續編》，學生書局，頁90～91。其餘諸說皆見於張少康《文賦集釋》前言，漢京事業文化有限公司，頁3。

以說都是在討論創作的問題，以期對未來的寫作有所助益。但是，正如張亨所云：「陸機這一實用的目的並未使〈文賦〉流爲寫作指南一類，因爲他特別著重作文的利害『所由』。重點在對創作活動作深入的追溯，而不是止於文章利病的陳述上。因此，在全部創作問題中，文賦強調的是創作經驗和過程的描繪與討論，其他的意見則是附屬和次要的。」〔註48〕

晚近中國學者研究中國文學理論，除了疏釋、闡明各家理論義蘊之外，企圖以世界性的學術術語，將中國文學理論的精義呈顯於世界學術界。一方面是介紹中國的理論，希望能在世界文學理論中居一定之地位；另方面則希望藉此溝通的機會，會通其他理論，形成較完美的理論。如劉若愚的《中國文學理論》（Chinese theories of literatutre），可說是其中成就較高的一本書。他將中國傳統批評歸納成六種文學理論，分別稱爲形上論（Metaphysical Theories）、決定論（Deterministic Theories）、表現論（Expressive Theories）、技巧論（Technical Theories）、審美論（Aesthetic Theories）、實用論（Pragmatic Theories）。其中固然不無可議之處，若據以分析一家之理論，或許可以避免籠統以及術語零亂的缺失，同時可以突顯批評家的理論特色。本節即借用劉氏之分類，來檢視陸氏〈文賦〉所顯示的文學理論。按：劉若愚曾引述〈文賦〉，來顯示形上概念、表現概念、審美概念及實用概念，以爲陸機似乎是採擇派的，不是綜合派的。並認爲陸機並沒有從他所採取的各種概念中形成首尾一貫的系統，也沒有明顯的自我矛盾。〔註49〕其實，魏晉時期，我國的文學理論才開始進入自覺的發展階段，在理論的建構上難免缺乏條貫的系統，而且〈文賦〉是陸機閱讀和寫作的心得，其中的觀念是由

〔註48〕張亨〈陸機論文學的創作過程〉，收於《中國古典文學論叢（冊二）：文學批評與戲劇之部》，中外文學月刊社，頁70。

〔註49〕劉若愚《中國文學理論》，第七章〈相互影響與綜合〉。聯經出版事業公司，頁261。

歸納而來，並不是預先在觀念上有某種體系的信仰，且陸氏又不能預知後世之文學理論發展，可以分成劉氏所謂的六種理論。他怎能知自己是採擇派，而將所擇之理論組成一系統？何況，在〈文賦〉中自有一套陸氏的體系。雖然如此，爲了對〈文賦〉所呈現的文學觀作層次的說明，劉若愚所抽繹的概念，仍不失爲討論的良好依據。

## 一、從形上概念到實用概念

文學理論的形上理論，即是「以文學爲宇宙原理之顯示，這種概念爲基礎的各種理論」〔註 50〕這些理論主要著眼於藝術過程中宇宙與作者之間的關係上。作者如何瞭解宇宙原理，及如何表現於作品之中，使作品成爲宇宙原理的顯示，這是形上概念所要探討的，而重點在宇宙與作者間的關係上。陸機對文學的形上概念可以從左列這段文字看出來。〈文賦〉云：

> 伊茲事（按：指爲文一事）之可樂，固聖賢之所欽。課虛無以責有，叩寂寞而求音。函緜邈於尺素，吐滂沛乎寸心。言恢之而彌廣，思按之而愈深。播芳蕤之馥馥，發青條之森森。粲風飛而猋豎，鬱雲起乎翰林。

近人張亨由陸機所述，分析歸納，以爲陸機對文學的定義是：「發自作者心靈的一種創造活動，經由想像的作用而技巧的以語言文字表現出來，以成爲一件精美的藝術品」〔註 51〕，大致符合〈文賦〉所呈現的觀念。由此可知陸機將「創造」視爲文學的重要質素，而創造的根源則發自人類的心靈。因此〈文賦〉除了對創作過程有詳細的描繪之外，於創作前的心靈活動也有深刻的描寫。而心靈活動又可分爲兩種：一是作者對自然宇宙的觀察了解。一是作者心中有了感應之後的構思活動。而前者即屬於文學的形上概念所著眼的重點。陸機在〈文賦〉中列舉文學的功用時說：

> 伊茲文之爲用，固眾理之所因。

〔註 50〕同註 49，第二章〈形上理論〉，頁 27。
〔註 51〕同註 48，頁 72。

恢萬里而無閡，通億載而爲津。

似乎認爲顯示宇宙眾理是文學的功用。而在描述作文前的預備工作時又說：

佇中區以玄覽，頤情志於典墳。

即說明創作之前，作者必需置身於宇宙中，對宇宙做深遠地觀察，及在古籍之中薰陶人格，儲備寫作的材料與能力。而對宇宙的觀察與瞭解所產生的興發，往往是創作的緣由。在中國宇宙原理是普遍存在於自然萬物中的，莊子的「道在屎溺」正說明這種觀念，因此宇宙可以指自然的物質世界，或人類社會，或超自然的概念。陸機既以爲文學由玄覽中緣起，是「籠天地於形內，挫萬物於筆端」，且爲「眾理之所因」，那麼文學作品自然能如〈文賦〉所言：

俯貽則於來葉，仰觀象乎古人。濟文武於將墜，宣風聲於不泯。塗無遠而不彌，理無微而不綸。配霑潤於雲雨，象變化乎鬼神。被金石而德廣，流管絃而日新。

至此已由形上概念轉變而成實用概念。成了實用論，實用理論「是基於文學是達到政治、社會、道德，或教育目的的手段」〔註52〕這種概念。由於得到儒家的贊許，在中國傳統批評中是最有影響力的，陸機的論調正是典型的儒家觀念。劉若愚以爲陸機提出文學的實用概念，也許是爲了預防儒家道學主義者可能的批評。劉氏大概是因歷來對陸機作品的風格批評和〈文賦〉中許多重視技巧和審美的主張，而有此種猜測。如果知道陸機是「服膺儒術，非禮不動」的人，那麼對他會採取文學的實用概念就不會感到懷疑了！

在中國文學理論發展的過程中，早期如劉勰、蕭統、蕭綱諸人是以形上概念替文學在人類社會中求得一個極重要的地位。到了唐代以及後期的作者通常以形上概念作爲實用概念的宇宙哲學基礎，而爲了實用概念所吸收，代表宇宙原理的「道」也轉變而成道德概念，演成儒家文以載道的文學觀。由形上概念轉移至實用概念，在〈文賦〉中

〔註52〕同註49，第六章〈實用理論〉，頁227。

已見其模型。但是陸機在曹丕倡導文章爲「經國之大業，不朽之盛事」後作〈文賦〉，文學地位雖已提高，但仍賴作者不斷呼籲，（如劉勰和蕭統兄弟）陸機的實用概念也該視爲肯定文學地位的呼聲。

至於在「佇中區以玄覽」之後，陸機以「頤情志於典墳」作爲創作前的預備工作，以陶冶情志和培養文字表達能力，因爲創作的目的是傳達情思，而這種目的必須要透過文字符號才能使情思具象化而完成之，所以必須藉重古籍以達成文字表達能力的訓練。且文學、藝術的創作，乃成立於作者的主觀（心靈或精神）與題材的客觀（事物）互相關涉之上。成功的作品必然能將客觀事物的價値或意味凸顯出來，而客觀事物的價値或意味有高低淺深等無限層級，且能在事物身上常隱而不顯，必有待作者去發現。只有在作者的精神層級夠高，使其擁有卓越的發現能力時，才能凸顯高層級的客觀事物之價値或意味，使作品的藝術價値提高。而作者的精神層級高低，又決定於人格修養。〔註 53〕因此陸機的說法極合乎創作原理，所謂「詠世德之駿烈，誦先人之清芬，遊文章之林府，嘉麗藻之彬彬」（〈文賦〉）便成了必要的修養。但也因此種說法，使得前人的文章在創作活動中，地位更重要。劉若愚認爲「頤情志於典墳」這句話，預示了後來以古代文學取代自然做爲觀照對象的傾向。劉氏的見解不錯，但非陸機的本意。

## 二、表現理論

再從藝術過程中，作家與作品之關係來檢查〈文賦〉，可以發現陸機認爲文學創作不僅是一種表現的行爲，而且是一種創造的行爲。兩種觀念之間並沒有矛盾。〈文賦〉敘述創作前的準備階段有：

遵四時以歎逝，瞻萬物而思紛。

悲落葉於勁秋，喜柔條於芳春。

說明了作者因自然萬象的變化、四時節令的推移而引起悲、喜不同的

〔註 53〕徐復觀〈儒道兩家思想在文學中的人格修養問題〉，收於《中國文學論集續編》，學生書局，頁 3～4。

情思，然後援筆而形諸詩文。由此可知，陸機認爲文學是作者情思的表現，而且是作者以情感反應外界的刺激之表現，因此他提出「詩緣情而綺靡」的主張。劉若愚認爲陸機在「詩緣情」之外，還一再強調「理」——所含的意義包括「理智」、「事物原理」及「條理」。〔註 54〕事實上陸機所謂的「理」在〈文賦〉中和「意」並沒有多大的差別，都是指通過構思所形成的「意」。由於作者構思的角度不同，用心的深度有別，所以有時未能理解事物的全貌，所以陸機說「恒患意不稱物」；即使對於事物的全貌有正確的理解，但是行文構思如何表達得恰如其分，又是另一個問題，因此又患「文不逮意」。〔註 55〕不管「理」或「意」，對陸機而言，其產生必因於「物」，把它看成「事物原理」或「理智」的代表，不如視爲作者受外界刺激而產生的意象、情緒等直覺感受，經過構思之後所產生的「意」來得妥當些。從曹丕《典論．論文》強調「氣」的概念，可看出文學觀念已漸趨向個人，著重個人的才性表現。到了〈文賦〉更強調個人情思的表達，「緣情說」遂成了〈文賦〉正式提倡的文學觀念，也是一種表現理論。

另一方面，陸機又認爲寫作是一種創造行爲。〈文賦〉云：

課虛無以責有，叩寂寞而求音。

意謂文學作品是從「虛無」、「寂寞」中產生的。從無到有，必然寓有「創造」的意義。且就藝術或文學而言，「無」當然不是絕對的「無」，而是表示作品未被創作以前是不曾存在過的。〔註 56〕作品雖未成形，但在作者心中已有想要表達的題材了。只是在沒有經過構思之前，作者心中的意念或感觸，可能呈現紛亂雜遝或模糊的情形，所以陸機認爲必需「罄澄心以凝思」才能夠「眇眾慮而爲言」。〈文賦〉對這一個階段有精微的描寫：

---

〔註 54〕同註 49，第三章〈決定理論與表現理論〉，頁 145。

〔註 55〕郭紹虞〈論陸機文賦中之所謂意〉，收於《照隅室古典文學論集》，丹青圖書有限公司，頁 522。

〔註 56〕同註 51。

> 其始也，皆收視反聽，耽思旁訊，精騖八極，心遊萬仞。其致也，情曈曨而彌鮮，物昭析而互進，傾群言之瀝液，漱六藝之芳潤，浮天淵以安流，濯下泉而潛浸。於是沈辭怫悅，若遊魚銜鉤，而出重淵之深，浮藻聯翩，若翰鳥纓繳，而墜曾雲之峻。收百世之闕文，採千載之遺韻，謝朝華於已披，啓夕秀於未振，觀古今於須臾，撫四海於一瞬。

此即爲文之前的構思，陸機說明作者在實際創作之前，必須將精神集中，讓心靈無拘束的在時空之間浮遊索求，無遠弗屆。然後原來模糊的感觸或紛亂的意念才能逐漸清晰或條理化，構成鮮明的形象。作者再用精當的文字將其具象化，創作才算完成。所以構思活動的前半段是作者反應外界刺激的經驗的反嚼，屬於「物」和「意」之間的關係；後半段則是斟酌如何用文字表達心中的意念，是屬於「意」和「文」間的關係。而「物」、「意」、「文」三者是作文利害之所由，只有使三者之間獲得諧調，才能成功的完成從「無」到「有」的創造過程。可惜「創造」這種觀念，後來沒有獲得進一步的發展。

在陸機之前的文學觀念，認爲文學是表達思想感情的工具。所謂「詩者志之所之」的「言志」論點，呈現的是「爲人生而藝術」的觀念，屬於表現論。陸機〈文賦〉承傳統的觀念主緣情說，也是表現論。但是，在表現的態度和精神上更爲積極，所謂的「課虛無」、「叩寂寞」，是站在作品的立場看創作活動，已經是「爲藝術而藝術」了。

## 三、審美概念與技巧概念

審美概念主要著重於藝術過程中，文學作品和讀者的關係，其理論基礎，即是以爲「文學是美言麗句的文章」這種概念。〔註57〕其實，這種審美概念和技巧概念有密切的關係，因爲審美概念的要求必須賴作者的創作技巧才能達到，而技巧概念則認爲文學是精心的用語文構成文章的技藝，著重於藝術過程中，作者與作品之關係上。往往在作

〔註57〕同註49，第五章〈審美理論〉，頁211。

者具有技巧概念時，作品才會達到審美的要求，也因有審美的要求，才會注重創作的技巧，所以審美概念與技巧概念可以互爲因果。

陸機「詩緣情而綺靡」的說法，除了表現他的「緣情」觀念之外，也呈現審美的觀念——詩應「綺靡」，在〈文賦〉中更可看出他的審美概念，他說：

其爲物也多姿，其爲體也屢遷。
其會意也尚巧，其遣言也貴妍。
暨音聲之迭代，若五色之相宣。

顯示他對文章審美的要求。前兩句就文章的整體外貌而言，他說明文之爲物是多姿態的，其體式也是多變的。所謂的「姿」是指「當施用文字的語言最成功時，則在文字中成爲姿態」，〔註 58〕包涵文章的體式、旨意，乃至於字句上的修辭與聲律等等。茲分三點略爲論說：

1. **在文體〔註 59〕方面**

陸機繼曹丕《典論・論文》的四科後提出十體：

詩緣情而綺靡。賦體物而瀏亮。
碑披文以相質。誄纏綿而悽愴。
銘博約而溫潤。箴頓挫而清壯。
頌優遊以彬蔚。論精微而朗暢。
奏平徹以閑雅。說煒曄而譎狂。(〈文賦〉)

他和曹丕一樣賦予各文體理想的風格，增入審美的要求，雖較曹丕詳細，但接著又說：

雖區分之在茲，亦禁邪而制放。

禁邪制放，從下文「要辭達而理舉」看來，是就立意遣辭而言。但因各人對文學風格的喜好不同，所以「誇目者尚奢，愜心者貴當，言窮

---

〔註 58〕這是陳世驤在〈姿與 Gesture〉一文中引用美國詩人布萊克模（R. P. Blackmur）的話，詳見《陳世驤文存》，志文出版社，頁 75。

〔註 59〕文體有兩種不同的意義：一是文學的風格（Style），一是文學的體類（Literary Kinds），詳見羅根澤《魏晉六朝文學批評史》，第三章。又徐復觀〈文心雕龍的文體論〉亦有說明，見《中國文學論集》，學生書局。本文此處的文體是指文學的體類而言。

者無險，論達者唯曠」。但無論如何必須「窮形而盡相」，「雖離方而遯圓」超出規矩之外亦無妨。可見陸機這一段話重點並不在區分文體，而是點明各體理想的風格，以供作者參考，也可視爲批評的依據。在他所提到的十體中，詩賦是當時的文學主流，從曹丕的「詩賦欲麗」已顯示文學逐漸重視辭藻華美，到了陸機又認爲詩要綺麗，賦要瀏亮，其他文體也在其實用的功能外多了審美的標準，較諸曹丕「書論宜理」、「銘誄尚實」的說法更重視美感，尤其詩緣情而綺靡之說，對六朝的唯美文學更有推波助瀾的功用。

2. 在辭意方面

「辭」和「意」是構成文學的基本要素，立意遣辭的優劣決定文章的成敗。由於陸機的〈文賦〉是從作者的立場來說明爲文利害之所由，因此特別重視「辭」與「意」間的關係。在〈文賦〉中「意」或稱「理」、「義」、「思」，都是指作者的感情思想；「辭」或稱「言」、「文」，是指藉以表達作者感情思想的文字。陸機認爲屬文恆患意不稱物，言不稱意的說法已見前引，他在敘述文章的弊病時又說：「或言順而義妨」、「或辭害而理比」、「或理樸而辭輕」，都是辭與意不相稱的情形。那麼他認爲辭與意的關係究竟該如何呢？他說：

> 要辭達而理舉。

又云：

> 其會意也尚巧，其遣言也貴妍。

又云：

> 理扶質以立幹，文垂條而結繁。

辭和意在〈文賦〉中都是對舉的，若以「理扶質以立幹」兩句來看，意和辭的主從關係，還是以「意」爲主。他在論斟酌字句時說：

> 辭程才以效伎，意司契而爲匠。

可以明顯看出他是主張因「意」而定「辭」的。但是他所謂的「意」，已如前述，是作者的情感思想，其境界的高低，因人而異。他認爲在爲文時只要能巧妙安排即可，並沒有強調立意的奇正問題。至於遣辭造句則是技巧問題，容易明其利害得失，因此陸機有較詳細的說明。再加上「遣言貴妍」、「文垂條而結繁」、「暨音聲之迭代，若五色之相宣」的意見，遂使陸機被認爲是重視華麗的辭藻及音調之美的形式主義者，事實上我們由〈文賦〉所主張的「辭」、「意」關係便可以知道陸機是形式與內容並重的，只是他較正面強調修辭、音律的重要，而這些是魏晉以前較不注重的。

3. 在音律方面

羅根澤《魏晉六朝文學批評史》認爲曹丕的文氣說是聲律說的前趨。但在《典論・論文》中曹丕雖提到氣之「清濁」，且以音樂比喻作者的氣不可力強而致，卻沒有明確的言論。陸機〈文賦〉則在會意尚巧、遣言貴妍的主張之外，尚有「暨音聲之迭代」的看法，已正式講求文章的聲律之美。所以他論文體的「箴頓挫而清壯」、「論精微而朗暢」亦重視音調。論文病時也多以音樂爲喻，如：「譬偏絃之獨張，含清唱而靡應」、「象下管之偏疾，故雖應而不和」……其他形容文章者如「炳若縟繡，悽若繁絃」、「文徽徽以溢目，音泠泠而盈耳」，都是以文章的形文和聲文並提，可見陸機已明顯的意識到音律在文章中佔著重要的地位。但是，他所謂的音律並不是沈約等所倡的四聲，而是語言文字的天然聲律。從沈約《宋書・謝靈運傳論》中所言便可以分曉，沈約云：

> 至於先士茂製，諷高歷賞，……正以音律調韻，取高前式，自靈均以來，多歷年所，雖文體稍精，而此秘未覩。至於高言妙句，言韻天成，皆暗與理合，匪由思至。張、蔡、曹、王，曾無先覺，潘、陸、顏、謝，去之彌遠，世之知音者，有以得之。

陸機在沈約的眼中還不是「知音者」，而前賢的美文只是音韻天成，暗與理合。由此可知陸機所強調的「音聲迭代」還是屬於「天籟」。但是，他首先具文強調文章的音律之美，對後來聲律的講求實有啓發之力。

由前所述，陸機無論在文章的體式、辭意、音律方面，都有說明，後人可以看出他明顯的審美觀念。也由於他有審美的要求，相對的就重視爲文的技巧。他說：

> 普辭條與文律，良余膺之所服。練世情之常尤，識前修之所淑。(〈文賦〉)

「辭條」、「文律」是指爲文的法則。他從前人和時人的作品中發現歸納了爲文的原則與利病，〈文賦〉論爲文的原則云：

> 選義按部，考辭就班，抱景者咸叩，懷響者畢彈。或因枝以振葉，或沿波而討源，或本隱以之顯，或求易而得難，或虎變而獸擾，或龍見而鳥瀾，或妥帖而易施，或岨峿而不安。罄澄心以凝思，眇眾慮而爲言，籠天地於形內，挫萬物於筆端。始躑躅於燥吻，終流離於濡翰，理扶質以立幹，文垂條而結繁，信情貌之不差，故每變而在顏。

說明爲文時的經營方式雖有不同，但主要在於文辭和立意之間的諧調：不僅要符合審美的要求——會意尚巧，遣言貴姸，亦須兼顧聲律——最重要在達到「情貌之不差」、窮形盡相的理想。而這些只要能在爲文時「達變而識次」，便能如開流納泉般源源不絕。所以他接著提出爲文的利病，以備作者參考。在積極方面是從〈文賦〉「或仰逼於先條」至「吾濟夫所偉」，共四小段，其主旨分別是：(1) 注意鎔裁而使辭意雙美。(2) 通過警句來突出主題。(3) 避免雷同而求創新。(4) 保留佳句以避免平庸。在消極方面是從「或託言於短韻」至「固既雅而不豔」，共五小段，舉出應防止的五種弊病：(1) 篇幅短小，不足成文。(2) 美醜混合，文不諧調。(3) 重詞輕情，流於空泛。(4) 迎合時尚，格調不高。(5) 清空疏緩，缺少眞味。〔註60〕從這個角度來看，陸機不但重視爲文的技巧，且認爲文章必需精心用技巧構成，而其目的則在達到審美的要求。因此，審美與技巧的概念在文賦中可說是一體的兩面。

雖然陸機試圖將爲文的利害所由道出，但其中的奧秘仍有無法言

〔註60〕詳見郭紹虞《中國歷代文學論著精選》，華正書局，頁156。

傳的，他說：「若夫隨手之變，良難以辭逮」又說：「是輪扁所不得言，亦非華說之所能精」，徐復觀在〈陸機文賦疏釋〉中說：

> 任何價值體系，追求到最後時，必感到有爲語言所不及的境界。〔註 61〕

實深得陸機之心。以爲文時的「應感通塞」而言，陸機即明言他不知其所由，〈文賦〉云：

> 若夫應感之會，通塞之紀，來不可遏，去不可止。藏若景滅，行猶響起。方天機之駿利，夫何紛而不理。思風發於胸臆，言泉流於脣齒。紛葳蕤以馺遝，唯毫素之所擬。文徽徽以溢目，音泠泠而盈耳。及其六情底滯，志往神留，兀若枯木，豁若涸流，攬營魂以探賾，頓精爽而自求。理翳翳而愈伏，思軋軋其若抽。是以或竭情而多悔，或率意而寡尤。雖茲物之在我，非余力之所勠。故時撫空懷而自惋，吾未識夫開塞之所由也。

近人多以爲陸機這段詩所謂的「應感」，跟現代所謂的靈感（inspiration）差不多相同。〔註 62〕其同異的程度如何，到目前爲止，尚無完全令人滿意的解說。

## 結　尾

陸機的文學觀念大致如前所述。雖然他的觀念並不能像近代西方文學理論一般構成條貫的系統，但是，也沒有明顯的矛盾。我們可以看出他的觀念多與現代的美學理論暗合，而從文獻當中也可以知道他的觀念深受當時重視，並且對當時的文學創作具有相當的影響力。可見陸機的觀念具有相當的普遍性。

其次，在曹丕《典論・論文》倡導文學獨立的觀念之後，陸機更進而促成我國純文學觀念的確立。尤其他的表現概念、審美概念及技

〔註 61〕徐復觀〈陸機文賦疏釋〉，收於《中國文學論集續編》，學生書局，頁 94。

〔註 62〕如張亨、陳世驤、劉若愚等均持此見。

巧概念對六朝文學及批評理論更具影響力。劉勰《文心雕龍》的立論基礎，實啓發於〈文賦〉；魏晉六朝的文學風貌也和陸機的觀念相契。所以，無論在文學史或文學批評史上，〈文賦〉都佔極重要的地位。

# 第二章　陸機詩的內涵

## 前　言

陸機現存的詩，依其詩體可分爲四類：

（一）擬古詩：是模擬古詩十九首的作品，原有十四首，今存十二首。〔註1〕

（二）樂府詩：現存三十八首及殘文一首，可分兩類：一是用古題以抒胸臆之作；一是用以摹體練習，同於擬古的作品，其主要是擬襲起於漢而盛於魏晉的相和歌及三調曲。〔註2〕三十八首中全爲五言的計有二十七首，其他四、六、七及雜言句式的較少。

（三）四言詩：完整的有九首（同題而有二首或二首以上者以一首計），全都是贈答之作，其中〈贈弟士龍〉十首陸機本集不載，收於陸雲文集中。

（四）五言詩：有二十首是完整的，其他十餘首有闕文。包括贈答、公讌和一般抒懷的作品。

---

〔註1〕鍾嶸《詩品》卷上謂古詩：「其體源出於國風。陸機所擬十四首，文溫以麗，驚心動魄，可謂幾乎一字千金。」故知鍾嶸所見陸機擬古詩有十四首，今陸機文集僅存十二首。又陸機樂府詩中〈駕言出北闕行〉的意旨和章法結構，完全與古詩十九首中的〈驅車上東門〉相同，可能是擬古詩十九首之作，而後人誤植詩題。

〔註2〕見廖蔚卿〈論陸機的詩〉，收於《中國古典文學研究叢刊——詩歌之部》，林明德、柯慶明主編，巨流出版社，頁71。

雖然依據詩體可作如上的分類，但四者在本質上卻不是截然分別的。就體裁而言，擬古詩與五言詩的區別僅在於擬古詩大抵襲取所擬原作的內容題材及章法結構，而改換其修辭；五言詩則是緣情而發的創作，內容題材都是作者自身的生活情況和感受。樂府詩亦多五言的體裁，其與五言詩的差別則介於擬古詩和五言詩之間。陸機的樂府詩在當時已不入樂，《文心雕龍・樂府篇》曰：

> 子建士衡，咸有佳篇，並無召伶人，故事謝絲管。俗稱乖調，蓋未思也。

以為雖不乖調，但和曹植的作品同樣不入樂。而且他的樂府詩又僅取舊題的意旨，然後在章法和修辭技巧上加以發揮。因此，和五言詩之間的區別並不很大。就內容題材而言：不論是五言、擬古詩或樂府詩，都不離感物傷時所激發的情思和人生觀：或歎生命的短暫，或傷人生之悲困，或寫行旅之愁苦，或抒離人之怨情，或詠遊仙，或敘喪亡，或稱歸隱，只有五言詩中的贈答和公讌詩是擬古詩和樂府所沒有的。為了敘述方便，分三節來討論，其一：模擬作品，所表現的內容並不完全出於一己之襟懷；其二：悲情世界，是陸詩的主要內容，也是較精彩的部分，因此花比較多的篇幅來討論；其三：酬贈詩及其他，雖也有抒發性情之作，可是並不十分深刻，其詩中有此一類，不得不提出來說明，才能窺見陸詩的全貌。

## 第一節　模擬作品

在陸機現存的詩中，擬古的作品佔相當大的比例，除擬古詩十二首之外，樂府詩中有一部分也是純粹擬古之作。為何擬古的作品在陸機的創作中佔這麼大的比例？是否和他在〈文賦〉中所強調的「創新」觀念相矛盾？這些問題必須針對陸機個人和魏晉時的文學觀念加以探討，始能澄清。本節擬先就陸機個人和魏晉時對模擬的看法加以說明，然後分別討論陸機的擬古詩及擬樂府。

## 一、模擬的觀念

就陸機的文學觀念而言：他強調文貴創新，〈文賦〉云：

> 謝朝華已披，啓夕秀於未振。

又說：

> 雖杼軸於予懷，怵他人之我先。苟傷廉而愆義，亦雖愛而必捐。

很明顯的點出文忌雷同。文章之所以產生雷同的現象，一是由於抄襲剽竊，一是由於巧合，此外，舊經驗的影響也是重要的因素。由抄襲而雷同者，是有意的剽竊，自古以來皆爲人所輕。至於無心所造成的雷同，可以說是巧合，所謂千古同心，作者在創作時難免發生雷同的現象。而有時作者在閱讀前人的作品之際，將前人的創作成果化成自己的經驗，經過一段時間之後，將經驗的來源忘記，在創作時又將來自前人作品的經驗表現於作品之中，以爲是自己的創獲，這種受舊經驗影響的創作也會造成作品雷同。不論造成雷同的原因如何，其結果都相同，在文學創作上均無價值，故爲作者所忌。陸機主張只要是雷同的作品都應捨棄，即使是完全出於自己構思謀篇的文章也不例外。但是他的擬古作品雖不至於和所擬的原作雷同，卻有相當程度的因襲。他明顯的襲取原作的題意，僅改換表現上的修辭。這是否表示他所謂的創新只是在表現技巧的修辭方面而不包括作品的「意」？其實文賦有「其會意也尚巧，其遺言也貴妍」的說法，可見他不僅注重文章的修辭，也法重文意的安排。如果他不主張文意創新，那麼只須強調「其遺言也貴妍」即可。既然他提出會意尚巧，則不可能只靠修辭就可以達到自己所標舉的理想，必需「辭」和「意」配合才能達到。因此，即使是擬古的作品，其辭意均有所本，但在經過作者用心變換組織之後所產生的模擬作品，無論在意或辭方面都具有某種程度的創造性，和由剽竊抄襲而來的作品不同。我們不能因爲陸機有許多擬古的作品，就認爲他的文學觀念和創作實踐互相矛盾。

其次，就魏晉時代對模擬的態度而言：當時的文人大多喜歡模擬前人的作品，不必論現存的所有詩篇，僅《文選》所錄，就已甚多，除陸機擬古詩之外，張載有〈擬四愁詩〉，陶淵明、謝靈運、鮑照等都有擬古之作，江淹尚且有雜體詩三十首，分擬諸家，可見模擬的風氣在當時相當盛行。為什麼當時的文人喜歡模擬前人的作品？其主因蓋有二：一是藉模擬前人的作品以練習寫作技巧，一是當時人的文學觀念和現代不同。〔註 3〕就前者而言：模擬向來被視為學習屬文的主要方法之一，前人所留下的作品是最好的範本，在後人學習屬文時，便以之為取法的現象。陸機〈文賦〉主張在創作前必需有「頤情志於典墳」、「游文章之林府，嘉麗藻之彬彬」的預備工夫，以便「傾群言之瀝液，漱六藝之芳潤」。在吸收前人的菁華之後創作，便能「或襲故而彌新，或沿濁而更清」。所以前人的作品往往是創作的源泉之一，模擬的方式自然成為練習屬文的途徑。在漢代，擬作的風氣便逐漸興起，如《楚辭》中所收的漢人作品，即可視為模擬習作的成果。楊雄模擬前人的作品更不在少數。《漢書・楊雄傳》云：

> 蜀有司馬相如作賦甚弘麗，雄心壯之，每作賦常擬之以為式。

這種「擬以為式」便是文人學習屬文的方法。再由當時人的文學觀念而言：魏晉時對「擬」和「作」的文學作品分別並不嚴明，因此擬作和原作同樣被當成文學創作看待。如枚乘有七發，本來只是一篇賦，但因後來模仿的人多，《文選》遂別立「七」體來收錄這些作品。可見當時不僅模擬的風氣盛，而且擬作者似乎有意在同樣的題材或體式中與前人一較長短，以逞文才，甚至和原作等同。因此，陸機有那麼多的模擬作品實不足為怪，亦不必因其為模擬之作而否定其文學價值。

## 二、擬古詩

為了對陸機的模擬作品有更具體而深入的瞭解，於此分別將他的擬古詩十九首及擬樂府的作品和原作加以比較，以明其模擬的情形。

〔註 3〕見王瑤《中古文人生活》，收於《中古文學史論》，長安出版社，頁 110。

陸機的擬古詩十二首，是模擬古詩十九首的作品。其標題分別是：〈擬行行重行行〉、〈擬今日良宴會〉、〈擬迢迢牽牛星〉、〈擬涉江采芙蓉〉、〈擬青青陵上柏〉、〈擬東城一何高〉（按：即擬「十九首」的〈東城高且長〉）、〈擬西北有高樓〉…、〈擬庭中有奇樹〉、〈擬明月皎月光〉。爲了便於瞭解其模擬的程度，茲將原作與擬作列表說明：

| 篇　名 | 主要內容 | | 備　註 |
|---|---|---|---|
| | 原　作 | 擬　作 | |
| 1. 行行重行行 | 1. 婦人思久客不歸之遊子。 | 1. 同原作 | |
| 2. 今日良宴會 | 2. 人生短暫，應及時求富貴，勿拘守於貧賤。 | 2. 同原作 | |
| 3. 迢迢牽牛星 | 3. 借天上牛、女雙星，寫人間別離之感。 | 3. 同原作 | |
| 4. 涉江采芙蓉 | 4. 遊子思故鄉之妻子。 | 4. 同原作 | |
| 5. 青青河畔草 | 5. 婦人思久遊不歸之蕩子。 | 5. 婦人思久遊不歸之良人 | |
| 6. 明月何皎皎 | 6. 久客思歸。 | 6. 遊宦無成而思歸。 | |
| 7. 蘭若生春陽 | 7. 以香草歷冬而不凋喻其對美人的思慕不衰。 | 7. 同原作，然較含蓄。 | 7. 陸氏擬作題爲〈蘭若生朝陽〉，此首《文選》不載，玉臺新詠題爲枚乘雜詩。 |
| 8. 青青陵上柏 | 8. 人生短暫，當宴樂娛心。 | 8. 同原作 | |
| 9. 東城高且長 | 9. 由時節變易和遊冶宴樂表達無聊的心情。 | 9. 同原作 | 9. 陸氏擬作題爲〈東城一何高〉。 |
| 10. 西北有高樓 | 10. 聽曲感心，思與彈曲者相知比翼。 | 10. 同原作 | |
| 11. 庭中有奇樹 | 11. 折芳寄遠。 | 11. 同原作 | |
| 12. 明月皎月光 | 12. 由時節變易、遊宦無成，感嘆爲好友所棄。 | 12. 同原作 | |

古詩十九首的內容，不是遊子之歌，便是思婦之詞。雖爲兩種不

同的題材，實質上卻是一個問題的兩面。〔註 4〕作者藉此抒寫人生的感慨。人生的短暫，時序的推移，對於不得志的人而言，特別容易引起慨嘆。例如：

人生天地間，忽如遠行客。(〈青青陵上柏〉)

人生寄一世，奄忽若飆塵。(〈今日良宴會〉)

白露霑野草，時節忽復易。(〈明月皎月光〉)

都是慨嘆人生短暫。本來生命短促，時序推移皆為自然現象，若能生而無憾，何嘆之有？但是「十九首」的作者不能無憾，遂多感慨。於是在詩中或表現出為樂及時的心態，或有擺脫現狀之意，或有欲歸故里而不得之思……都是因對於現實世界失望而引起的苦悶。雖然情境稍有差異，但作者所表現的純真、質樸、自然的情感，卻是千古以來人類同有之情，是以人人讀之，皆於心有戚戚焉。

陸機的擬古詩，內容皆與原作相同，實無特別之處，唯〈擬青青河畔草〉一首略有變易，詩云：

靡靡江蘺草，熠燿生河側。皎皎彼姝女，阿那當軒織。
粲粲妖容姿，灼灼美顏色。良人遊不歸，偏棲獨隻翼。
空房來悲風，中夜起歎息。

是描寫婦人思念遊子的情形。原作最後四句是「昔為倡家女，今為蕩子婦。蕩子良不歸，空牀難獨守。」詩意過於直率，恐非「伏膺儒術，非禮不動」的陸機所能接受，故擬作以含蓄的手法出之。至於其他擬作，詩意皆同於原作。而擬古詩的章法結構，亦與原作相合。其用字、修辭等技巧，容於下章討論。大致說來，一般對古詩十九首的評價，皆貴其質樸自然。若以此來衡量陸氏擬作，則可謂盡失古意，因為陸詩特別重視修辭，其語言與原作迴異，呈現綺麗的風貌。若就模擬的觀點來看，則陸氏擬作，可以說是相當成功的作品。劉知幾《史通・模擬篇》云：「貌異而心同者，模擬之上也；貌同而心異者，模擬之下也。」陸機的擬作，正是貌異而心同——緣「十九首」之情而創新

〔註 4〕詳見馬茂元《古詩十九首探索・前言》，復文書局，頁 26。

修辭。復加以魏晉時模擬之風盛行，且尚麗藻，故陸機的擬作能在當時獲得肯定。〔註5〕而李重華《貞一齋詩說》卻謂「陸士衡擬古詩名重當時，余每病其呆板。」，王夫之《古詩評選》也說：「平原擬古，步趨若一。」這是因爲觀點不同而發的言論，亦無可厚非。

## 三、擬樂府

陸機的樂府詩，其內容與古題不同者，是屬於借古題抒懷之作，留於本章第二、三節討論。此處僅就其模擬的情形，亦列表說明。

| 篇名 | 主要內容 | | 備註 |
|---|---|---|---|
| | 原作 | 擬作 | |
| 1. 長歌行 | 1. 榮華難久，當努力爲樂，無至老大乃傷悲。 | 1. 人運短促，當承閑長歌。 | |
| 2. 泰山吟 | 2. 人死精魄歸於泰山。 | 2. 泰山集人死後之鬼靈。 | |
| 3. 短歌行 | 3. 人生短暫，當及時爲樂。 | 3. 同原作。 | |
| 4. 燕歌行 | 4. 時序遷移而行役之人不歸，佳人怨曠無所訴。 | 4. 同原作。 | |
| 5. 苦寒行 | 5. 言行役於冰雪溪谷之苦。 | 5. 同原作。 | |
| 6. 塘上行 | 6. 歎以讒訴見棄，猶幸得新好不遺故惡。 | 6. 由時節不處，人理無常，感發長得寵幸之願。 | |
| 7. 日出東南隅行 | 7. 羅敷婉拒使君求愛。 | 7. 詠佳麗之美貌與歌舞儀態。 | 7. 以上樂府相和樂。 |
| 8. 飲馬長城窟行 | 8. 傷良人流蕩不歸。 | 8. 征人久於軍旅，猶以功名自勉。 | |
| 9. 豫章行 | 9. 本詞不全。 | 9. 傷別離，言壽景馳，容華不久，當保嘉福。 | 9. 自此以下原作失其本詞。此首陸氏之作與謝靈運所作意同。 |

〔註5〕鍾嶸《詩品》曰：「景陽苦雨、靈運鄴中、士衡擬古……斯皆五吾之警策也。所謂篇章之珠澤，文采之鄧林。」

| | | | |
|---|---|---|---|
| 10. 門有車馬客行 | 10. 本詞亡。 | 10. 問訊其客，乃駕自故里。備敘市朝遷謝，親戚凋喪之意。 | 10. 曹植等所作並同此意。 |
| 11. 猛虎行 | 11. 本詞不全。 | 11. 遠役猶耿介，不以艱險改節。 | |
| 12. 齊謳行 | 12. 齊人以歌其地。 | 12. 述齊地之美。 | |
| 13. 吳趨行 | 13. 吳人以歌其地。 | 13. 述吳地之美。 | |
| 14. 君子行 | 14. 言君子瓜田不納履，李下不正冠，以遠嫌疑。 | 14. 君子當防於未然，以去疾苦。 | |
| 15. 從軍行 | 15. 述軍旅辛苦。 | 15. 同原作。 | |
| 16. 悲哉行 | 16. 本詞亡。 | 16. 感時傷別。 | 16. 謝意連所作亦同此意。以上樂府雜曲歌詞。 |
| 17. 婕妤怨 | 17. 爲漢成帝班婕妤。 | 17. 婕妤辭寵，以團扇託秋苦之意。 | |
| 18. 百年歌 | 18. 歷述幼小丁壯耆耄之狀。 | 18. 同原作之意。 | |
| 19. 鞠歌行 | 19. 本詞亡。 | 19. 歎知音難遇。 | 19. 謝靈運、謝惠連所作，意並相近。相和歌。 |
| 20. 順東西門行 | 20. 本詞亡。 | 20. 韶光飛逝，當及時爲樂。 | 20. 相和歌。謝靈運所擬之作，皆與此略同。 |
| 21. 挽歌 | 21. 挽送之詞。 | 21. 挽送之詞。 | |

由表中可以看出，陸機的擬作大抵皆不失舊題之意。從中又可以分爲三種情形：一是和擬古詩十九首的手法相近，如〈燕歌行〉是模擬曹丕〈燕歌行〉的作品，詩云：

> 四時代序逝不追，寒風習習落葉飛。蟋蟀在堂露盈墀，念君客遊恒苦悲。
>
> 君何緬然久不歸，賤妾悠悠心無違。白日既沒明燈輝，夜禽赴林匹鳴棲。
>
> 雙鳩關關夜河湄，憂來感物涕不晞。非君之念思爲思，離別何早會何遲。

其內容皆同於原作,章法結構亦相近似。像此類純粹模擬的作品如〈苦寒行〉、〈短歌行〉等,都可以明顯的看出模擬的痕跡。另一種情形是借古題詠古事,如〈倢伃怨〉是詠漢成帝時的班倢伃之作,陸機僅取其故事,而以一己之意舖敘成篇。其他如〈吳趨行〉、〈齊謳行〉也是借古題意而自由發揮的作品。再有一類是部分內容與原作相同,其餘則自出新意,如〈塘上行〉、〈飲馬長城窟行〉、〈日出東南隅行〉都與原作稍異。由此,可以看出陸機的擬樂府並不完全是亦步亦趨的模擬之作,其中亦略具新意。

擬樂府大部分是沿襲古題意,內容較多面化:屬於說理的,如〈君子行〉、〈猛虎行〉,這類作品多言處世避難,安身立命之道,含有濃厚的儒家思想。屬於詠事物的,如〈倢伃怨〉、〈吳趨行〉,多屬客觀的描寫。也有描寫士卒行役之苦的,如〈苦寒行〉、〈從軍行〉、〈飲馬長城窟行〉,其中〈飲馬長城窟行〉不完全是擬作,從詩中亦可看出他的抱怨。詩云:

> 驅馬陟陰山,山陰馬不前,往問陰山候,勁虜在燕然。
> 戎車無停軌,旌旆屢徂遷。仰憑積雪巖,俯涉堅冰川。
> 冬來秋未反,去家邈以緜。獫狁亮未夷,征人豈徒旋。
> 末德爭先鳴,凶器(按:一作德)無兩全。師克薄行賞,軍沒微軀捐。
> 將遵甘陳跡,收攻單于旃。振旅勞歸士,受爵槀(按:一作藁)街傳。(〈飲馬長城窟〉)

末四句是自勉之辭,異於舊題意。全詩頗爲清俊,絕少累詞。以上所舉各類型的作品,約佔擬樂府的一半,另外大半的擬樂府都是抒情類型的作品,有傷客遊的,如〈悲哉行〉;有傷別離的,如〈豫章行〉;有感時節變易,悟當及時爲樂的,如〈長歌行〉、〈短歌行〉、〈順東西門行〉。其情感類型在他抒懷的作品中都可以找到,是以雖爲擬作,亦可視爲抒懷,此處不擬詳論。又如〈挽歌〉、〈百年歌〉,雖皆與舊題同意,然實與其經歷有密切關係,亦併入本章第二、三節討論。

綜觀陸機的模擬作品，除了擬樂府中有極少部分與原作旨意相異外，大致上都合於原作；其擬古詩在內容、章法上更是亦步亦趨。因此，在內涵上無特別可討論的地方。我們只能從魏晉時模擬風氣的盛行去瞭解這類作品存在的價值，其次是從擬作的修辭上探討作品文字的差異，以明時代的風尚，這一點留待下一章討論。

## 第二節　悲情世界

從〈文賦〉中我們知道陸機對詩的要求是「緣情而綺靡」。他的作品弘麗妍贍已是世人所公認，本文將在下一章針對這個問題詳細的分析探討，此處專就他的作品作呈現的情感思想加以討論。他所謂「緣情」的「情」，已非魏晉以前所指的天下國家之志，如政教、禮義等，而是專指作者個人的情感思想。在他的作品中，除了一些純粹擬古的作品之意旨是承自前人外，大抵也是他個人情思的表現。部分的公讌及贈答詩或因應需要而有歌功頌德的現象，其他的作品普遍呈現感物傷時的悲情，偶有稍爲豁達的襟懷和用世之心，但實不足以和他的悲情相比。他以一個出身世族的子弟經歷亡國、退隱、遊宦的生活，遍嚐生離死別的滋味，所觸所感，表現於作品中，自有許多悲苦之情。其悲苦之情呈現於作品中者，約有五端：一、悲家國之顛覆。二、傷身世之飄泊。三、感舊鄉之壅隔。四、憫時序之推移。五、哀天人之永隔。謹分別敘述於後。

### 一、悲家國之顛覆

吳國的滅亡，給和吳國興衰有密切關係的陸氏家族帶了空前的打擊。二十歲的陸機在父親陸抗過世之後，不僅要面對亡國的事實，也要承受三位兄長陸晏、陸景、陸玄相繼亡故的悲痛。本來極其榮耀的陸家，這時已陷入愁雲慘霧之中，撫今思昔，自然哀傷。陸機原來頗以吳國和陸氏家族爲榮，他在吳國末亡之前曾有〈吳趨行〉一首樂府詩以歌頌吳國：

山澤多藏育，土風清且嘉。泰伯導仁風，仲雍揚其波。
穆穆延陵子，灼灼光諸華。王迹隤陽九，帝功興四遐。
大皇自富春，矯首頓世羅。邦彥應運興，粲若泰林葩。
屬城咸有士，吳邑最爲多。八族未足侈，四姓實名家。
文德熙淳懿，武功侔山河。禮讓何濟濟，流化自滂沱。

詩中歷述吳自周朝泰伯開國以來，賢明之才輩出，至孫權而矯手整頓天綱，締造了吳國最風光的時期，同時也是陸氏家族最榮耀的時候。當時吳國人才濟濟，爲國效力，陸機在〈辨亡論〉裡描述當時的盛況云：

於是張昭爲師父，周瑜、陸公、魯肅、呂蒙之儔入爲腹心，出作股肱。甘寧、凌統、程普、賀齊、朱桓、朱然之徒奮其威。韓當、潘璋、黃蓋、蔣欽、周泰之屬宣其力。風雅則諸葛瑾、張承、步騭以名聲光國。政事則顧雍、潘濬、呂範、呂岱以器幹任職。奇偉則虞翻、陸績、張溫、張惇以諷議舉正。……謀無遺諝，舉不失策，故遂割據山川，跨制荊吳，而與天下爭衡矣。

陸氏不僅與當時的朱、張、顧合爲四姓。且與八族陳、桓、呂、竇、公孫、司馬、綦、傅，並爲世族名家；何況陸氏對國家的貢獻頗多，陸機必然極以國族爲榮。他在〈吳丞相江陵侯陸公誄〉、〈吳大司馬陸公誄〉及〈辨亡論〉中屢稱頌其父祖之功，在〈贈弟士龍〉十首詩中也追述其先祖之功云：

於穆予宗，課精東嶽。誕育祖考，造我南國。
南國克靖，實繇洪績。惟帝念功，載繁其錫。
其錫惟何，玄冕袞衣。金石假樂，旄鉞授威。
匪威是信，稱丕（按：丕或作平。）遠德。奕世台衡，扶帝紫極。

謂其先祖列宗不僅以威耀人，其德亦甚可稱道，故能「奕世台衡」，輔佐帝王。「奕世」是「累世」之意；「台衡」是指三台阿衡，即三公宰相之位，此處係指其父祖並位在三公之列，於吳國多所貢獻。

吳國在孫權死後開始走下坡，至孫皓當政時已政綱日弛，孫皓又荒淫暴虐，終於導致亡國的命運。陸機在陸抗亡故之後領父兵爲牙門將，和其兄弟共同抵抗晉軍的侵略，雖是一名小將，也親身經歷了亡國的傷痛。他的兄長陸晏、陸景皆爲晉軍所殺，他自己也曾被晉軍所擄，後來雖被釋回，但其胸中的愧辱和傷痛實無以復加，贈弟詩云：

> 有命自天，崇替靡常。王師乘運，席卷江湘（按：一作席江卷湘）。
>
> 雖備官（按：備官或闕文，今據康榮吉《陸機及其詩》所考補。）守，守從武臣。
>
> 守局下列，譬彼飛塵。
>
> 洪波電擊，與眾同泯。顛跋西夏，收跡舊京。
>
> 俯慙堂構，仰懵先靈。孰云忍媿，寄我之情。（〈贈弟士龍〉十首之四）

國家顛覆，面對此種情境，更對自己上不能繼承祖先的遺志，匡扶家國，倍感慚愧。而最令陸機有切膚之痛的，還是陸家悲慘的遭遇，贈弟詩云：

> 昔我斯逝，兄弟孔仁（按：仁一作備）。今我來思，或彫或疚。
>
> 昔我斯逝，族有餘榮。今我來思，堂有哀聲。
>
> 我行其道，鞠爲茂章。我履其房，物在（按：在一作存）人亡。
>
> 拊膺涕泣，血淚彷徨。（〈贈弟士龍〉十首之九）

透過今昔的對比，更顯出陸家的悲悽零落：昔日兄弟並存，家族充滿無比的榮耀。而今兄弟凋零殆半，堂室中的哀聲更令人感傷。昔日的行道，如今已長滿茂盛的雜草，昔日兄弟相聚的房舍，如今物存人亡，怎不教人血淚交織！陸雲也和陸機一樣，承受著家國顛覆之痛，兄弟二人在彼此的贈答詩中吐露胸中的哀音，陸雲答詩云：

> 昔我先公，邦國攸興。今我家道，綿綿莫承。
>
> 昔我昆弟，如鸞如龍。今我友生，凋俊墜雄。
>
> 家哲永徂，世業長終。華堂傾構，廣宅頹墉。
>
> 家門降衡，修庭澍蓬。感物悲懷，愴矣其傷。

其悲愴絕望之情亦不遜於陸機。二陸兄弟於吳國亡後，遂相偕歸隱舊里，以平復家國顛覆的傷痛。

這種家國顛覆之痛，在陸機仕晉之後就不再出現於詩中，只有從他懷歸的詩作才能窺知對其吳地的懷念，但已轉換成遊子思鄉的情懷。此外，仕晉後的作品中也找不到陸機歌頌祖先榮耀的詩，大概既仕於晉，不能不有所顧慮。

## 二、傷身世之飄泊

陸機在吳國亡後歸隱舊里，閉門勤學，直到晉武帝太康末年才入洛仕晉。自此之後，作品中遂有羈旅之思。這類飄泊的悲情先見於〈赴洛〉二首，詩云：

希世無高符，營道無烈心。靖端肅有命，假檝越江潭。
親友贈予邁，揮淚廣川陰。撫膺解攜手，永歎結遺音。
無迹有所匿，寂寞聲必沈。肆目眇不及，緬然若雙潛。
南望泣玄渚，北邁涉長林。谷風拂脩薄，油雲翳高岑。
亹亹孤獸騁，嚶嚶思鳥鳴。感物戀堂室，離思一何深。
佇立慨我歎，寤寐涕盈衿。惜無懷歸志，辛苦誰爲心。(其一)

一開始即點明他結束歸隱生活而入洛遊宦的原因，謂其見用於世既無高位，而營治道術又乏猛烈之心，遂應君王之召命而渡江入洛。陸機在入洛前聲名已揚於洛下文壇，潘岳〈為賈謐作贈送陸詩〉謂陸機「婉婉長離，凌江而翔。長離云誰，咨爾陸生。鶴鳴九章，猶載厥聲。況乃海隅，播名上京。爰應旌召，撫翼宰庭。」晉武帝太康九年（288）下詔內外群官舉清能、拔寒素。陸機在勤學十年之後，當有一展才華的抱負，遂毅然赴洛。

既要到異鄉求發展，就難免要忍受鄉愁的煎熬和飄零之苦。和親友揮淚道別之後，往日朝夕相伴的聲影如今視之無跡，聽之寂寞，遙遠得好像雙雙都潛匿了。是以雖在北行之際，仍難免回首南望，遙對玄遠的水際垂淚。沿途所見，更令人感物興懷，亹亹行走的孤獸就好像離鄉背井的自己，嚶嚶的鳥鳴彷彿是親友的喚呼，甚至山上的雲、風，都能感懷，平添鄉愁，即使在寤寐之際亦難免涕淚盈襟。但是，鄉愁的煎熬雖然劇烈，陸機卻沒有懷歸之志，其心中的苦楚，又有誰能體會？

另有〈赴洛道中作〉二首也是描寫離鄉客遊的悲苦，其一云：

總轡登長路，嗚咽辭密親。借問子何之，世網嬰我身。
永嘆遵北渚，遺思結南津。行行遂已遠，野途曠無人。
山澤紛紆餘，林薄杳阡眠。虎嘯深谷底，雞鳴高樹巔。
哀風中夜流，孤獸更我前。悲情觸物感，沈思鬱纏綿。
佇立望故鄉，顧影悽自憐。

其二：

遠遊越山川，山川脩且廣。振策陟崇丘，按轡遵平莽。
夕息抱影寐，朝徂銜思往。頓轡倚嵩巖，側聽悲風響。
清露墜素輝，明月一何朗。撫枕不能寐，振衣獨長想。

兩首詩所表現的情壞，都是在旅途中觸景而生的愁思。但是無論在清夜顧影自憐或振衣長想，陸機此時雖思故鄉卻和〈赴洛〉詩一樣無懷歸之心。從這些詩中我們可以看出陸機入洛是有所抱負的，只是此去身仕敵國，方寸之中難免百感交集，是以「撫枕不能寐，振衣獨長想」。而在纏綿的沈思之中，除了不盡的鄉愁之外，似乎還有難以言宣的襟懷。

陸機入洛後受張華賞識，並蒙張華推薦於諸政要，遂於晉惠帝永熙元年（290）受太傅楊駿辟爲祭酒。次年楊駿被誅，陸機則被徵爲太子洗馬（291），而後歷任吳王郎中令、尚書殿中郎（296）、著作郎（298），其後便在趙王倫、吳王穎手下爲官。仕宦之途尚屬平順，但是羈旅他鄉日久，更增飄泊的情感。他在赴太子洗馬任時有〈贈弟士龍〉一首〔註6〕云：

行矣怨路長，惄焉傷別促。指途悲有餘，臨觴歡不足。
我若西流水，子爲東峙岳。慷慨逝言感，徘徊居情育。
安得攜手俱，契濶成騑服。

兄弟相携入洛，在楊駿幕下爲祭酒未滿一年，陸機被徵爲太子洗馬，

〔註6〕姜亮夫《陸機年譜》謂此作於惠帝元康元年（291），即陸機赴太子洗馬時告別陸雲時所作。商務印書館，頁55。

故云「愍焉傷別促」，而獨自飄泊的陸機就像西流水般不止息，陸雲又好比不移的東岳，不能兩相聚會，是以行者慷慨不平，居者徘徊興戀。不僅飄泊之苦難堪，思鄉之情也日益難耐，本無懷歸志的陸機在爲太子洗馬之後，思歸的心情便油然而生。蓋身處異鄉，而當時的政權已落入賈氏手中，政局開始動蕩，遊宦之人便難免歸意萌生。〈赴洛〉二首之二〔註7〕云：

羈旅遠遊宦，託身承華側。撫劍遵銅輦，振纓盡祇肅。
歲月一何易，寒暑忽已革。載離多悲心，感物情悽惻。
慷慨遺安愈（按：據康榮吉〈陸機及其詩〉校訂「愈」當作「悆」，乃「寧」之意。）永嘆廢寢食。思樂樂難誘，曰歸歸未克。
憂苦欲何有，纏綿胸與臆。仰瞻凌霄鳥，羨爾歸飛翼。

〈於承明作與士龍〉一詩又云：

牽世嬰時網，駕言遠徂征。飲餞豈異族，親戚弟與兄。
婉孌居人思，紆鬱游子情。明發遺安寐，寤言涕交纓。
分途長林側，揮袂萬始亭。佇盼（按：盼當作「眄」）要遐景，傾耳玩餘聲。
南歸憩永安，北邁頓承明。永安有昨軌，承明子棄予。
俯仰悲林薄，慷慨含辛楚。懷往歡端絕，悼來憂成緒。
感別慘舒翮，思歸樂遵渚。

前一首是陸機於太子洗馬任內的心情，說明他雖盡職守於太子宮中，但眼見時來歲往，難免感物傷情，欲行樂而樂難至，欲歸故鄉又不克成行，憂苦之間，只能翹首羨慕南翔的飛鳥。後一首的寫作時間不能確知，但由詩意可以看出是入洛後的贈別之作，詩中依舊流露著爲世所牽的無奈。他再次與陸雲分別，前往承明，陸雲則在送行之後回永安。〔註8〕在永安猶有彼此共度晨昏的遺跡可尋，而承明則孑然獨往，

〔註7〕逯欽立輯《先秦漢魏晉南北朝》詩題作〈東宮作詩〉。審詩中有「託身承華側」之語，又《文選》李善注引陸機《洛陽記》謂太子宮有承華門，則此詩當作於赴太子洗馬任時，非在入洛時。

〔註8〕《文選》五臣注張銑曰：永安、承明皆亭也。

人殊路絕，好像被遺棄一般。感別之情，慘於舒翮之飛鵠；思歸之志，樂於遵渚之征鴻。層層的別意離情，使陸機更難負荷飄泊的悲苦，屢屢有思歸之志，即使在入洛近十年之後，依舊懷念江南的水鄉。其〈答張士然詩〉云：

余固水鄉士，總轡臨清淵。戚戚多遠念，行行遂成篇。

每次他總是感物興哀，導致難以平復的愁緒。要不是他常存著客遊的悲心，他的哀情當不至於這般濃郁，〈豪士賦序〉中的一段話，實爲其悲情的註腳。

落葉俟微風以隕，而風之力蓋寡；孟嘗遭雍門周以泣，而琴感之以末。何者？欲隕之葉，無所假烈風；將墜之泣，不足繁哀響也。

因此，不論臨水登山，聞風睹月，都足以觸感生情。樂府詩〈悲哉行〉正是藉古題以抒其客遊的悲懷之作，詩云：

遊客芳春林，春芳傷客心。和風飛清響，鮮雲垂薄陰。
蕙草饒淑氣，時鳥好多音。翩翩鳴鳩羽，喈喈倉庚吟。
幽蘭盈通谷，長秀被高岑。女蘿亦有託，蔓葛亦有尋。
傷哉遊客士，憂思一何深。目感隨氣草，耳悲詠時禽。
寤寐多遠念，緬然若飛沈。願託歸風響，寄言遺所欽。

前半部描寫芳春的佳景，和風鮮雲，幽蘭蕙草，鳴鳩倉庚，將春天點綴得五彩繽紛，生意盎然。但是美好的春景卻惹起客遊之人的傷感，眼見女蘿、蔓葛皆有所依託，而自己淹留他鄉，無可依恃，不禁引發滿懷的憂思。所謂「目感隨氣草，耳悲詠時禽」正是其悲情產生的誘因。草色隨節氣而易，禽聲亦應時月而變，是故目望之而感懷，耳聞之而悲生，〈懷土賦序〉云：「余去家漸久，懷土彌篤，方思之殷，何物不感，曲街委巷，罔不興詠，水泉草木，咸足悲焉。」是以有許多悲感的作品。

## 三、感舊鄉之壅隔

陸機飄泊游宦的悲苦，常使他興起南歸的念頭。但是，據現有的文獻來看，他自入洛之後，似乎只返吳兩次。一次是在吳王郎中令任內，另一次則在他四十歲的時候，實不足以慰其思鄉之心，因此，在他的作品中有一股沈鬱的鄉愁。晉惠帝元康六年（298）陸機本欲歸吳，因兵革未息，不能如願，乃憤而作思歸賦。（〈思歸賦序〉）其他如〈思親賦〉、〈懷土賦〉等都充滿他對家園的懷念。在他的詩中除了飄泊的悲情之外，也有歸途艱難的感嘆。其〈贈從兄車騎〉詩云：

孤獸思故藪，離鳥悲舊林。翩翩游宦子，辛苦難爲心。
彷彿谷水陽，婉變崑山陰。營魄懷茲土，精爽若飛沈。
寤寐靡安預，願言思所欽。感彼歸塗艱，使我怨慕深。
安得忘歸（按：歸一作「憂」）草，言樹背與襟。斯言豈虛作，思鳥有悲音。

這是陸機贈給陸曄（字士光）的作品。開頭兩句已表明全詩的意旨，他用孤獸對故藪的思慕、離群之鳥對舊林的眷戀，來比喻遊宦之人對故鄉的情懷。而令他魂魂縈繞，日夜不能安寧的，就是故鄉的山水。他的老家在吳郡的華亭，谷水和崑山都在華亭境內，〔註 9〕他和陸雲曾在那兒度過十年的歸隱生活。華亭有清泉茂林，悠閒的白額棲息其間，《初學記》卷三十引《詩義疏》曰：

（鶴）常夜半鳴，其鳴高朗，聞八九里，唯老者乃聲下。今吳人園中及士大夫家皆養之，雞鳴時亦鳴。繁露曰：鶴知夜半。

在夜半，破曉之際，時而傳來高亢的鶴唳，更顯得山幽水靜，難怪陸機對華亭的鶴唳懷念不已。《世說新語‧尤悔篇》注引語林曰：「機爲河北都督，聞警角之聲，謂孫丞曰：『聞此不如華亭鶴唳。』」在他兵敗爲奸人所讒被誅，也有「欲聞華亭鶴唳，可復得乎」之歎。可見故鄉的風土人情之美，無時無刻不在陸機的心中徘徊，但是他卻「感彼歸塗艱，使我怨慕深」。在難以消弭心中的鄉愁時，他只好希望自己能夠忘歸。其內心熱切的思歸念頭無法實現，只好將滿懷的鄉愁宣於詩中。

元康八年（300），荊、豫、揚、徐、冀等五州大水爲患，陸機身

〔註 9〕詳見康榮吉《陸機及其詩》，政大碩士論文。

在北地，更加掛念江南水鄉的安危，他在給和他一起入洛仕晉的顧榮詩中云：

朝遊遊增城，夕息旋直廬。迅雷中宵激，驚電光夜舒。
玄雲拖朱閣，振風薄綺疏。豐注溢脩霤，黃潦浸階除。
庭院結不解，通衢化爲渠。沈稼湮梁潁，流民泝荊除。
眷言懷桑梓，無乃將爲魚。(〈贈尚書郎顧彥先〉二首之二)

整首詩都是在描述霪雨爲患的情景，結尾兩句「眷言懷桑梓，無乃將爲魚」卻讓所有的描寫頃刻間變成陸機舊里的情況，也讓人感到他殷切的憂慮。眼見通衢皆水，農稼皆被淹沒，人民在水中泅行，使他無法不擔心故鄉；想起故鄉必然也浸泡在大水之中，鄉人豈不也像水中的魚一般。他沒有說出心中的憂慮，而詩文至此戛然而止，更透露了「夫復何言」的無奈。

## 四、憫時序之推移

自建安以降，世局紛亂，歷久難以統一，加以天災頻仍，致使社會民生無法安寧。於是人生無常，生命短暫，及時爲樂的思想普遍存在於當時的文學作品之中。如古詩十九首就充滿人生苦短的感嘆：「人生天地間，忽如遠行客」(〈青青陵上柏〉)、「人生寄一世，奄忽若飆塵」(〈今日良宴會〉)、「人生忽如寄，壽無金石固」(〈驅車上東門〉) 等之類，都是嗟嘆人生苦短。曹操的〈短歌行〉也有「對酒當歌，人生幾何，譬如朝露，去日苦多」之語。這種共同的憂生之情亦存在陸機的作品中，〈歎逝賦〉云：「伊天地之運流，紛升降而相襲。日望空以駿驅，節循虛而警立。嗟人生之短期，孰長年之能執。時飄忽其不再，老晼晚其將及。」正是他對時序推移，人生苦短的感慨。他的詩更明顯的呈現這種感傷，尤其樂府詩大半是這類型的作品。而他在表達此種時代的傷感時，或只道韶光易逝，或加上人生短暫的感嘆，或言爲樂當及時，再由描寫自然景物的變化來說明時序的推移，進而寄寓自己的情感。

他純粹感嘆韶光易逝的，如：

△　零露彌天墜，蕙葉憑林衰。寒暑相因襲，時逝匆如頹。(〈擬東城一何高〉)

△　虞淵引絕景，四節逝若飛。(〈擬庭中有奇樹〉)

△　歲月一何易，寒暑忽已革。(〈赴洛〉二首之二)

△　涼風繞曲房，寒蟬鳴高柳。踟躕感節物，我行永已久。(〈擬明白何皎皎〉)

滿天的墜露，林中的綠葉衰黃、黃昏的落日、涼風寒蟬等等，都可以令人感到時序的推移。陸機從自然景物的變化當中感到歲月易逝，但是前引的詩只是感嘆時序變遷之速，並不因此而感到悲哀。眞正可以看出他因時光流逝而產生悲情的詩，如：

△　鼻感改朔氣，心傷變節榮。(〈悲哉行〉)

△　寒往暑來相尋，零雪霏霏集宇，悲風徘徊入襟，歲華冉冉方除，我思纏綿未紓，感時悼逝悽如。(〈上留田行〉)

△　四節逝不處，繁華難久鮮。淑氣與時隕，餘芳隨風捐。天道有遷易，人理無常全。(〈塘上行〉)

這些是因心中本來就有憂思而目睹時節變易，更添悲傷。同時也在自然界的變化中體悟天道和人事的無常。因此人生苦短就和時序推移的感嘆互爲因果，這類在陸機的詩中佔極重的分量，諸如：

△　逝物隨節改，時風肅且熠。遷化有常然，盛衰自相襲。靡靡年時改，苒苒老已及。(〈遨遊出西城〉)

△　人生誠行邁，容華隨年落。(〈君子有所思〉)

△　邈矣垂天景，壯哉奮地雷。豐隆豈久響，華光但西隤。日落似有竟，時逝恒若催。仰悲朗月運，坐觀璇蓋廻。盛門無再入，衰房莫苦開。人生固已短，出處鮮爲諧。(〈折楊柳〉)

△　逝矣經天日，悲哉帶地川。寸陰無停晷，尺波豈徒旋。年往迅勁矢，時來亮急弦。遠期鮮克及，盈數固希全。容華夙夜零，體澤坐自捐。茲物苟難停，吾壽安得延。

俛仰逝將過，倏忽幾何間，慷慨亦焉訴，天道良自然。(〈長歌行〉)

△ 寄世將幾何，日昃無停陰。前路既已多，後塗隨年侵。促促薄暮景，亹亹鮮克禁。(〈豫章行〉)

△ 玉衡固已驂，羲和若飛凌。四運循環轉，寒暑自相承。冉冉年時暮，迢迢天路徵。招搖東北指，大火西南昇。悲風無絕響，玄雲相互仍。豐冰憑川結，零露彌天凝。年命時相逝，慶雲鮮克乘，履信多愆期，思順焉足憑。慷慷（按：一作「慷慨」）臨川響，非此孰爲興。哀吟梁甫巔，慷慨獨撫膺。(〈梁甫吟〉)

都是感嘆年時過往的迅速，去日既已多，容顏體貌又日漸衰老，益顯得人生短暫。固然人生短暫是自然的現象，而在「出處鮮爲諧」之時，不由令人增添悲憫之情。面對任何人都無法挽回的光陰雖令人生悲，但陸機也有和前人同樣豁達的一面，除了慨嘆人生苦短之外，更有及時行樂的思想。詩云：

△ 人生無幾何，爲樂常苦晏。(〈擬今日良宴會〉)

△ 人生當幾時，譬彼濁水瀾。戚戚多滯念，置酒宴所歡。(〈擬青青陵上柏〉)

△ 感時悼逝傷心，日月相追周旋。萬里倏忽幾年，人皆冉冉西遷。
盛時一往不遠，慷慨乖念悽然。昔爲少年無憂，常吝秉燭夜遊。
翩翩常征何求，于今知此有由。但爲老年去道。（按：此句前欸有闕文）
盛固有衰不疑，長夜冥冥無期，何不驅馳及時，聊樂永日自怡。(〈董逃行〉)

△ 人生何所促，忽如朝露凝。辛苦百年間，戚戚如履冰。仁知亦何補，遷化有明徵。求仙鮮克仙，太虛不可凌。良會罄美服，對酒宴同聲。(〈駕言出北闕行〉)

△　感朝露，悲人生，逝者若斯安得停。
　　桑樞戒、蟋蟀鳴，我今不樂歲聿征。
　　迨未年莫及世平，置酒高堂宴友生。
　　激朗笛，彈哀箏，取樂今日盡歡情。（〈順東西門行〉）

△　置酒高堂，悲歌臨觴。人壽幾何，逝如朝霜。
　　時無重至，華不再揚。蘋以春暉，蘭以秋芳。
　　來日苦短，去日苦長。今我不樂，蟋蟀在房。
　　樂以會興，悲以別章。豈曰無感，憂為子忘。
　　我酒既旨，我酒既臧。短歌有詠，長夜無荒。（〈短歌行〉）

去日苦長而又辛苦如履冰；來日苦短而時逝如飛，轉眼將成老大，是以當及時行樂。這是陸機詩表現出的心態。他一方面為逝去的歲月感到悲哀，另方面則在訴其哀苦之後卻表現出曠達的懷抱。及時行樂的心態往往是為了逃避現實生活的痛苦而產生的，魏晉的紛亂，使民不聊生，晉朝統一天下後雖有一段尚屬安定的時期，但朝廷內爭權的現象仍時有所見。陸機歷經了亡國，又遊宦異鄉，心中憂苦萬端，面對流逝不止的韶光，於感時悼逝傷心之餘，卻說「迨未年莫及世平，置酒高堂宴友生」（〈順東西門行〉），實為一種無可奈何的曠達。時節推移，年歲老大，自然令人悲憫不已。

## 五、哀天人之永隔

生死離別是人生中極其可哀之事，陸機遊宦仕晉，必然要忍受與親友生離之苦；而在政局不安的情形下，更要隨時面對死別的哀痛。在入洛前是其父兄謝世，入洛後則是友朋凋喪，如提攜二陸甚力的張華被趙王倫所害之後，陸機曾為文誄之。陸機曾隨侍三年的愍懷太子被賈后謀殺，他也有〈愍懷太子誄〉以表其哀思。他四十歲返吳，獲知親故凋零多半，最為感傷，其〈歎逝賦序〉云：

昔每聞長老追計平生，同時親故，或彫落已盡。或僅有存者。余年方四十，而懿親戚屬亡多存寡，暱交密友亦不半在。或所曾共遊一塗，同宴一室，十年之內，索然已盡，以是思哀可知矣。

死別產生的哀思，除了表現在誄和哀辭中外，〈歎逝賦〉和〈大暮賦〉也極言其哀苦。至於詩，則全在〈挽歌辭〉之中。陸機現存的〈挽歌辭〉有七首，只有四首是完整的，其一云：

死生各異倫，祖載當有時。舍爵兩楹位，啓殯進靈轜。
飲餞觴莫舉，出宿歸無期。惟衽曠遺影，棟宇與子辭。
周親咸奔湊，友朋自遠來。翼翼飛輕軒，駸駸策素騏。
按轡遵長薄，送子長夜臺。呼子子不聞，泣子子不知。
歎息重櫬側，念我疇昔時。三秋猶足收，萬世安可思。
殉沒身易亡，救子非所能。含言言哽噎，揮涕涕流離。

其二云：

流離親友思，惆悵神不泰。素驂佇轜軒，玄駟鶩飛蓋。
哀鳴興殯宮，迴遲悲野外。魂輿寂無響，但見冠與帶。
備物象平生，長旌誰爲旆。悲風徽行軌，傾雲結流靄。
振策指靈丘，駕言從此逝。

前一首謂死生異類，故當祖載而至丘墓。而於飲餞之時，至親友朋皆來相送，行者卻再也無法舉杯，出宿亦永無歸期，顯見生死永隔的無奈。生者之於死者是「呼子子不聞，泣子子不知」、「含言言哽咽，揮涕涕流離」，充滿難以負荷的哀痛。第二首承前一首而述靈車啓行時的情形：眼前所備的器物都和平生時一樣，但是大喪時所用的銘旌又供誰用呢？可見生者仍然無法接受死別的事實。在送殯途中，靈車寂而無聲的前進，蕭條的悲風似要阻止去路，靄靄的雲幾乎就要傾倒下來，如此陰鬱的天候，更使送殯者增添哀傷。在另外一首〈挽歌〉中，陸機不直接描述未亡者的哀痛，卻想像死者的感受，來表達對死者的哀憐，詩云：

重阜何崔嵬，玄廬竄其間。旁薄立四極，穹隆放蒼天。
側聽陰溝涌，臥觀天井懸。廣宵何廖廓，大暮安可晨。
人往有返歲，我行無歸年。昔居四民宅，今託萬鬼鄰。
昔爲七尺軀，今成灰與塵。金玉素所佩，鴻毛今不振。
豐肌饗螻蟻，妍姿永夷泯。壽堂延魑魅，虛無自相賓。
螻蟻爾何怨，魑魅我何親。拊心痛荼毒，永歎莫爲陳。

天井和陰溝是古時於墳暮中所爲的天象與江河，陸機在死者入土後想見死者臥於墳墓之內，仰觀壙中所爲的天象，側聽江河騰涌之聲，過著冥無曉期的長夜，永無歸返人間之年。死者又撫今思昔，感慨無限：昔日曾是七尺之軀而居於四民之宅，今日卻與萬鬼爲鄰而化成灰與塵。以往習慣佩戴小玉，如今卻連輕微的鴻毛也無法舉起。豐盈的肌膚成爲螻蟻的食物，美麗的姿容也將永遠消滅。壽堂中偏是魑魅且自爲賓客，不禁心生疑惑，問螻蟻何怨而饗食我？魑魅何親而與我爲賓客？撫心而感到如受荼毒之痛，是以長歎而不復陳言。全篇雖以死者的感受立言，卻是生者對死者的哀念。這種替死者「設身處地」而作的〈挽歌〉並不多見，也令人感受到陸機的哀情之深。

陸機在〈大暮賦序〉中云：「夫死生是得失之大者，故樂莫甚焉，哀莫甚焉。使死而有知乎，安知其不如生；如遂無知耶，又何生之足戀？故極言甚哀，而終之以達。」是已能用豁達之心面對生死的哀與樂，而他在〈歎逝賦〉中的確也做到了，他說：

> 寤大暮之同寐，何矜晚以怨早，指彼日之方除，豈茲情之足擾。感秋華於衰木，瘁零露於豐草。在殷憂而弗違，夫何云乎識道。將頤天地之大德，遺聖人之洪寶，解心累於末迹，聊優游以娛老。

果眞有解心累而養生的懷抱。然而，在他現存的詩中卻見不到如此豁達的辭語，只有無盡的悲情。

## 第三節　酬贈詩及其他

陸機的詩除了公讌詩難免歌功頌德外，大部分籠罩著一股悲情；其較悲苦者，已如前所述。另外尚有一些關於功名未建、酬贈及招隱遊仙的作品，所表現的思想感較爲浮面。魏晉之世，文人與政治關係密切，常以政治要人爲中心而形成文人集團，如魏的鄴下諸子、西晉賈謐的二十四友之屬，彼此交遊飲宴，難免以詩文酬唱贈答。《文選》所收的公讌、贈答詩爲數頗多，由此可見當時風氣。又如招隱遊仙的作品，也和當時人們喜歡遊仙和歸隱的思想有關。這類的詩，內容雖較浮面，然而為了將陸機詩的內容作較完整的陳述，也略述如左：

## 一、贈答公讌

陸機的贈答詩，為數甚多，將近二十首（同題者以一首計）。在給陸雲或其從兄及同鄉人顧榮的詩中，多敘哀苦之情，或感時悼逝、或飄泊懷鄉等等，前文已述及，不再重複。其他的贈答詩如〈答賈謐〉、〈答潘尼〉、〈贈潘尼〉、〈贈紀士〉、〈贈顧令文為宜春令〉、〈贈武昌太守夏少明〉之類，都是一般酬唱贈答的作品，稱頌讚美為其主要內容。還有為他人代作的贈答詩如：〈為周夫人贈車騎〉、〈為陸思遠婦作〉、〈為顧〔註10〕彥先贈婦〉二首之類，內容不外思婦的思慕之情和遊子思歸之意。此外便是稍帶傷感的贈別之作，如〈祖道畢雍孫劉邊仲潘正叔〉、〈贈顧交趾公貞〉、〈贈馮文羆遷斥丘令〉、〈贈馮文羆〉之類屬之。其〈贈馮文羆〉詩云：

> 昔與二三子，游息承華南，拊翼同枝條，翻飛各異尋。
> 苟無凌風翮，徘徊守故林。慷慨誰為感，願言懷所欽。
> 發軫清洛汭，驅馬大河陰。佇立望塑塗，悠悠迥且深。
> 分索古所悲，志士多苦心。悲情臨川結，苦言隨風吟。
> 愧無雜佩贈，良訊代兼金。夫子茂遠猷，款誠寄惠音。

這首詩蓋作於吳王郎中令時，〔註11〕馮文羆則北守斥丘。「發軫清洛汭，驅馬大河陰」，指馮文羆北行以就官職，而「佇立望塑塗，悠悠迥且深」是陸機北望以思馮氏。馮、陸二人曾同事於太子宮內，故情誼較深，從陸機贈馮氏的其他詩中顯然可見。這首詩裡陸機除敘述分別的悲苦之外，似乎還有不得志的感慨，「苟無凌風翮，徘徊守故林」所謂的「故林」是指吳地，他之所以回吳地任郎中令，是因為沒有「凌風翮」之故，心中不能無感。再加以和好友分散，遂有「悲情臨川結，苦言隨風吟」之語。這是陸機和朋友間比較深情而悲苦的贈別詩，其

〔註10〕「顧」當為「全」之誤。詳見康榮吉《陸機及其詩》。政大碩士論文。
〔註11〕姜亮夫《陸機年譜》，商務印書館，頁144。

餘均較平淡。

至於公讌詩，今存兩首：〈皇太子宴玄圃宣猷堂有令賦詩〉應是陸機在太子洗馬任內的作品，歌頌有晉及太子。〈皇太子賜讌詩〉可能是出補吳王郎中令前，太子設宴餞行時所作，詩云：

明明隆晉，茂德有赫。思媚上帝，配天光宅。
誕育皇儲，儀形在昔。徽言時宣，福祿來格。
勞謙降貴，肆敬下臣。肇彼先驅，翻成嘉賓。

也是對朝廷和太子的頌讚。最後「肇彼先驅，翻成嘉賓」兩句是說他昔為洗馬服事太子；今則反成座上嘉賓，有感恩之意。

## 二、招隱遊仙

陸機有〈招隱〉詩二首，一敘述對歸隱生活的嚮往，一敘述訪求隱逸之人，文字極綺麗，但詩文有重複的地方。其一是：

明發心不夷，振衣聊躑躅。躑躅欲安之，幽人在浚谷。
朝采南澗藻，夕息西山足。輕條象雲構，密葉成翠幄。
激楚（按：一作「結風」）佇蘭林，回芳薄秀木。山溜何泠泠，飛泉漱鳴玉。
哀音附靈波，頹響赴曾曲。至樂非有假，安事澆淳樸。
富貴苟難圖，稅駕從所欲。

其二是：

駕言尋飛遁，山路鬱盤桓。芳蘭振蕙葉，玉泉涌微瀾。
嘉卉獻時服，靈朮進朝飡。朝採南澗藻，夕息西山足。
輕條象雲搆，密葉成翠屋。結風佇蘭林，迴芳薄秀木。
尋山求逸民，穹谷幽且遐。清泉盪玉渚，文魚躍中波。

自「朝采南澗藻」至「迴芳薄秀木」六句，並存兩首詩中，可能有錯簡。另外有〈前緩聲歌〉及〈東武吟行〉，是詠遊仙之作。〈東武行吟〉云：

投跡短世間，高步長生闈。濯髮冒雲冠，洗身披羽衣。
飢從韓眾餐，寒就佚女棲。

這類的作品大概是模擬練習之作，和當時人們喜歡遊仙和歸隱的思想也有關。

## 三、用世之歎

在樂府詩中陸機偶有求功名不得之嘆，如〈秋胡行〉云：「人鮮知命，命未易觀。生亦何惜，功名所歎。」、〈隴西行〉云：「豈曰無才，世鮮興賢。」、〈月重輪行〉云：「功名不勗，義哉，古人揚聲，敷聞九服，身名流何穆。既自才難，既嘉運，亦易愆。俛仰行老，存沒將何所觀。志士慷慨獨長歎，獨長歎。」都是功名不易建立的慨嘆。而最能看出他的用世之心的，則是〈長安有狹邪行〉，詩云：

伊洛有岐路，岐路交朱輪。輕蓋承華景，騰步躡飛塵。
鳴玉豈樸儒，憑軾皆俊民。烈心厲勁秋，麗服鮮芳春。
余于倦遊客，豪彥多舊親。傾蓋承芳訊，欲鳴當及晨。
守一不足矜，岐路良可遵。規行無曠迹，矩步豈逮人。
投足緒已爾，四時不必循，將遂殊塗軌，要子同歸津。

前半寫洛陽繁華的盛況，然後說出其客遊的抱負與期望。這首樂府詩的意旨與舊題不同，當是陸機的抒懷之作。「余本倦遊客，豪彥多舊親」正是他的出身和經歷的寫照，「欲鳴當及晨，守一不足矜」也頗合他的心態，由此更可看出他入洛實具求取功名之心。此外，〈猛虎行〉也是嘆功名未建，俯仰有愧，雖和古題意相同，亦可視爲抒懷之作。這類的詩不多，卻頗能反映陸機遊宦的襟抱。

## 四、歌詠百年

陸機有〈百年歌〉十首，雜詠人生自十歲至百歲事，每十歲爲一首。吳兢〈樂府古題要解〉謂陸機百年歌至百二十時，則「百年歌」原有十二首，其末兩首已亡佚。現存十首的內容是描寫少年無憂、壯年得志以至年老形貌衰頹、志意全非。其詩云：

三十時，行成名立有令聞。力可扛鼎志干雲。
食如漏卮氣如熏，辭家觀國綜典文。
高冠素帶煥翩紛。
清酒漿炙奈樂何。清酒漿炙奈樂何。

九十時，日告耽瘁月告衰。形體雖是志意非。

言多謬誤心多悲。子孫朝拜或問誰。

指景玩日慮安危。感念平生涕交揮。

其一首寫其行成名立，體魄盛壯昂揚之得意狀。後一首則年屆耄老，體魄已衰，心多悲念。大抵詩在六十歲之前所呈現的都是明朗快樂的情調；七十歲之後則轉入頹喪悲歎的情境。綜觀所言，皆為人生自然的現象，並無深刻的感受，似是少年之作。〔註 12〕

## 結　語

綜觀陸機的詩，大多為他個人情性的抒發，不論家國顛覆之悲、飄泊之苦或懷念舊鄉、感時悼逝，都是因他個人際遇所觸發的情壞，而它們共同的地方就是沈鬱悲苦。此外，小部分的贈答詩、招詩、遊仙詩及百年歌雖詩旨較為浮淺，但仍是個人的情志，無關天下國家或政教、禮義。只有像〈猛虎行〉、〈君子行〉等少數的詩篇寓有修身淑世之意。因此，就整體而言，還是以陸機個人的情感思想為主，與他在〈文賦〉中所提倡的「緣情」說一致。

就文學發展而言，陸機詩中所涵有的情感思想與共同時代的作家相去不遠，都是比較偏向個人情性的抒發，在所表現的人生觀或精神意識、情感境界上談不上有開拓之功，但也不是貧乏膚淺的。沈德潛《古詩源》曰：

士衡以名將之後，破國亡家，稱情而言，必多哀苦。乃詞旨敷淺，但工塗澤，復何貴乎？

似以為陸詩徒事辭藻之美而內容乏善可陳。沈氏此說，實尚未能全盤瞭解陸詩，唯見陸詩華美的辭藻而已，無覩陸機的悲情，未為確論。

〔註 12〕朱東潤〈陸機年表〉據詩歌的內容斷定是陸機四十歲時的作品。姜亮夫《陸機年譜》則謂〈百年歌〉詩旨淺率，當為入洛前少年時之作。按：〈百年歌〉所言，皆人生自然的現象，並無深刻的感受，似是少年時作。但其中有「三十時，……辭家觀國綜典文」之語，與陸氏二十九歲入洛之情形相符合，又似入洛後所作。朱、善二人之說，皆有理由，不知孰是？

# 第三章　陸機詩的藝術技巧

## 前　言

在藝術的領域中，表現的技巧是決定作品成敗優劣的重要因素。就文學而言，作者常苦於無法將意念用貼切的文字表達出來。陸機在〈文賦〉序中，謂屬文時「恒患意不稱物，文不逮意」；劉勰在《文心雕龍・神思篇》也說：「方其搦翰，氣倍辭前，暨乎成篇，半折心始。」其原因何在呢？劉勰認爲：「意翻空而易奇，言徵實而難巧」（《文心雕龍・神思》）可見要以具體的語言文字表達抽象的情感思想並不容易，作者一方面要眞實的掌握本身的情感思想，另外面又要用妥當的文字表達出來，其間的探索，是寫作的甘苦所在，也是作品成敗的關鍵。劉若愚曾說：

> 詩不僅僅是外在世界與內面世界的探索，而且是詩賴以寫成的語言的探索。〔註1〕

其實，不止是詩，所有的文學都是如此。因此，要對陸機詩有全面的瞭解，除了探討詩的內涵之外，他的表現技巧和表達的工具也須加以

〔註1〕所謂外面世界，是指自然的事物和景象，而且包括事件和行爲；內面的世界包括作者的情感思想、記憶、感覺、幻想等等。詳見劉若愚《中國詩學》，第一章〈做爲境界和語言之探討的詩〉。杜國清譯，幼獅文化事業公司，頁145。

討論。本章擬先就陸機詩的語言、主題結構加以探討，明其語言風貌和表達情思的方式，再說明陸詩的風格，以期能將陸詩作整體的討論。

## 第一節　語言風貌

若就修辭技巧而言，近人廖蔚卿認爲陸機詩的語言風貌，可用「整、練、繁、縟」四字括盡。〔註 2〕如臧榮緒《晉書》稱其「天才綺練」(《文選・文賦》李善注引)；孫綽稱其「深而蕪」(《世說・文學篇》)；《續文章志》稱其「工而縟」(《世說・文學篇》注引)；劉勰謂其「綴辭尤繁」(《文心雕龍・鎔裁篇》)；而鍾嶸論之最詳，《詩品》上云：「其源出於陳思。才高詞贍，舉體華美……當規矩，不（按：不字疑衍〔註 3〕）貴綺錯，有傷直致之奇，然其咀嚼英華，厭飫膏澤，文章之淵泉也。」這些評斷，皆不出「整、練、繁、縟」之外。而構成陸詩整練繁縟的要素，除了語言文字所代表的情感思想外，主要是由於他所運用的種種修辭法使然。因爲所謂的情感思想，盡人皆有，〈文賦〉云：

> 遵四時以歎逝，瞻萬物而思紛，悲落葉於勁秋，喜柔條於芳春……。

都是人類天生就會有的反應，但是能成爲作家、詩人的畢竟有限，能成爲傑出詩人的更少。情感思想雖是創作的必要條件，卻不是創作的充分條件。將情感思想利用文字符號表達出來，還須要經過複雜的過程。據符號形式哲學大師卡西勒（Frnst Cassirer）的說法，原來一般人的說話還停留在一個情感語言的層級，而這是語言當中最初和最基本的一個層級；而命題語言和情感語言之間的分別又是人類世界和動

〔註 2〕廖蔚卿〈論陸機的詩〉，收於林明德、柯慶明主編《中國古典文學研究叢刊：詩歌之部（一）》，巨流出版社。廖文於陸詩之修辭多所剖析，本節受其啓發良多，不另註明。

〔註 3〕詳見鄧仕樑《兩晉詩論》，第四章〈陸機、陸雲〉。香港中文大學，頁 76。

物世界的眞正界石，人類單獨發展了一種新的形式：符號象徵幻想與智慧，這一種符號是人獨有的，而有效地運用這種符號使之成爲幻想與智慧的象徵又不是每一個人都能的；因此一般人雖也有感觸也會歎氣，然而這種歎氣的行爲只是一種情感語言，而如何從情感語言變成命題語言，進而使它成爲智慧和幻想的象徵，這種從一種形式轉移到另一種形式，從一種僅僅是實用的態度轉化爲一種符號的態度，其轉化過程的複雜的各個階段，就不是靠一般心理觀察的方法所能分辨。而詩人和非詩人的分別也即在此。〔註 4〕陸機受鍾嶸推許爲太康之英，必有其緣由，從前文所引的評語來看，鍾嶸所稱許的是陸機的辭藻及技巧，而對他作品的情感思想並沒有特別提到。在本文第二章中，我們已知道陸機的作品雖不是膚淺無內容的，但也沒有發現他在文學作品的情感思想上有開拓之功。由此而言，則陸機的表現技巧是值得重視的，本節就陸詩的語言加以探討。然而，眞正詩的語言之構成，並非僅止於既成語言的變換配列，而是由深廣的認識去把握了語言的意義和情緒性的機能所創造的境界。爲了行文方便，以下暫取一般修辭學的分類，約舉陸詩較常用的修辭方法，證以實例，藉此剖明陸詩的語言風貌。

## 一、章句繁整

就句子的安排而言，陸機最常使用的是對偶與排比，其次是頂眞與倒裝等修辭法。茲分別說明：

### （一）對　偶

所謂對偶，就是語文中下兩句以相同的字數、相似的句法、和諧的聲調來表達相似或相反的意思的修辭方式。由於我國文字屬孤立語，運用時遂有形成對偶的自然傾向。這種情形在文學作品中尤爲普遍，在《詩經》、《楚辭》中已有對偶的句法。如《詩經》邶風〈匏有

〔註 4〕高大鵬〈關於陸機文賦的幾個問題〉，幼獅月刊，第四十五卷。第二期。

苦葉〉云：

就其深矣，方之舟之。

就其淺矣，泳之游之。

《楚辭・離騷》云：

朝飲木蘭之墜露兮，

夕餐秋菊之落英。

都是對偶的句法。自此以下，歷經漢魏，均不乏對偶句法的應用；至西晉更盛行。陸機運用對偶的情形又較同時的作者爲多，在早期的作品擬古詩裡，已普遍有偶句；其樂府詩偶句尤其多。如〈從軍行〉全詩共二十句，內有十四句對偶；又〈日出東南隅行〉共四十句，亦有二十二句對偶，比例相當大。其他的作品也普遍有偶句出現，例如：

南望泣玄渚，北邁涉長林。

谷風拂脩薄，油雲翳高岑。

亹亹孤獸騁，嚶嚶思鳥鳴。（〈赴洛〉二首之一）

懷往歡端絕，悼來憂成緒。

感別慘舒翮，思歸樂遵渚。（〈於承明作與士龍〉）

由上二例可以看出：陸機在偶句中用對襯字已極工整，詞性的安排已具有多種形式，在句法上有較多的變化，尤其是例二中動詞詞性的變化運用，更豐富了詩的意趣。若拿來和魏晉之前的作品相較，已可明顯看出雕琢之跡。又如：

行矣怨路長，惄焉傷別促。

指途悲有餘，臨觴歡不足。

我若西流水，子爲東峙岳。

慷慨逝言感，徘徊居情育。

安得攜手俱，契闊成騑服。（〈贈弟士龍〉）

整首詩除末兩句外，皆爲對偶句。詩中各組對句，絕無同字相對的情形，如果遇到意義相似的情形，便故意採用不同的字面，使之免於呆板。如第三聯的「若——爲」就是這類的例子。其實兩句都可以用「若」或用「爲」，但他卻故意變化字面，由此可見其講究技巧的匠心。漢賦與五言古詩，都不避諱同文相對，陸機則比較講究技巧。日人高木正一在〈六朝律詩之形成〉一文中謂陸機避免同文相對的作法，可以說是對句技巧上的進步。〔註5〕此外，他也兼顧到音響的效果，不講有疊字對句，也有雙聲、疊韻對，都是爲了求得聲音的美感。例如：

旁薄立四極，穹隆放蒼天。(〈挽歌〉)

慷慨逝言感，徘徊居情育。(〈贈弟士龍〉)

彷彿谷水陽，婉孌崑山陰。(〈贈從兄車騎〉)

山澤紛紆餘，林薄杳阡眠。(〈赴洛道中作〉)

這是雙聲與疊韻相對的例子，雖然不是陸機首創，但這種技巧大量運用在五言詩的創作上，應是從陸機開始。又有疊字對的，如：

悠悠行邁遠，戚戚憂思深。(〈擬行行重行行〉)

翩翩鳴鳩羽，喈喈倉庚吟。(〈悲哉行〉)

靡靡年時改，冉冉老已及。(〈遨遊出西城〉)

這種疊字對句在陸詩中還不算多，到了謝靈運，便顯著增加。〔註6〕

陸機的對偶句多用於描述自然景物，以襯託或引出其心中的情感思想，如〈從軍行〉云：

苦哉遠征人，飄飄窮四遐。
南陟五嶺巔，北戍長城阿。
谿谷深無底，崇山鬱嵯峨。
奮臂攀喬木，振迹涉流沙。
隆暑固已慘，涼風嚴且苛。
夏條集鮮藻，寒冰結衝波。
胡馬如雲屯，越旗亦星羅。
飛鋒無絕影，鳴鏑自相和。
朝食不免胄，夕息常負戈。
苦哉遠征人，撫心悲如何。

---

〔註 5〕高木正一〈六朝律詩之形成〉，鄭清茂譯。大陸雜誌，第十三卷。第九期。

〔註 6〕黃慶萱《修辭學》，三民書局，頁 469。

從「谿谷深無底」開始都是描寫景物，由景物的變化中導引出征人的悲苦。再如〈答張士然〉云：

潔身躋秘閣，秘閣峻且玄。
終朝理文案，薄暮不遑眠。
駕言巡明祀，致敬在祈年。
逍遙春王圃，躑躅千畝田。
迴渠繞曲陌，通波扶直阡。
嘉穀垂重穎，芳樹發華顛。
余固水鄉士，總轡臨清淵。
戚戚多遠念，行行遂成篇。

也是從「逍遙春王圃」開始用對偶句寫景，然後由景生情，以寄託其思鄉的情懷。其他如〈贈尚書郎顧彥先〉、〈赴洛道中作〉都是如此。

### （二）排　比

在陸機詩中運用的句法僅次於對偶的是排比。所謂排比，是用結構相似的句法，接二連三地表示出同範圍同性質的意象。〔註 7〕排比是句意並比而立的，並不要求用字取義絕對相等、相對，在陸機詩中常以一種不完整偶句形式出現，雜列於偶句的前後，而構成錯綜的句法，以避免對偶句法流於單調。例如：

昔我斯逝，兄弟孔仁（按：一作「備」）；今我來思，或彫或疚。
昔我斯逝，族有餘榮；今我來思，堂有哀聲。
我行其道，鞠爲茂草；我履其房，物在（案：一作「存」）人亡。（〈贈弟士龍〉）

胡馬如雲屯，越旗亦星羅。
飛鋒無絕影，鳴鏑自相和。（〈從軍行〉）

在例一中，他將兩個今昔衰榮的對比情況並列，使人事的變遷更加明顯。「我行其道」以下則順者人事變遷的結果而加強衰落的意象。例

〔註 7〕同註5。

二的「胡馬」、「越旗」、「飛鋒」、「鳴鏑」都是戰場上常見的景象，陸機分別用「雲屯」、「星羅」、「無絕影」、「自相和」來形容，且並列而置，將四個不同的意象聯結成統一而和諧的共相。其他的例子如：

人往有返歲，我行無歸年。
昔居四民宅，今託萬鬼隣。
昔爲七尺軀，今成灰與塵。
金玉素所佩，鴻毛今不振。(〈挽歌〉三首之三)

淑貌耀皎日，惠心清且閑。
美目揚玉澤，蛾眉象翠翰。
鮮膚一何潤，秀色若可餐。(〈日出東南陽行〉)

都是運用排比的手法塑造共相。陸機詩中，排句不如偶句多，但排偶句常共佔全詩句子的三分之二或四分之三。在美學上，對偶和排比都是基於平衡與勻稱的原理，某種情形的排比只是對偶的擴大或延伸。因此，我們可以把排比和對偶合併，而命之爲「排偶」。〔註8〕排偶句的運用，不外盡量完成鋪述描寫的目的。漢賦便是大量使用排比的手法鋪陳事物，以期窮形盡相；駢文也是大量運用排比、對偶的句法，造成華麗的風格。而大量採用排偶句法作詩的，則從陸機開始，胡應麟《詩藪》云：

士衡、安仁一變而排偶愈工，淳朴愈散。

後人不喜六朝綺靡之風者，每以此詬病陸機，謂其「排比敷衍」(黃子雲《野鴻詩的》)。沈德潛更謂陸機：

意欲呈博，而胸少慧珠，筆又不足以舉之，遂開出排偶一家，西京以來空靈矯健之氣不復存矣。降至梁陳，專工對仗，邊幅復狹，令閱者白日欲臥，未必非士衡爲之濫觴也。(《古詩源》)

這類的評語有欠公允，排偶句實非陸機所創，他之所以廣爲運用，實是當時的文學風尚使然。其次，若無陸機的琢練推廣，如何能經齊梁之工，而成唐詩之練！

〔註8〕同註6，頁47。

### （三）頂真、倒裝

對偶和排比是運用句形及句意的對比及對稱，以展示完整、錯綜、複叠和鋪張的意趣，而頂眞也是一種句法上的錯綜和複叠的運用。因爲頂眞是用前一句的結尾作爲後一句的起頭，或上章的結尾作爲下章的起頭，前一種方式稱爲「聯珠格」，後一種稱爲「連環體」。頂眞的修辭方式在《詩經》大雅〈既醉〉、〈文王〉中已開始被應用，但在漢魏詩中不多見，只有曹植〈贈白馬王彪〉詩由第二首至第八首，每首末二字均作次首之起頭，是少見的例子。若從詩體上加以比較，可以看出頂眞一法是源出樂府詩的。陸機詩中的頂眞也以樂府詩爲多，五言詩次之，四言詩最少。且他幾乎全用聯珠格，只有在〈挽歌〉第一首和第二首之間使用連環體。其使用頂眞修辭者如：

> 此思亦何思，思君徽與音。
> 音徽日夜離，緬邈若飛沈。（〈擬行行重行行〉）
>
> 驅馬陟陰山，山高馬不前。（〈飲馬長城窟行〉）
>
> 與子隔蕭牆，蕭牆阻且深。
> 形影曠不接，所託聲與音。
> 音聲日夜闊，何用慰吾心。（〈贈尚書郎顧彥先〉）
>
> 誕育祖考，造我南國。
> 南國克靖，實緜洪績。
> 惟念帝功，載繁其錫。
> 其錫惟何，玄冕袞衣。（〈贈弟士龍〉十首之一）

藉著聲音與文字的重複，使文句之間的連接更爲緊湊，作品也較有整體感。陸機在運用頂眞時，有用常例的方式，如例二、四；也有加以變化的，如例一和三「徽與音」、「聲與音」分別改爲「音徽」、「音聲」，如此變化活用，可以避免單調呆板的弊病，達到錯綜複叠的效果，此類的例子，在陸機詩中極多。此外，陸機樂府詩中亦多重複的句法，如〈月重輪行〉、〈日重光行〉、〈百年歌〉中皆有。尤其〈百年歌〉和〈月重輪行〉是採取章末叠的方式，如其〈百年歌〉：

一十時，顏如蕣華曄如暉，體如飄風行如飛。
孌彼孺子相追隨，終朝出遊薄暮歸，六情逸豫心無違。
清酒漿炙奈樂何。清酒漿炙奈樂何。
二十時，膚體彩澤人理成，美目淑貌灼有容。
被服冠帶麗且清，光車駿馬遊都城，高談雅步何盈盈。
清酒漿炙奈樂何。清酒漿炙奈樂何。

在當時極爲特別。〔註9〕上述的修辭法都能使章句的形式整齊優美，陸機又大量運用，遂使詩的章句結構顯得繁複矜重，缺乏空靈之氣。

陸機也用倒裝的句法將心中的情感或意象凸顯出來，例如：

夏條集鮮藻，寒冰結衝波。(〈從軍行〉)

目感隨氣草，耳悲詠時禽。(〈悲哉行〉)

慷慨逝言感，徘徊居情育。(〈贈弟士龍〉)

男懽智傾愚，女愛衰避妍。(〈塘上行〉)

例一是文字的倒置，餘三例是意旨上的錯置。如例二的悲、感並不是耳目所能產生的情愫，而是產生於內心，由目見草木氣節之變，耳聽時禽詠歌之聲，於是心中生感觸悲歎之情，所以，在悲感的過程上是倒裝的。又如例三是惜別詩，逝者陸機自謂，居者指陸雲，逝者多慷慨不平之言，居者則生眷戀之情，徘徊難捨，而詩中將慷慨、徘徊倒裝句首，使去留雙方的心情更凸顯。

由前舉頂眞和倒裝的例句，可以看出二者的作用大抵皆以表達感觸爲主，少用於描摹景物，和排比、對偶句法所呈現的內容不同。在魏晉以前倒裝句法仍不普遍，至唐宋詩詞中，則已成習見的句法。

## 二、詞語綺練

就語詞的用法而言，陸機詩中所用的類疊、鑲嵌、借代、引用等辭格，及聯綿詞和同偏旁字的疊用，均足以成就華美之觀，構成綺練之風。

〔註9〕見裴普賢《詩詞曲疊句欣賞研究》，三民書局，頁51。

## （一）類疊、聯綿

首談類疊，所謂類疊，是指反復使用一個字詞或語句。不管是單音詞（字）或複音詞（複詞）的類疊，都是利用語言的音響特性，反復刺激，以凸顯意象，達到詠歎或纏綿的效果，亦可增進作品的繁麗。這是最常見的修辭方式，從詩經開始便大量運用。陸機詩中的疊字，如「萋萋」、「翩翩」、「漠漠」之類，多用以形容景物；至於複詞，則多用以傳達情思。如：

呼子子不聞，泣子子不知。
含言言哽咽，揮涕涕流離。（〈挽歌〉之一）

思樂樂難誘，曰歸歸未克。（〈赴洛〉二首之一）

隆思亂心曲，沉歡滯不起。
歡沈難克興，心亂誰爲理。（〈為顏彥先贈婦〉二首之一）

前兩例是相連複詞，將「子」、「言」、「涕」、「樂」、「歸」連接疊用。詩句正好可以分爲主、客兩部份，如「呼子」、「泣子」是主，「子不聞」、「子不知」是客，主客處於對立的關係之中，更增加感情的張力。例三爲隔離的複詞，同時加以倒置，詞性雖然改變，卻加強了情緒效果。此外，在〈爲周夫人贈車騎〉中他更巧妙的運用這種技巧：

碎碎細織練，爲君作緝繻。（按：或作構襦）
君行豈有顧，憶君是妾夫。
昔者得君書，聞君在高平。
今時得君書，聞君在京城。

重複的使用「君」字，就像婦人不斷輕聲地呼喚遊宦於外的丈夫，將女子的柔情表露無遺。

和類疊有近似效果的是聯綿詞的運用，如「悽惻」、「婉孌」、「紆鬱」、「躑躅」、「緬邈」等，屢見不鮮，尤其「慷慨」一辭在陸機作品中最常出現，如：

慷慨惟平生。（〈門有車馬客行〉）

慷慨惟昔人。（〈折楊柳〉）

慷慨亦焉訴。(〈長歌行〉)

慷慨含辛楚。(〈於承明作與士龍〉)

慷慨誰爲感。(〈贈馮文龍〉)

慷慨乖念悽然。(〈董逃行〉)

在詩中出現十四次之多，稍嫌窠臼。建安諸子的詩文中，「慷慨」也常被應用，所表達的是士不得志之情。〔註10〕陸機久在羈旅，曰歸未克，徘徊諸王之間，加以世難更迭，自不能無感於心，屢興慷慨不平之嘆，和其作品中所表露的悲情正是一致的，是以屢用而不嫌。

再如他也喜歡叠用同偏旁的字，除了前文所提的叠字和少數的聯綿詞外，尙有不少例子，益使陸詩的詞語更爲縟麗。如：

振迹涉流沙。(〈從軍行〉)

濡迹涉江湘。(〈門有車馬客行〉)

零雪霏霏集宇。(〈上留田行〉)

瓊珮結瑤璠。(〈日出東南隅行〉)

偏旁的複叠，直接經由目視而加強意象，也產生由多數所造成的美感。

虛字的應用可以使語氣舒緩或加重語意。陸機爲了足句，或加強語意，常在句中嵌入虛字或無特別意義的字。例如：

邈矣垂天景，壯哉奮地雷。(〈折楊柳〉)

行矣怨路長，惄焉傷別促。(〈贈弟士龍〉)

傷哉客遊士，憂思一何深。(〈悲哉行〉)

其中的「矣」、「哉」、「焉」、「一」都是虛字，除去雖無損文意，文氣卻顯得急促，達不到抒情的效果。

以上所分析的，都是偏重於美化語詞的視覺或聽覺效果，使語詞的外觀更加縟麗的修辭方式。此外，陸機還運用借代、引用、比喻、鋪張、描摹的手法來豐富語詞所表達的意象，以與其縟麗相襯，使詩的語詞更爲整練。

---

〔註10〕詳見王瑤〈中古文學風貌〉，收於《中古文學史論》，長安出版社，頁12。

### （二）借代、引用

所謂借代，是指在行文中，放棄通常使用的本名或詞句不用，而另找其他名稱或語句來代替。〔註11〕或借用關係事物的名稱以代替所說的事物，或借事物之一部分以代全體。此法如果運用巧妙，可以精美文辭而鮮明意象，但如所借名物過於罕用，則易流於隱晦。例如：

望舒離金虎，屏翳吐重陰。（〈贈尚書郎顧彥先〉）

三閭結飛轡，大耋嗟落暉。（〈擬東城一何高〉）

例一以望舒代日、金虎代秋或西方、屏翳代雨師，例二以三閭代屈原，轡代車馬，落暉代歲暮，讀者必須了解所代是何物，方能明白詩意，例一所用的借代則嫌晦澀，例二則較平易。陸機詩中所用的借代隱晦之處不少，加以他喜歡引用成語典故，遂使詩中的語詞和意旨變得繁複，顯露雕琢之迹。其用前人故事者如：

王陽登，貢公歡。罕生既沒國子嘆。（〈鞠歌行〉）

鄙哉牛山歎，未及至人情。（〈齊謳行〉）

渴不飲盜泉水，熱不息惡木陰。（〈猛虎行〉）

例一用《漢書．王吉傳》所載王吉（字子陽）和貢禹的故事，世稱「王陽在位，貢禹彈冠」，謂二人趨捨相同。接著用子產和子皮相知的故事。二個朋友相知的典故運用於「循己雖易人知難」之後，更襯託出自己不得志、不爲人所知的感歎。例二用齊景公遊牛首山的故事，例三則用《尸子》所載孔子不飲盜泉水及《管子》所載不蔭惡木之語，以形容志士耿介之懷。像這類型的引用在陸機詩中所佔的比例不多，遠不如成語的引用。例如：

盛門無再入，衰房莫苦開。
升龍悲絕處，葛藟變條枚。（〈折楊柳〉）

履信多衍期，思順焉足憑。
慷慨臨川響，非此熟爲興。（〈梁甫吟〉）

---

〔註11〕同註6，頁251。

例一的「盛門」、「衰房」引自《老子》，「升龍」引《儀禮注》，「葛藟」則引《詩經》周南。例二的「履信」、「愆期」、「思順」皆出於《易經》，「臨川」則引《論語・子罕篇》。這類引用前人著作成語的情形，普遍存在陸機詩中，但是，他應用時已經過鎔鑄，雖未能如塩溶於水般有味無迹，但絕沒有刻意湊泊堆砌。〈文賦〉中有「傾群言之瀝液，漱六藝之芳潤」、「或襲故而彌新，或沿濁而更清」之語，正是他引用典故的根據。在古詩十九首中，雖也有引用典故的情形，但以用辭居多，很少用事。到了魏晉，用典的情形就增多了，由此亦可看出雕琢文字的風氣已日漸盛行，陸機更自覺的提出言論，並於創作中實踐，對後世的影響也較同時的作者大，無怪乎鍾嶸謂其「咀嚼英華，厭飫膏澤，文章之淵泉也。」（《詩品》）

### （三）譬喻、鋪張

陸機也常用譬喻的方法使意象鮮明生動。譬喻的辭格是由「喻體」（所要說明的事物主體）、「喻依」（用來比方說明此一主體的另一事物）、「喻詞」（聯接喻體和喻依的語詞）三者配合而成的。陸詩中用明喻（喻體、喻詞、喻依三者皆具）的如：

輕條象雲構，密葉成翠帷。（〈招隱〉）

赴曲如驚鴻，蹈節如集鸞。（〈日出東南隅行〉）

人生當幾時，譬彼濁水瀾。（〈擬青青陵上柏〉）

我若西流水，子爲東峙岳。（〈贈弟士龍〉）

前兩例是以事物的形貌相喻，後兩例則是以物喻理，以具體之物喻抽象的情理，讓意象更具體化而易使讀者領受。這些例子不論是比貌或喻理，其中所用的事物與所比喻的對象間，意旨十分顯明。有時譬喻省略喻詞，而以所用的事物直接代替了所要譬喻的事物，便成了略喻法。如：

世網嬰我身。（〈赴洛道中〉）

安得携手俱，契闊成騑服。（〈贈弟士龍〉）

不惜微軀退，但懼蒼蠅前。(〈塘上行〉)

升龍悲絕處，葛藟變鳴條。(〈折楊柳〉)

例一以世網喻環境加於自己的束縛；例二以騑服喻親近；例三以蒼蠅喻佞人變亂善惡；例四以升龍喻君、葛藟喻臣，且是引用舊典爲喻，由此亦可見陸詩語詞綺練之一端。陸詩中運用譬喻辭格極多，最具代表性的是以園葵自喻的〈園葵詩〉：

種葵北園中，葵生鬱萋萋。朝榮東北傾，夕穎西南晞。
零露垂鮮澤，朗月耀其輝。時逝柔風戢，歲暮商飈飛。
曾雲無溫液，嚴霜有凝威，幸蒙高墉德，玄景蔭素蕤。
豐條並春盛，落葉後秋衰。慶彼晚彫福，忘此孤生悲。

這首詩是他四十一歲時所作。當時趙王倫圖謀篡位，不幸失敗被誅，陸機亦受牽累，幸賴成都王穎及吳王晏搭救，得以免死，因此作詩以謝成都王。〔註12〕詩中以葵自喻，而以高墉喻成都王穎，將其感恩的心情宛轉的表露無遺。

此外，陸機多用鋪張的手法形容事物，誇大意象；在寫景敘情時喜歡用描摹的方式，加深意象，例如他摹寫霪雨爲患云：

迅雷中宵激，驚電光夜舒。
玄雷拖朱閣，振風薄綺疏。
豐注溢脩霤，黃潦浸階除。
庭陰結不解，通衢化爲渠。
沉稼湮梁潁，流民泝荊徐。(〈贈尚書郎顧彥先〉二首之二)

此詩將各種霪雨中的景象加以描摹而後排比並列，不僅構成語詞的繁複，也構成詩意的繁複。

## 三、音韻纏綿

〈文賦〉中有爲文須兼重「音聲之迭代，若五色之相宣」的觀念，顯示陸機已注意文學的聲律之美。但是，陸機的時代早在聲病說興起之前，若要瞭解陸詩的聲律，只能就其常用的情形加以探討，不能以

〔註12〕姜亮夫《陸機年譜》，商務印書館，頁88。

後起的詩律來規範、批評。蓋當時尚無固定的成法以供作者遵循，因此，在文學作品中所產生的音律之美，是爲文者妙手偶得之的自然安排，和後世的聲律相比，仍屬天籟。陸詩的音律頗爲自由，但從中也可以發現與後世聲律闇合的地方，他的音韻安排，實配合了詩中的情感。以下試就陸詩的平仄、用韻說明之。

### （一）平　仄

魏晉之世，尚無平上去入四聲之名，然當時的作者用韻已四聲分明，畫然不紊，足見已有四聲之實。〔註 13〕陸詩用韻極整齊，句中平仄的安排也有其用心處，從中可以發現他習慣使用的方式。

陸機的平仄並不很有規則，有雜亂的，也有整齊而不合後世詩律的，也有與後世詩律相近似的。其紛亂的情形，正足以反映詩律形成的過程，例如：

飲餞豈異族，親戚弟與兄。（〈於承明作與士龍〉）
｜｜｜｜｜　－｜｜｜－

夕息抱影寐，朝徂銜思往。（〈赴洛道中〉作二首之二）
｜｜｜｜｜　－－－｜｜

兩例的上句全用仄聲，這是後世詩律所忌諱的。在陸詩中，全平或全仄的情形並不難發現，如「佇立慨我嘆」（〈赴洛〉二首之一）、「冉冉老已及」（〈遨遊出西城〉）是全仄；「投綸沈洪川」（〈櫂歌行〉）、「鳴條隨風吟」（〈猛虎行〉）是全平。審其詩意，全仄的句子多有悲慨不平之情，全平的句子則沒有強烈的情緒。而在陸詩中，全仄的句子較常見，似與其悲慨的心情有關。如「飲餞豈異族」不僅全仄，而且配合設問的句法，使得手足離別的無奈與悲慨隨著急促的節奏突顯出來。其他如「佇立慨我嘆」、「夕息抱影寐」、「冉冉老已及」都有感嘆之意。可見這也是他表達感情的方式之一。再如：

永嘆遵北渚，遺思結南津。（〈赴洛道中作〉二首之二）
｜｜－｜｜　－｜｜－－

〔註 13〕詳見林烱陽《魏晉詩韻考》五〈魏晉四聲之類別〉，師大國文研究所集刊，第十六期，頁 168。

佇盼要暇景，傾耳玩餘聲。(〈於承明作與士龍〉)
| | — — |　— | | — —

其中平仄的安排調配已相當有規則，此類型的句子爲數不少，但常夾雜於平仄無規律的句中，不容易使詩的節奏晝一朗暢。不過，陸詩也有顯見刻意安排平仄的，如：

冉冉年時暮，迢迢天路徵。
| | — — |　— — — | —
招搖東北指，大火西南昇。
— — — | |　| | — — —
悲風無絕響，玄雲互相仍。(〈梁甫吟〉)
— — — | |　— — | — —
邀遊出西城，按轡循都邑。
— — | — —　| | — — |
逝物隨節改，時風肅且熠。(〈邀遊出西城〉)
| | — | |　— — | | |

平仄的調配雖異於後世的詩律，然已節奏分明。這絕非偶成，必然是經過刻意的安排。由此亦可證明陸機是重視音律的，只是當時尚無成法可循。

## (二)用　韻

詩中用韻，一方面可以藉著相同韻腳的重複出現，造成有規律的音響節奏。另方面可以藉著「聲義同源」的情形，用聲音來強化某種感情。〔註 14〕陸詩用韻除了強化節奏之外，頗能兼顧聲情的關係。大致上陸詩都是隔句押韻，其方式有兩種：一種是一韻到底。另一種是同一首詩中換二韻或兩韻以上。兩種方式所佔的比例以一韻到底的方式較大。而在所有的詩中，押鼻音韻的詩又超過一半，單是押鼻音韻且一韻到底的詩就有五十一首之多(同題者分計)，其他押鼻音韻而換韻的，更不在少數。茲將其押鼻音韻且一韻到底的詩之韻歸類，〔註 15〕表列如左：

〔註 14〕謝雲飛《文學與音律》，東大圖書公司，頁 61。

〔註 15〕本論文歸納陸詩的韻類，係依據林炯陽《魏晉詩韻考・魏晉詩歌韻譜》所分的韻目。同註 13。

| 韻類 | 侵 | 寒 | 寒元通押 | 元 | 耕 | 真 | 陽 | 蒸 | 東冬通押 |
|---|---|---|---|---|---|---|---|---|---|
| 詩數 | 12 | 9 | 5 | 6 | 8 | 4 | 4 | 2 | 1 |

其他非鼻音韻且一韻到底的詩，以押「脂」韻的最多，有八首。其次是「歌韻」，有六首。從陸詩押韻的情形和其所表現的思想情感來看，兩者之間有極密切的關係。黃永武《中國詩學・設計篇》引蕭滌非〈杜詩的韻律和體裁〉一文所言，以爲平聲韻東、冬、江、陽等，較適合於表現歡樂開朗的情緒；尤、幽、侵、覃等較適合於表達憂愁。此現象亦與陸詩的用韻相合，例如唯一押「東」（含冬韻）韻的詩是〈百年歌〉中的六十時，詩云：

六十時，年亦耆艾業亦隆，驂駕四牡入紫宮。

軒冕納那翠雲中，子孫昌盛家道豐。

表現的是家道隆盛的情形。又如押「陽」韻的〈短歌行〉，雖是感慨時光易逝，人生苦短，當及時宴樂，但其情緒是屬於激昂的。而陸詩最常用的，是適合用於表達憂愁的「侵」韻，共有十二首。其中〈赴洛〉二首之一、〈贈從兄車騎〉、〈贈尚書郎顧彥先〉二首之一是描寫他思鄉的情懷；〈悲哉行〉是寫客遊的傷感；〈豫章行〉、〈贈馮文羆〉則是敘離別之情；〈猛虎行〉表達不得志之嘆；〈春詠〉則傷時節；只有〈答潘尼〉一首看不到傷感之情。這種聲情相合的情形，似乎不是巧合，細察其他韻類的作品，大致都能兼顧聲情。謝雲飛《文學與音律》歸納詩韻和情思的關係，以爲：凡「寒、桓」韻的韻語，都含有黯然神傷，偷彈雙淚的情愫；凡「眞、文、魂」韻的韻語都含有苦悶、深沈、怨恨的情調；凡「庚、青、蒸」韻的韻語，都有淡淡的哀愁，似乎又有相當的理智。〔註 16〕其所歸納的情形，正是陸詩常用的方式。蓋鼻音韻本來就令人有綿邈的感覺，適合抒發憂傷之情。而陸詩的內涵是以悲情爲主，配合鼻音韻的運用，更加強纏綿憂苦的情緒。例如〈於承明作與士龍〉：

〔註 16〕同註 13，頁 61～63。

牽世嬰時網，駕言遠徂征。
飲餞豈異族，親戚弟與兄。
婉孌居人思，紆鬱游子情。
明發遺安寐，寤言涕交纓。
分途長林側，揮袂萬始亭。
佇眄要遐景，傾耳玩餘聲。
南歸憩永安，北邁頓承明。
永安有昨軌，承明子棄予。
俯仰悲林薄，慷慨含辛楚。
懷往歡端絕，悼來憂成緒。
感別慘舒翮，思歸樂遵渚。

詩中描寫陸機和陸雲分別的感傷。「征、兄、情、纓、亭、聲、明」是押「耕」韻，「予、楚、緒、渚」是押「魚」韻。「耕」韻是鼻音韻，適合表達哀傷的情感；「魚」韻據謝雲飛所歸納，亦含有日暮途窮，極端詩意的情緒。因此，「耕、魚」兩韻使得這首詩的哀情更爲悽惻。由以上的分析，可知陸機擅於掌握聲情的關係，故能成功的表達纏綿的悲情。

綜觀陸詩的音韻安排，在平仄方面，已有刻意調配的傾向，但和後世的詩律仍有相當大的差距；在用韻方面陸機已能將聲情的關係掌握得極恰當，尤其在表達悲情時更能達到悽惻纏綿的效果。使其作品達「其會意也尙巧，其遣言也貴妍，暨音聲之迭代，若五色之相宣」的效果。沈約等人所倡的聲病說，實由魏晉以降的作者不斷在詩作上斟酌音韻的成果中歸納出來的，沈氏卻在《宋書・謝靈運傳論》中謂潘、陸、謝、顏諸人不是知音者，實欠公允，且有邀功之嫌。

## 第二節　主題結構

陸機詩的語言繁整綺練，是由於他運用各種足以使詩句詞語優美的修辭方法使然。但是，美麗的語言只是作品的軀殼，是傳達思想情感的媒介。經由語言，讀者可以體會作者的思想情感在作品中生長、變化的過程，激發美感經驗。所以，好的作品除了要有好的表達工具之外，更要有內容。但是，內容在未經過藝術處理之前，並不等於通過了藝術處理後產生的美感經驗。〔註 17〕從藝術的欣賞來說，激發美感經驗的客體，並不是作爲作品內容的思想情感，而是情感思想在作品中生長、變化的過程，亦即作品的意義階層安排，也可稱爲作品的主題結構。〔註 18〕探尋作品的主題結構，可以使我們進入作品中領會美感，也可以瞭解作者的表現方式。本節試將陸機詩的主題結構中較主要的表現方式分別闡析如下：

## 一、情感的疊現

陸機大多數的詩都是籠罩著悲情，而他表達的方式往往依著一種感情的定向，不斷抒發、重疊、加深、強化，使情感達最高的張力，造成作品強大的感染性。例如他描寫離鄉客遊的悲苦云：

總轡登長路，嗚咽辭密親。
借問子何之，世網嬰我身。
永嘆遵北渚，遺思結南津。
行行遂已遠，野途曠無人。
山澤紛紆餘，林薄杳阡眠。
虎嘯深谷底，雞鳴高樹巔。
哀風中夜流，孤獸更我前。
悲情觸物感，沈思鬱纏綿。

這首詩一開始就透露了悲傷的情緒：作者帶著傷感的情懷與親人告別，將離家遠行。這種離鄉漂泊的感傷就是整首詩的主題，全篇的文字都以此爲定向而發展，漸次加深、重疊。次兩句以問答的方式說明他離鄉的原因——爲世俗之務所牽。流露無奈的心情。接著他利用空間的遙隔來襯託離思，他雖長歎北行，但其所懷念掛心的卻是育他長他的南方故鄉。至此，作者的情感已在原先離別的痛苦和無奈上添增

〔註 17〕葉維廉〈維廉詩話〉，見《秩序的生長》。志文出版社，頁 207。
〔註 18〕這是張淑香引葉維廉〈現象、經驗、表現〉的說法。詳見《李義山詩析論》，藝文印書館，頁 117。

了思鄉的情懷。而在曠無人煙的旅途中，無所見所聞更令他心生悲感：逶迆屈曲的山途水道、一望無際的草木令人倍感前途艱難渺茫。深谷的虎嘯，徒增旅途的險怖；樹巔的雞鳴，又添幾許的鄉愁。加上夜半淒涼的風、離羣的孤獸，更令他觸物興感，悲從中來，鬱鬱不歡。最後兩句「佇立望故鄉，顧影悽自憐」凝聚了整首詩的情感，既蘊含思鄉的愁苦，也顯示遊子無所依恃的孤獨，纏綿沈鬱。全詩的情緒始終依著客遊懷鄉的悲傷，不斷加強、重疊，即使對景物的描寫，也充滿作者感情的投射，其所要表達的主題也因此而更加顯明作品也更具感染力。又如：

玉衡固已驂，羲和若飛凌。
四運循環轉，寒暑自相承。
冉冉年時暮，迢迢天路徵。
招搖東北指，大火西南昇。
悲風無絕響，玄雲互相仍。
豐冰憑川結，零露彌天凝。
年命時（按：一作特）相逝，慶雲鮮克乘。
履信多愆期，思順焉足憑。
慷慨（按：《樂府詩集》作「憾憾」）臨川響，非此孰爲興。
哀吟梁甫巔，慷慨獨撫膺。（〈梁甫吟〉）

也是依著主題的情感定向，不斷加強情緒。詩的開頭已明示時光飛逝，接著以四時的變化強調主題，最後以慨嘆年命逝去做爲結束。四時更迭，年華飛逝原本是自然的現象，平常在面對此種現象時，難免有所感慨，卻不至於傷感過度。而在不得志時，便難以平常心面對流逝不止的韶光。這首詩所流露的傷時感逝之情，正緣起於作者的不得志，而其悲情的深刻，卻由作者不斷以時光流逝的意象強調出來。大抵時光流逝愈多，其所能擁有的年命就愈少，連帶著施展抱負的機會也減少了，因此，心中的悲痛也更深了。這種詩的前大半部分完全以自然界的變化顯示光陰流逝，前四句由天象的變化說明時間遷移的快速：玉衡是指北斗七星中的玉衡星，羲和是指日御。玉衡如驂駕而行，羲和御日如飛，在宇宙萬象不停的變化循環中，眼前又屆歲暮。所謂「招搖東北指」是指北斗七星的第七星搖光指向東北方，「大火西南昇」是指大火星自西南方昇起。從這些天象的變化，顯示時序已是季冬，爲歲暮矣！於此之際，是人對時光流逝最敏感的時候，卻要面對歲暮的悲涼：悲風蕭條不絕、相連不散的烏雲令人黯然；河川豐厚的結冰，滿天的墜露更予人蒼茫淒涼之感。而在年命相逝之後，思及自己不如意的遭遇，更添傷感。「履信多愆期，思順焉足憑」是他對遭遇的感慨。《文選》李善注引《易・繫辭》曰：「天之所助者順也，人之所助者信也。」則「履信」、「思順」二句正謂人助和天助皆不可憑恃，是以對著逝去不回的川水興嘆。詩的最後爲所有感傷的抒發，也是整首詩的情感高潮。

陸機詩中屬於這種主題疊現結構的，幾乎全用於表現心中的悲情，表達客遊思鄉的愁緒的，如〈赴洛〉二首、〈赴洛道中作〉二首、〈贈從兄車騎〉、〈於承明作與士龍〉、〈門有車馬客行〉；悲憫時序推移的，如〈折楊柳〉、〈日重光行〉、〈月重輪行〉；表達生離死別之苦的，如〈挽歌〉、〈豫章行〉、〈贈弟士龍〉等等，都是以情感疊現的方式強調悲情。

## 二、情境的逆轉

所謂情境逆轉，是指主題結構的設計上，前後的情境產生相反的突變。詩歌中所表現的情境逆轉，事實上是一種物、我的新關係的發現。正因爲發現了這種新關係，因此導致原來信以爲眞的所謂「正常情境」不再被認爲完全眞實牢靠，進而令人體認到與「正常情境」相違的「異常情境」的可能與存在。而在這種體悟中，人的意識也隨著昇高，進入一種更豐富的整體意識，對人我與世界的各種現象的體認有更高更完全的綜合，所產生的反應與態度也更複雜精微。〔註19〕陸機詩中屬情境逆轉結構的如：

〔註19〕詳見柯慶明〈中國古詩的基本結構〉，收於《境界的探求》。聯經出版事業公司，頁113。

駕言出北闕，躑躅遵山陵。
長松何鬱鬱，丘墓互相承。
念昔徂歿子，悠悠不可勝。
安寢重冥廬，天壤莫能興。
人生何所促，忽如朝露凝。
辛苦百年間，戚戚如履冰。
仁知亦何補，遷化有明徵。
求仙鮮克仙，太虛不可凌。
良會罄美服，對酒宴同聲。(〈駕言出北闕行〉)

這首詩的主題是由感嘆人生苦短而體悟當及時爲樂。詩的前六句敘述作者因出遊而見丘墓相承，遂興憂思。接著感歎人生苦短，謂人的生命有如易晞的朝露，而不滿百年的生涯又如臨深履薄般辛苦，且不論智、愚、賢、不肖最後都必然走上同一條路，即使有仁有智，於事又何補呢？至此作者已對戚苦而短暫的人生產生懷疑，「求仙鮮克仙」兩句更是他看透人世的體悟。魏晉時代盛行服食求仙，以期自現實的痛苦中解脫，但是，這對作者而言是不可信的，還不如美服飲酒，以求暫時的歡樂。詩中的情境由原先的愁苦逆轉而成曠達的襟懷。又如：

逝矣經天日，悲哉帶地川。
寸陰無停晷，尺波豈徒旋。
年往迅勁矢，時來亮急弦。
遠期鮮克及，盈數固希全。
容華夙夜零，體澤坐自捐。
茲物苟難停，吾壽安得延。
俛仰逝將過，倏忽幾何間。
慷慨亦焉訴，天道良自然。
但恨功名薄，竹帛無所宣。
迨及歲未暮，長歌承我閒。(〈長歌行〉)

整首詩也是在「慷慨亦焉訴」之後才體悟並接受年命相逝的事實，轉而興起及時爲樂的意念。屬於這種結構型態的作品，陸機大部分用於樂府詩，或感嘆人生苦短而當及時行樂，如〈短歌行〉、〈順東門西行〉；

或勵志用世，如〈猛虎行〉、〈遨遊出西域〉、〈飲馬長城窟行〉；或贈別親友，如〈贈交趾公貞〉、〈贈馮文羆遷斥丘令〉等，不論其情境是由悲轉喜，或由喜轉悲，都是利用情境逆轉所產生的對比與衝擊力，增加作品的戲劇性，達到感人的效果。

## 三、情景的相融

情景相融是先呈現客觀的外在事物，然後才顯出內在的情感。陸機的作品主要在表達他主觀的情感思想，尤其他強調「詩緣情」的觀念，而情的本質是縹渺而朦朧的，它的本身無形象可見，不能在客觀上加以捕捉，必須通過語言和外在的事物，賦予音節與形像，並且由此把內在主觀的東西傾吐出來。〔註20〕而情感又能直接感受外在景物當下的刺激，因而觸發靈感；創作活動的意義，就在於掌握、反映情感與外物相摩相盪的種種境遇與啓悟，〔註21〕故作者常描寫景物來託喻情思。在先秦的文學作品中也有描述自然景物的，如「昔我往矣，楊柳依依；今我來思，雨雪霏霏」（《詩經．采薇》）之類的例子極多，但此種方式主要是以景物表明時序，不是純粹用於表達或寄託情思的。用景物寄託情意的手法，可謂源自《楚辭》，到了魏晉詩人，因時代的傷感特色，遂在詩賦中大加運用。〔註22〕陸機的詩便常運用這種方式表達情思。例如：

北遊幽朔城，涼野多險難。
俯入窮谷底，仰陟高山盤。
凝冰結重澗，積雪被長巒。
陰雲興嵒側，悲風鳴樹端。
不覩白日景，但聞寒鳥喧。
猛虎憑林嘯，玄猿臨岸歎。

〔註20〕徐復觀〈釋詩的比興——重新奠定中國詩的欣賞基礎〉，收於《中國文學論集》，學生書局，頁96。
〔註21〕蔡英俊《比興物色與情景交融》，第三章〈情景交融的理論基礎（下）：物色與形似〉。大安出版社，頁172。
〔註22〕廖蔚卿〈論機陸的詩〉，收於《中國古典文學研究叢刊：詩歌之部（一）》，巨流出版社。

夕宿喬木下，慘愴恒鮮歡。

渴飲堅冰漿，飢待零露餐。

離思固已久，寤寐莫與言。

劇哉行役人，慊慊恒苦寒。(〈苦寒行〉)

這首詩應是模擬古題之作。陸機在描寫行役人的苦楚時，運用許多自然景物來烘託，如「涼野」、「窮谷」、「高山」的意象令人覺得荒涼與空間隔離；又如「凝冰」、「積雪」、「陰雲」、「悲風」、「寒鳥」、「猛虎」、「玄猿」則更添冰冷可怖之感。而這些景物同時反映了行役之人的感受，如果沒有「夕宿喬木下」之後的說明，讀者依舊可以感受到詩中悲苦的氣氛。本章第一節末所引的〈贈尚書郎顧彥先〉，是他以情景相融的方式，表達主觀情思的典型作品，爲了便於瞭解其主題結構，茲再全詩錄出：

朝遊遊增（按：一作層）城，夕息旋直廬。

迅雷中宵激，驚電夜光舒。

玄雲拖朱閣，振風薄綺疏。

豐注溢脩雷，黃潦浸階除。

庭陰結不解，通衢化爲渠。

沈稼湮梁潁，流民泝荆除。

眷言懷桑梓，無乃將爲魚。

整首詩從第三句開始用極多的筆墨描寫霪雨爲患的情形。由天上的雷、電、風、雲到地上的雨水，都極盡描摹之能事，而在「庭陰結不解、通衢化爲渠」兩句，將大自然所造成的景象和生民相連，到了最後兩句突入內在的感情，將其對故鄉的憂懷表露出來。像這種描寫的方式，可以當得「巧構形似之言」的評語。〔註 23〕陸機詩中，純粹像這類型的作品並不多，而以景物託喻情感的方式卻是他常用的手法，往往在一首詩中佔大半的比例。其所託喻的情感大多爲漂泊思鄉的情懷，如〈吳王郎中時從梁陳作〉、〈悲哉行〉、〈答張士然〉；也有傷時歎逝的哀感，如〈董逃行〉、〈上留田行〉等，或由情而入景，或由景以

〔註 23〕同註 22。頁 92。

入情，或併合使用。其中由景入情的方式與六朝「巧構形似之言」的詩，同樣都是以「體物」、「寫物」及「感物詠志」的結構寫成。〔註24〕而〈文賦〉云：「詩緣情而綺靡，賦體物而瀏亮」，則不僅其緣情體物的觀念對六朝文學有啓導之功，其實際的創作也有示範的作用。

## 四、客觀的鋪陳

文學創作是最主觀的。所謂客觀鋪陳的方式，是指在作品中作者主觀的感情介入較少，而由陳述客觀的事物以說明主題。這是主題結構最簡單的表現方式。讀者雖可以從作品中看出作者的情緒，卻難以掌握其中的變化。例如：

遲遲暮春日，天氣柔且嘉。
元吉隆初巳，濯穢遊黃河。
龍舟浮鷁首，羽旗垂藻葩。
乘風宣飛景，逍遙戲中波。
名謳激清唱，榜人縱棹歌。
投綸沈洪川，飛繳入紫霞。(〈蜘櫂歌行〉)

描寫三月上巳日遊黃河流濯除穢的情景。前兩句交代時節和氣候，次兩句說明日期和出遊的地點及目的，第五句以下都是景物的描寫。作者並沒有介入說明，只是客觀敘述，利用鏡頭的移動，把河中的景象一一作交代。又如：

置酒宴佳賓，瞻眺臨飛觀。
絕嶺隔丈餘，長嶼横江半。
日色花上綺，風光水中亂。
三益既葳蕤，四始方葱粲。(〈當置酒〉)

這首詩也是先說明主題，然後鋪陳景物。陸機在鋪陳景物時，喜歡用排偶的句法，如果主題結構屬這類型的，則以短篇較佳，因爲鋪排的結果，易形成單調呆板的作品，他的〈皇太子宴玄圃宣猷堂有令賦詩〉

〔註24〕廖蔚卿〈從文學現象與文學思想的關係談六朝巧構形似之語的詩〉，收於《中國古典文學論叢冊一：詩歌之部》，中外文學月刊社，頁43。

即如此。而他的招隱遊仙及描寫人物的詩也是用這種客觀舖陳的方式。到了魏晉的小賦，才有較多個人的情感色彩。陸機運用這種方式寫詩，可能受賦體「體物而瀏亮」的寫作方式影響。

以上將陸機詩的主題結構做了簡要的分析與說明，從中可以了解陸機表現情感的方式。大抵他表現悲情，喜歡用「情感疊現」和「情景相融」的方式，而「情境逆轉」多用於表現及時行樂的心情。除了客觀舖陳較不易發現作者的情感外，其他三種方都是以「情」爲主，和他「詩緣情」的觀念也相符合。

## 第三節　風　格

所謂風格，是一個時代的一般性或社會意識與一個藝術家的特殊性或個人意識透過藝術品的形式與品質而形成那一藝術家的世界。〔註25〕以文學而言，風格呈現於作爲表現形式的語言文字和作爲內容的情感思想。而形成風格的因素，除了作品本身的形式或內容外，還涉及作者自身的人格與經歷，及作者與時代、社會間的關係。因此，一個作者有一個作者的風格，一個時代有一個時代的風格，或浪漫、或寫實、或濃麗、或清淡，其間的分別是各種因素交互影響的結果，不能以價值判斷去衡量。

### 一、悲慨之情與繁縟之語

陸機詩的風格，就其情感思想而言，可謂悲慨纏綿；就其文字而言，則繁整綺練。

從陸機詩的內涵中，可以看出抒發悲情的作品佔其大半：或悲家國之顛覆，或傷身世之飄泊，或感舊鄉之壅隔，或憫時序之推移，或哀天人之永隔。其於感傷之際，往往慷慨難平；於抒發之時，則反複纏綿。至於其他類型的作品，情感雖較浮淺，也不脫悲慨的色彩。而不論作品

〔註25〕姚一葦《藝術的奥秘》，第十章〈論風格〉。臺灣開明書店，頁309。

的內容是什麼類型，陸機皆以縟麗的文字表達。在本章第一節，透過各種修辭技巧的分析，不難發現陸機所運用的都是使作品華美的修辭法。在美化語言文字的視覺或聽覺效果方面，他使用了對偶、排比、頂眞、類疊等各種方式，尤其是排偶句法不僅字句工整，連意象也呈舖排對稱，最易使作品繁整，而陸機卻最喜歡運用。在增加語言密度，豐富詩的意象方面，他多運用比喻、借代、引用、描摹的方式，益使詩文繁縟，造成繁整綺練的風格。今以其〈赴洛〉第一首說明之。其詩云：

希世無高符，營道無烈心。
靖端肅有命，假檝越江潭。
親友贈予邁，揮淚廣川陰。
撫膺解攜手，永歎結遺音。
無迹有所匿，寂寞聲必沈。
肆目眇不及，緬然若雙潛。
南望泣玄渚，北邁涉長林。
谷風拂脩薄，油雲翳高岑。
亹亹孤獸騁，嚶嚶思鳥吟。
感物戀堂室，離思一何深。
佇立慨我歎，寤寐涕盈衿。
惜無懷歸志，辛苦誰爲心。

內容是描述他與親友告別，離鄉赴洛的悲情。從「希世無高符」至「永嘆結遺音」是敘述他赴洛的原因及與親友揮淚告別的情形，已將詩中的悲情表露出來。「無迹有所匿」以下至「北邁涉長林」是描述與親友告別之後獨自北行的孤寂與悲悽，他以目視不見形迹、耳聽不聞音聲形容故鄉之遙遠，更添空虛悲涼。「谷風拂脩薄」至「嚶嚶思鳥吟」全是寫景狀物，但也是他的情感投射，看見走獸便覺得牠孤獨，聽見鳥鳴也認爲牠有所思，而風和雲更給人陰涼幽鬱的感覺。接著他以感物興念的方式道出心中的苦楚：「感物戀堂室，離思一何深」是全詩所要表達的主旨，他重複申述，並加「佇立慨我歎，寤寐涕盈衿」二句強調其離思難堪。最後「惜無懷歸志，辛苦誰爲心」兩句則以其甘於忍受鄉愁而無懷歸之心和詩的開頭相應，更於鄉愁之外別見其抱負，而此抱負正是鄉愁愈趨濃烈的主因，所以他說「惜」無懷歸志，鄉愁也因此遂了無盡期！詩中的感情層層凝練，悲意纏綿。

至於詩中所用的修辭方式，排偶句法已超過全詩的二分之一，像「亹亹孤獸騁，嚶嚶思鳥吟」二句又加上叠字以狀聲形容，於繁整之外更顯得縟麗。以此種方式表達纏綿的悲意，遂使情繁而文辭妍贍。而「希世無高符，營道無烈心」兩句是陸詩中常見的引用方式，「希世」典出於《莊子》，「營道」則由《禮記》而來，這種修辭方式雖可以凝練字句，但有時會使詩意隱而不顯，反見雕琢之病。因此，孫綽曾評陸文「深而蕪」（《世說．文學篇》）。

又如〈赴洛道中作〉第二首云：

遠遊越山川，山川脩且廣。
振策陟崇丘，按轡遵平莽。
夕息抱影寐，朝徂銜思往。
頓轡倚嵩巖，側聽悲風響。
清露墜素輝，明月一何朗。
撫枕不能寐，振衣獨長想。

內容是描寫遠遊的情懷，但非玩賞景物，而是離鄉赴洛，所以仍是悲懷。詩的前四句敘述遠遊的狀況：山川廣而長，行人時而驅馬翻山越嶺，時而按轡徐行，只見旅途的辛苦，未覩作者的感情。「夕息抱影寐」以下則漸漸披露情感，先由「抱影寐」顯出作者的孤寂，再由「銜思往」說明其心中有紆鬱之情。接著以「頓轡倚嵩巖，側聽悲風響」正式拈出心中的悲情。本來是按轡徐行，至此則停馬不前，傾聽悲風作響。之後，筆鋒突轉，以「清露墜素輝，明月一何朗」勾畫一幅月夜清朗，墜露耀輝的美景，由此襯託出作者「撫枕不能寐，振衣獨長想」的悲鬱。這首詩的表達方式是含蓄漸進，和前一首反複纏綿的方式不同，但辭藻均甚爲華麗，對偶仍爲主要的句法，於開頭則用頂眞。在詩中分用「振策」、「案轡」、「頓轡」暗示情緒的變化，更顯得路途漫長，也有纏綿之意。再者，這首詩和前一首都是押陸機表達悲情最常用的鼻音韻，使其在辭情繁贍華美之外，更添不盡的幽怨。

## 二、風格之形成與特色

陸詩的風格，實帶著濃厚的時代和個人色彩。就時代而言，《文心雕龍．明詩篇》曰：

> 晉世群才，稍入輕綺，張潘左陸，比肩詩衢，采縟於正始，力柔於建安，或析文以為妙，或流靡以自妍，此其大略也。

〈時序篇〉也提到晉世的作者「並結藻清英，流韻綺靡」，可知文藻綺靡縟麗是當時作家的共同點。而陸機的作品更是當時的代表。鍾嶸許陸機為太康之英，並謂其「舉體華美」、「咀嚼英華，厭飫膏澤，文章之淵泉也」；劉勰也說陸機「綴辭尤繁」（《文心雕龍．鎔裁篇》）；王世貞《藝苑巵言》也說：「陸士衡翩翩藻秀，頗見才致」，諸家一致認為陸機詩的辭藻繁為縟麗。陸詩的內涵除了他個人的悲情外，也可以發現時代共同的情感，如感時歎逝，及時行樂，招隱遊仙等，在當時的作家作品中都可以找到。甚至擬古的風氣也對陸機產生極大的影響。因此，不論自作品的形式或內容來看，陸機詩的風格均染著濃厚的時代色彩。

其次，就陸機本身而言，他的才氣、經歷及文學觀念，都是形成個人風格的重要因素。張華曾謂陸機曰：

> 人之作文，患於不才，至子為文，乃患太多。（《世說》注引《文章傳》）

鍾嶸《詩品》亦謂陸機：

> 才高詞贍。

又云：

> 陸才如海。

劉勰亦謂：

> 士衡才優。（《文心雕龍．鎔裁篇》）

都是對陸機才氣的稱許。但也由於才氣高深，遂使他的作品情辭皆趨於繁縟。如劉勰所云：「陸機才欲窺深，辭務索廣，故思能入巧而不制煩。」(《文心雕龍・才略篇》)連極推崇陸機的陸雲也有「皆欲微多」(〈與兄平原書〉)的評語。再者,陸機以東吳世族之後,亡國去家,遊宦仕晉,又以久在羈旅,曰歸未克,徘徊諸王之間,愈多感傷慷慨之辭。遂使作品在繁縟之外,更見悲慨之情。但因他喜歡排比舖陳,是以,常有繁蕪之累。例如《悲哉行》云:

遊客芳春林,春芳傷客心。
和風飛清響,鮮雲垂薄陰。
蕙草饒淑氣,時鳥好多音。
翩翩鳴鳩羽,喈喈倉庚吟。
幽蘭盈通谷,長秀被高岑。
女蘿亦有託,蔓葛亦有尋。
傷哉遊客士,憂思一何深。
目感隨氣草,耳悲詠時禽。
寤寐多遠念,緬然若飛沈。
願託歸風響,寄言遺所欽。

這是客遊感物,憂思而作。就其章法而言,「遊客芳春林」二句是「起」,說明春林可戀,客心易傷。第三句以下是承前面的文意,描寫春林的花草鳥鳴及和風鮮雲。「女蘿亦有託,蔓葛亦有尋」二句謂女蘿蔓葛各有所託,而己則客遊無依,是所謂的「轉」。「傷哉客遊士,憂思一何深」則是感物而悲,且與開頭二句相呼應,詩意至此已算完整,可以作結。

但是,陸機又重申其感傷之由,「目感隨氣草」猶如前面「蕙草饒淑氣」;「耳悲詠時禽」猶如「時鳥多好音」,其間的差別僅在於後者明白的透露遊客的感傷,反而失去原有的含蓄,且語意重複。再就寫物而言。詩中「時鳥多好音」已足以喚起讀者的想像,而他又加上「翩翩鳴鳩羽,喈喈倉庚吟」二句,使文字更爲繁縟。其他如「和風飛清響」、「願託歸風響」等,皆重複言之。喜歡繁縟的人,可能認爲此詩傷纏綿;而好清省的人,必詬病此詩章法蕪亂、語辭繁縟。

至於他的文學觀念,對其作品風格更有決定性的影響,因爲一個作家的作品必定是以他所認可的方式來表達。而所謂的文學觀念，已包括對文學表達方式的認可。雖然難免受時代風尚的影響，但畢竟是最具主觀色彩的。陸機極重視爲文法式，他說：「普辭條與文律，良余膺之所服」(〈文賦〉)，而在〈文賦〉中所論述的，也是「作文利害之所由」。本論文在第一章第三節中已將文賦中所蘊含的文學觀念略作梳理，可以明顯看出陸機是兼重作品的辭和意，且以意爲主。他並列出爲文的四個利害關鍵和必須防止的五種弊病，提醒作者應「達變而識次」，不可「操末以續顛」，其目的在使作品的辭、意作最適當的安排。他對辭藻華美的要求已不用再贅述，但有幾個觀念和他作品繁縟的風格有直接的關係：一是「立片言而居要，乃一篇之警策」。這兩句話是指在文繁理富的情形下只須片言居要突出主題，則綱舉目張，不致因辭理繁富而成累。二是「石韞玉而山輝，水懷珠而川媚。彼榛楛之勿翦，亦蒙榮於集翠」。這是指在文中保留精美的辭句，以調劑平庸的文辭。三是「或清虛以婉約，每除煩而去濫，闕大羹之遺味」。指文章過於清省則缺乏美味。第一個觀念是主張以警策句解救文理繁富之弊。第二個觀念是主張以精美句拯救平庸的文辭。第三個是不喜歡文章過於清省。從第一、三的觀念可以看出陸機原本就不排斥文理繁富，且不喜歡清省。第二個觀念謂「彼榛楛之勿翦」，更顯出他捨不得割愛，即使是平庸的辭句也加以保留。由此可見他不但要求辭藻華美，且不避繁富。而他「詩緣情而綺靡」的主張，更是決定其詩風的主要因素。他的詩大部分是抒發自己的情感思想，可以稱得上眞正的緣情；而他表現的方式和所用的文字，也的確如其所言。但是，他服膺儒術、非禮不動的矜重個性，使他在抒情時略趨保守深沈，用辭也偏好典雅工整。《文心雕龍・體性篇》云：

士衡矜重，故情繁而辭隱。

正謂其個性矜持厚重，故情雖繁複而文辭曲折。因此陸詩在繁縟綺麗之外，尚有深沈的一面。

鍾嶸《詩品》謂陸機詩：

> 才高詞贍，舉體華美。氣少於公幹，文劣於仲宣。尚規矩，不（按：不字疑衍）貴綺錯，有傷直致之奇。然其咀嚼英華，厭飫膏澤，文章之淵泉也。

其評論可謂公允：由於才高，故能詞贍而舉體華美；尚規矩，故於語言文字和文意的組織與安排有很好的秩序，使其作品綺練、工整。然而，因其太重雕琢、貴綺錯，反使情致被隱蔽，缺乏直切感人的力量，故「有傷直致之奇」。因此，其文猶劣於仲宣，氣則少於公幹。王粲詩的文辭秀拔，體質羸弱；劉楨則氣過其文，雕潤恨少。〔註26〕陸機詩雖兼有其美文質相參，卻不能臻於至善，但乃不失為「文章之淵泉」。

## 結　語

陸機的詩，是以他自身的情感思想為主要內涵，和他所倡的「緣情」觀念相符合。就其所表達的情感思想而言，亦頗能抒發一己的情志，但在意境上並無開拓之功；加以它的文字繁整綺練，掩蓋了內涵，更使讀者的注意力集中在詩的語言上，忽略其中蘊含的情思，黃子雲甚至以為陸詩「不能流露性情，均無足觀」（《野鴻詩的》）。經過本論文的分析歸納，將陸詩的悲情凸顯出來，證明陸機不是「但工塗澤」（沈德潛《古詩源》）而已，則後人的誤解自可澄清。在語言方面，陸詩不脫時代色彩，而大量運用排偶句法卻造成繁縟的風格，是他的特色，同時也最為人所詬病，但是對後來律詩的成熟應有啓發之功。至於他的修辭技巧，陸詩中所運用的也是以使語言形式優美的修辭法為多。由此可見「詩緣情而綺靡」的觀念不僅是他倡導的理想，也是他創作實踐的依據。

如果和其他時代的傑出作者相較，陸機的詩成就並不算高；但和同時的作者相比，則堪為太康時期的代表。鍾嶸《詩品》云：

> 孔氏之門如用之詩，則公幹升堂，陳思入室，景陽、潘、陸自可坐於廊廡之間矣。

---

〔註26〕《詩品》謂王粲詩「發愀愴之詞，文秀而質羸」。又謂劉楨詩「氣過其文，雕潤恨少」。

可見在鍾嶸眼中，陸機的作品比不上劉楨和曹植，只較張協和潘岳稍微出色。究其所以爲太康之英的因素，則在陸詩能文質相參、辭情相稱，張、潘則質稍弱。鍾嶸謂張、潘皆源出於王粲，而王粲是「文秀而質羸」，故張、潘二人之文雖秀麗可喜，但其作品的內容不能和其文字相稱。鍾嶸又謂陸機詩源出於曹植，而曹植的詩是「辭采華茂，情兼雅怨，體披文質」(《詩品》)。陸機的作品在辭情的表現上雖不能臻於至善，卻已兼具兩者應有的美感，故於太康詩人中最受鍾嶸的推舉。至於後世對陸詩的褒貶，往往不能客觀。《文心雕龍・知音篇》云：

> 夫篇章雜沓，質文交加，知多偏好，人莫圓該。慷慨者逆聲而擊節，醞藉著見密而高蹈，浮慧者觀綺而躍心，愛奇者聞詭而驚聽。會己則嗟諷，異我則沮棄。

可知此種現象自古而然。這是將個人的趣味好尚作爲判斷的依據，和作品的成就並無關係，無須多費筆墨。

# 結　論

魏晉六朝不僅政治局勢動盪不安，在思想上也呈現儒學衰微、玄學興盛之象。時勢潮流所趨，文學的發展亦進入自覺的時代：在觀念上已承認文學獨立，在創作上也傾向個人情感思想的表達，且崇尚藻飾。陸機生當西晉之世，無論在文學觀念或實際創作上，都深受時代風尚的影響；而其所提出的文學觀念和創作，對當時和後世也有相當的影響。

在文學觀念方面，本論文在緒論的第三節已略將〈文賦〉所蘊含的觀念整理條貫，可以明顯看出陸機雖兼重作品的內容與形式，卻極強調表現的技巧。其所謂的內容亦以個人的情感思想爲主，所謂的「詩緣情」，更和傳統「詩言志」的觀念異趣，對後世的文學創作影響頗深，使後世的作品內容更趨於個人化。在作品的表現方面，他區分各種文體，並賦予審美的標準，然後提出「會意尚巧」、「遣言貴妍」、「音聲迭代」的原則，且說明爲文的四個關鍵和應防止的五種弊病，在技巧上的陳述具體而詳盡。足見他對表現的技巧甚爲講究。而他認爲作品需兼顧音聲之美的觀念，對永明之際的聲律說也有啓示作用，其他如創作時的靈感、構思及創作前的預備功夫諸問題，對後來的作者及文學理論的發展都有極大的影響。張少康認爲〈文賦〉中的每一個論點，在《文心雕龍》中都可以看到它的影響。〔註1〕而六朝文學的綺

〔註 1〕張少康《文賦集釋・前言》。漢光文化事業公司，頁 7。

靡之風，也是順著「詩緣情而綺靡」的觀念發展而成的。足見〈文賦〉對後世文學的影響十分深刻而廣泛。

在實際創作方面，陸機兼長各種文體，舉凡詩、賦、論、議、箋、表、碑、誄、頌、贊等，都是一時之選。其詩的內涵和藝術技巧，經由前面各章的分析，可以從悲慨纏綿之情和繁整綺練的文字看出，他的實際創作和文學觀念是一致的。雖然在作品的意境上並無開拓之功，表現的技巧也未能臻於至善，在文學史上不能和其他時期最出色的作家媲美，但已堪為西晉作家之代表。

由詩歌的發展來看，魏晉六朝正是從漢樂府發展到唐代近體詩的過渡時期。五言詩在當時已臻於成熟，七言詩和律詩也是經過魏晉六朝文人的努力，才得以日趨成熟。在這個發展過程中，陸機首先大量採用排偶的句法做詩，且在對偶的技巧上力求變化，對律詩的形成有很深的影響。總而言之，由於他的實際創作和文學觀念配合，為六朝綺靡的詩風作導引，使我國的詩歌能在經過著重文句的雕琢的六朝之後，成就唐詩的綺練。因此，陸機在文學史上的貢獻，除了作品的成就之外，對後世文學尚有啓導之功；其地位亦遠非當時的作家可比。

# 主要參考書目


1. 《陸士衡文集》，陸機，藝文印書館百部叢書集成小萬卷樓叢書影本。
2. 《陸士衡詩注》，郝立權，藝文印書館。
3. 《晉陸平原先生機年譜》，姜亮夫，商務印書館。
4. 《陸機及其詩》，康榮吉，政大中文研究所碩士論文。
5. 《陸機研究》，丁嬪娜，輔大中文研究所碩士論文。
6. 《新校三國志注》，裴松之，世界書局。
7. 《世說新語箋疏》，余嘉錫，仁愛書局。
8. 《晉書》，房玄齡等，鼎文書局。
9. 《魏晉南北朝史》，王仲犖。
10. 《魏晉思想論：收於魏晉思想論》，劉修士，里仁書局。
11. 《魏晉玄學論稿：收於魏晉思想論》，湯錫予，里仁書局。
12. 《中國文學發展史》，劉大杰，華正書局。
13. 《中國文學批評史》，羅根澤，明倫出版社。
14. 《中國文學批評史》，郭紹虞。
15. 《漢魏六朝樂府文學史》，蕭滌非，長安出版社。
16. 《中國詩史》，陸侃如、馮沅君。
17. 《樂府文學史》，羅根澤，文史哲出版社。
18. 《中國中古文學史》，劉師培，育民出版社。
19. 《中古文學史論》，王瑤，長安出版社。

20. 《魏晉南北朝文學思想史》，張仁青，文史哲出版社。
21. 《文選》，李善注，藝文印書館。
22. 《玉臺新詠》，吳兆宜注，中華書局四部備要。
23. 《樂府詩集》，中華書局四部備要。
24. 《漢魏樂府風箋》，黃節，廣文書局。
25. 《古詩源箋注》，王蒓父，華正書局。
26. 《先秦漢魏晉南北朝詩》，逯欽立輯，木鐸出版社。
27. 《古詩十九首集釋》，劉履，世界書局古詩集釋等四種。
28. 《陸士龍集》，陸雲，中華書局四部備要。
29. 《文心雕龍註》，范文瀾，維明書店。
30. 《詩品注》，汪中，正中書局。
31. 《歷代詩話》，何文煥訂，藝文印書館。
32. 《續歷代詩話》，丁福保輯，藝文印書館。
33. 《清詩話》，丁福保輯，藝文印書館。
34. 《詩藪》，胡應麟，廣文書局。
35. 《義門讀書記》，何焯，商務印書館四庫全書影本。
36. 《湘綺樓說詩》，王闓運，鼎文書局。
37. 《文學概論》，王夢鷗，藝文印書館。
38. 《文藝心理學》，朱光潛，開明書店。
39. 《藝術的奧秘》，姚一葦，開明書店。
40. 《美的範疇》，姚一葦，開明書店。
41. 《詩論》，朱光潛，正中書局。
42. 《中國詩學》，黃永武，巨流出版社。
43. 《中國詩學縱橫論》，黃維樑，洪範書局。
44. 《中國詩學》，劉若愚著，杜國清譯，幼獅文化事業公司。
45. 《中國文學理論》，劉若愚著，杜國清譯，聯經出版公司。
46. 《陳世驤文存》，陳世驤，志文出版社。
47. 《秋序的生長》，葉維廉，志文出版社。
48. 《二度和諧及其他》，施友忠，聯經出版公司。
49. 《境界的探求》，柯慶明，聯經出版公司。
50. 《期待批評時代的來臨》，沈謙，時報文化公司。

51. 《六朝文論》，廖蔚卿，聯經出版公司。
52. 《六朝詩學研究》，李瑞騰，文化中文研究所碩士論文。
53. 《六朝「風格論」之理論與實踐》，蔡英俊，台大中文研究所碩士論文。
54. 《比興物色與情景交融》，蔡英俊，大安出版社。
55. 《漢魏六朝專家文研究》，劉師培，中華書局。
56. 《兩晉詩論》，鄧仕樑，香港中文大學。
57. 《兩晉五言詩研究》，王次澄，東吳中文研究所碩士論文。
58. 《六朝詩中巧構形似之言》，王文進，師大國文研究所碩士論文。
59. 《詩詞曲疊句欣賞研究》，裴普賢，三民書局。
60. 《古詩十九首探索》，馬茂元，復文圖書出版社。
61. 《陸機文賦校釋》，楊牧，洪範書店。
62. 《文賦集釋》，張少康，漢京文化事業公司。
63. 《中國文學論集》，徐復觀，學生書局。
64. 《中國文學論集續編》，徐復觀，學生書局。
65. 《管錐編》，錢鍾書，蘭馨室書齋。
66. 《修辭學》，黃慶萱，三民書局。
67. 《修辭學發微》，徐芹庭，三民書局。
68. 《字句鍛鍊法》，黃永武，洪範書店。
69. 《詩與美》，黃永武，洪範書店。
70. 《文學與音律》，謝雲飛，東大圖書公司。
71. 〈陸機年表〉，朱東潤，《武漢大學文哲季刊》一卷一期。
72. 〈論陸機的詩〉，廖蔚卿，《中國古典文學研究叢刊：詩歌之部》。
73. 〈陸機論文學的創作過程〉，張亨，《中國古典文學論叢》冊二：文學批評與詩歌之部。
74. 〈關於陸機文賦的幾個問題〉，高大鵬，《幼獅月刊》四五卷一期。
75. 〈陸機文賦所代表的文學觀念〉，王夢鷗，《古典文學論探索》。
76. 〈論陸文賦中之所謂「意」〉，郭紹虞，《照隅室古典文學論文集》。
77. 〈劉勰的創作論與陸機文賦之比較〉，齊益壽，《中外文學》十一卷一期。
78. 〈魏晉南北朝文學之發展（上、中、下）〉，王夢鷗，《中國文化復興月刊》十四卷七～九期。

79. 〈從文學現象與文學思想的關係談六朝「巧構形似之言」的詩〉，廖蔚卿，《中國古典文學論叢》冊一：詩歌之部。
80. 〈六朝律詩之形成（上、下）〉，高木正一，鄭茂清譯，《大陸雜誌》十三卷九、十期。
81. 〈魏晉詩研究〉，陳延傑，《中國文學研究》。
82. 〈魏晉詩韻考〉，林炯陽，《師大國文研究所集刊》十六期。
83. 〈六朝文述略〉，馮承基，《中國文學史論文選集》(二)。
84. 〈論古詩十九首的藝術技巧〉，廖蔚卿，《文學雜誌》三卷一期。
85. 〈曹丕「典論論文」析論〉，蔡英俊，《中外文學》八卷十二期。
86. 〈文學研究的理論基礎——試論「知」與「言」〉，高友工，《中外文學》七卷七期。